して

エリック・マコーマック

7月7日，日曜日，午前6時。北緯52度，西経108度に位置するカナダのある町から，それは始まった。突然，幅100メートル，深さ30メートルの溝が地上に出現，時速1600キロの猛スピードで西に向かいはじめたのだ。人も建物も，生き物も山や川も，触れるものすべてを消滅させながら……。奇妙な現象が世界じゅうに巻き起こす大騒動を淡々と描く「刈り跡」，不可解な死の真相を迷宮に追う警部の物語「窓辺のエックハート」，全体主義国家のもと，想像力の罪を犯し〈隠し部屋〉に収容された人々を描く表題作など，20の物語を収録。小説の離れ業を演じ続けるカナダ文学の異才による，謎と奇想溢れる〈語り〉と〈騙り〉の傑作短篇集。

隠し部屋を査察して

エリック・マコーマック
増田まもる訳

創元推理文庫

INSPECTING THE VAULTS

by

Eric McCormack

This book is published in Japan
by TOKYO SOGENSHA Co., Ltd.
Japanese translation rights arranged with
Penguin Books Ltd., London
through Tuttle-Mori Agency, Inc., Tokyo

目次

隠し部屋を査察して

——気に入ってくれた人々に——

序文

最近、ロシアの強制収容所にいる初老の男の物語を聞かされた。忘れられた政治犯として、もう何年も独房に監禁されているのである。寒い独房を照らす唯一の光は、毎夜、真夜中にほんの少しのあいだ訪れる。当直の看守が、すべての独房の天井に埋めこまれた電球のスイッチを入れてから、囚人たちを点検するために石の通路を巡回する。男はそれを待っている。明かりがつくとすぐに、ぎらぎらとした光をものともせず、手にした本のページに眼を凝らして、一行か二行でも読もうとする。看守は格子窓のすきまから独房をのぞきこみ、もとどおりに閉めてから、つぎの独房に向かう。すべては二分ほどで完了する。それからまた二十四時間の闇がつづくのである。

読書を愛するすべての人にとって、この話は悪夢のようなものだ。このような形で人生最大の快楽を奪われるのは、堪えがたい拷問のように思われる。この男は英雄的な読書愛好家であり、その運命は哀れというしかない。いったいどんな本を読んでいるのだろう？

『罪と罰』（おそらくそれではないかと思う）か、『存在と無』（めっそうもない）だとすれば、読みおえるのに何年もかかることだろう。

強制収容所の囚人の物語は、紙に書かれたことばの力を証明している。生まれ故郷のスコットランドの村で、わたしはおなじような力をはじめて体験した。そこの住民はあまり教育のない労働者たちで（隣人のひとりが、「消息」とはどういう意味かと、わたしの母にたずねたことがある。陸軍省からの電報で、彼女の夫が「作戦中に消息を絶った」というのである）、ことばをたくみに使う能力を非常に尊敬していた。わたしが五歳か六歳のとき、ロンドンに住むおじから父のもとに手紙がとどいた。家族がその手紙を百回以上も読んで、ほとんど暗記してしまってから、わたしはその手紙をもらいうけ――そのときにはぼろぼろになっていたが――何週間か手もとにおいて、だれかれかまわず読んで聞かせた。その楽しみにも飽きると、前々から欲しいと思っていたペンナイフ（みごとな骨の柄がついていたが、刃は折れていた）と交換に、その手紙を級友のフィル・ダフィーにゆずった。それは公平な交換だった。彼の家族はだれひとり私的な手紙を受けとったことがなく、たとえ他人の手紙でも、心から感謝したのである。

わたしが文章を売ったのは、このときがはじめてであった。

二十六歳になるまで、わたしにとってカナダとは、映画やテレビや書物を通じてしか知らない空想の土地だった。はじめてここに着いたときには、その美しさをほとんど信じることができなかった。木々やリスや車やバスや家屋はほんとうに現実のものなのだろうか？　これらの人々は現実なのだろうか？　わたしは人々の身振りや微笑から眼を離すことができなかった。男性は男らしく、女性はきわめて美しかった。生まれてからずっと、電動のこぎりのように耳ざわりで、荒々しい声門閉鎖音に満ちたスコットランド語を聞かされてきたわたしの魂と耳を、彼らの声は癒してくれた。それにその広いことといったら、モントリオールから西へ向かう列車のなかで、つぎつぎに現われる湖こそ、スペリオル湖にちがいないと思いこんだほどである。それらは、スコットランドの「大きな湖」――ローモンド湖やネス湖――にくらべて、あまりにも巨大であった。

それでも、一九六六年のウィニペグの冬では、あまりうれしくない現実に遭遇した。生まれてはじめて、凍てつくような寒さのせいで肉眼に痛みをおぼえたのである。鼻毛がばりばりに凍りついた。裏地がフォームラバーの上等なスコットランドのコートを着ていたのだが、脱いだひょうしに、背中の縫い目のところで、文字どおりまっぷたつに裂けてしまった。まるで死んだ海洋生物の殻のように、それは床にころがった。いまにして思うと、あの日わたしは、スコットランドのコートよりももっと大きなものを脱ぎ捨てたのである。

カナダに住んで仕事をするようになってから、もう二十年以上になる。いまでは、だれかにスコットランド訛《なま》りを指摘されたらびっくりしてしまう。自分でも気づかないからだ。

それでも、わたしの文章にはまだ訛りが残っているかもしれない。わたしの物語の多くは——強制収容所の男の物語とおなじように——日常の経験からわずかにずれたマージナルな領域をあつかっている。そういう物語を書きたいという欲求は、ウィスキーを飲んだり、ドラッグをやったり、あるいは、それらをいちどきにやりたいという欲求とおなじようなものかもしれない。そしてその欲求の理由も、おなじように複雑である。作家は恋をしているか、ことばに恋しているのかもしれない。世界の状態や自分自身の状態に絶望しているのかもしれない。あるいは、遠まわしなやりかたで、盛大に祝っているだけかもしれない。ひょんなことからよい土地にたどりついたよろこびを、大声で表現しているだけかもしれない。心の旅人あるいは肉体の旅人であるわれわれの多くにとって、カナダとはそのような土地、この世に残ったよい土地のひとつなのである。

隠し部屋を査察して

Inspecting the Vaults

第一章

　この入植地をつくった人々は、峡谷のへりにあるフィヨルドの近くに建物を建てた。峡谷の両岸は古いケーキのようにぼろぼろとくずれているが、建物はしっかりしている。地面にうずくまっているような建物の地下には、かなり広い貯蔵室がある。〈地下室〉、あるいは〈地下牢〉とよぶほうがふさわしいのだが、ここでは〈隠し部屋〉とよぶことが好まれる。とりわけ、地上部分に住んでいる管理人たちは、地下の状況を自慢げに力説する。隠し部屋には最新設備がそろっていることを、わたしとしても否定するつもりはない。すべてを査察して、わらマットの木製寝台や、セメントの壁にとりつけられた水道の蛇口や、急ごしらえの粗末な本棚やテーブルといった、快適な設備がととのっていることを証言できる。それでもときには、厚さが三十センチもある防音材や、拡声器からたえまなく流される陽気な行進曲といった涙ぐましい努力にもかかわらず、いわゆる〈隠し部屋の住人〉の苦悶の叫び声が、あらゆる障壁をつらぬいて、通行人の耳にまでとどくこともある。ほかの隠し部屋の住人がその叫び声を聞きつけるのは物理的に不可能なはずだが、つねにだれもが聞きつける。そうだ、聞きつけるのだ。フィヨルドの巨大な裂け目に沿った峡谷を吹きぬける風の、たえまないすすり泣きとまじりあって、それはまぎれもなく、彼らの不幸という事実をあらわにするのである。

ところでこの入植地だが、かつては森林だった大地の峡谷に沿って建設され、多くの地区に分けられている。各地区は六棟の建物で構成され、それぞれに隠し部屋があって、それらとはべつの建物に査察官が住んでいる。それというのも、各地区には政府から査察官が派遣されて、ほかの建物とそっくりの七番目の建物に住んでいるのだが、そこには隠し部屋がないのである。〈査察官〉と書かれた名札がドアに釘づけされている。

かくいうわたしも査察官であるが、わたしが担当している地区の建物は、縫合した傷のようにぎざぎざの峡谷のへりに並んでいる。この仕事は、ひきこもりがちな人間にはぴったりである。月にいちど、六つの建物の隠し部屋を査察して、報告書を作成する。月末になると政府の特使が、回収された報告書をもとにして、管理人は有能であり、隠し部屋の住人の世話はいきとどいていると当局に報告する。残りの時間は、自宅で本を読んだり、日記を書いたりしてすごす。行政当局は、あらゆる戸外活動や地区間の交流を認めていないからである。管理人たちが集会を開くこともない――少なくとも、招かれたことはいちどもない。

査察は必要である。これまでの経験から、管理人たちがかならずしも信用できないことはわかっている。彼らはいつも微笑をたやさず、隠し部屋の住人についてたずねると、心配ないとでもいうように頭を振って、いかにももっともらしいことばを口にする。

「……とてもしあわせそうですよ……」

「……よくなっていますよ……」

「……もうすぐよくなるでしょう……」

だが、いかにも愛想のよさそうな瞳をのぞきこんでいると、しだいに不快感がつのってくるのである。

行政当局の指示にしたがって、すべての建物は茶色に塗られている。昨年の指定色は濃紺だった。建物には窓がなく、軒樋《のきどい》もない。庭をつくることは禁じられている。そのために、慣れないうちは、それぞれの建物を見分けるのはむずかしいだろう。だから管理人たちは、それぞれの建物に凝った名前をつけ、それを木の板に焼きつけて、ドアに吊している。こうしてそれぞれの建物は、個性的な特徴がほとんど剝ぎとられた風景のなかで、それなりに個性を発揮しているのである。建物のまわりの広大な森や大地は、平坦にならされている。それぞれの地区は、丈のある茶色のキャンバス地の背景幕によって、ほかの地区や峡谷からさえぎられている。遠く離れたフィヨルドの崖を乱打する波の音に干渉しようとする試みは、一切なされなかった。その音は不規則であるが、すべての建物を分けへだてなく抱擁しているからである。

査察の時期になると、わたしはいつも、むせび泣きがしばらくやんでいるときに訪問を開始する。それは〈静かな時期〉とよばれている。むせび泣きがやまないときは、査察を中止することもある。「タイミングがすべてだ」というのが、わたしの前任者のせりふだった。そういうことにしっかりした男で、「査察とむせび泣きが重なったら、査察官はだれひとり生き延びることはできないだろう。どんなに意志が強くても、あのむせび泣きにむしばまれてしまうのだ」ともいった。

いつものように、まず最初に〈貿易風〉の茶色に塗られたドアをノックする。広大な凍土地帯のただなかにある建物にしては変わった名前であるが。

ドアがさっと開かれる。かなりふとった丸顔の中年女が顔をのぞかせる。わたしだということはわかっているくせに――その年、彼らを訪れるのはわたしだけなのだから――いかにも驚いたふりをしてみせる。査察はまるで儀式のように進行する。器量の悪い女か赤ら顔の大男。ふたりとも実直そうで、実直そうにふるまうことに慣れている。わたしはいつでも薄暗い部屋に案内される。黒っぽいマホガニーの家具のならんだ鏡のない部屋である。いつでも厚い詰め物をした肘掛椅子をすすめられる。いつでも、たまたま淹《い》れたばかりのお茶をすすめられる。いつでも、わたしは断わる。

はじめてこの地区を査察したときに、〈貿易風〉という名前にはびっくりした、といったことを憶えている。こんなところで、どうしてこんな名前を選んだのかとたずねたところ、器量の悪い女だったか、赤ら顔の大男だったか、いまでは憶えていないが、どちらかが大笑いして、それはこの世でいちばん自然な名前だといった。絶対に、この世でいちばん自然な名前だと。それ以来、名前についてたずねたことはいちどもない。

このあたりで、いつも儀式はぎくしゃくしはじめる。ふたりの微笑やおしゃべりの背後に不安が顔をのぞかせる。そろそろ隠し部屋の住人に会わなければならないと告げると、予想どおり、ふたりはしばらくためらってから、彼の状態についてあいまいな口調でつぶやく。

「……だいぶよくなっていますよ……」

「……今日は静かでね……」

「……ほんとうに愉快な人です……」

ここまでくると、ふたりがわたしをいやがっていることがはっきりしてくる。

だが、ここでやめるわけにはいかない。隠し部屋の近くに吊しておくことが規則で定められている、赤いエナメル塗りのカンテラをはずして――階段には電灯がないのだ――黒っぽいマホガニーのテーブルにのせてから、ふたりに弱みを見せないように、マッチをしっかり握って火をつける。男が居間の隅のくたびれたカーペットをめくると、落とし戸が現われる。男はその扉をいかにも重そうにもちあげて壁に立てかける。わたしはためらわずに闇のなかに降りていく。

カンテラの光は階段を一段ずつ照らしだす。それを追って階段を降りていき、明るい光の輪に照らされた石畳にたどりつく。隠し部屋の鉛色の扉が目の前で湿っぽい光をはなっている。わたしは足もとにカンテラを置いて、格子窓のスリットを横にすべらせる。

かびくさいにおいがむっと鼻をつく。湿っぽい腐敗臭である。いつものようにからだをまるめて、ひとりの男が寝棚に横たわっている。顔に腕をのせて、天井の格子電球から顔をそむけている。かすかな声で、なにやらリズミカルにつぶやいている。男にはいわくいいがたい気品のようなものがある。乱れた灰色の髪とぼさぼさのひげづらをおおう腕は、下生えに横たわる倒木を思わせる。

わたしは男に話しかけない。たとえ隠し部屋の住人が話しかけてきても、わたしはなにも話さない。わたしの職務ははっきりと規定されているのだ。わたしの仕事は査察であって、彼らとは視覚的接触しか許されていない。生きていくためには、そうするしかないのだ。

この男は、ほかのすべての隠し部屋の住人とおなじように、われわれのファイルにも名前が記載されていない。だが、名前は奪われているが、行政当局にとって興味深そうな行動を記録するために、査察官は彼らのこれまでの病歴を熟知することになっている。それがどのような行動なのか、いまだにはっきりしないが、前任者の忠告にしたがって、なにもかも報告することにしている。

わたしが格子窓から観察しているこの男は、北部地方からやってきた大家族の最後のひとりである。数百年のあいだに、男の先祖たちは、荘園の建物のまわりに人工の森をつくりあげた。十六世紀なかばから、天然の樹木や、家屋のまわりの灌木《かんぼく》を丁寧に抜きとり、せっせと複製をつくってきたのである。細部はそれほど正確ではないが、全体としてはみごとな複製であった。初期の素材は針金を芯にした紙だったが、そのうちに、プラスチックと合成支柱になった。彼らがつくりあげた樹木には、アサダ、チンカピングリ、ベブヤナギ、ハナミズキ、あるいは、バルサムの採れるハコヤナギ、ヒッコリー、ブラクテドバルサム、あるいは、神樹、苺樹、生命樹、衰退樹、ユダの樹などがあった。彼らは根まで複製し、精巧な工学技術を駆使して、天然の樹木を抜きとったあとの穴に挿入した。

その結果はじつにみごとなものだった。遠くから見れば本物そっくりの、何千ヘクタールにもわたって広がる人工の森林である。その恒常性は季節の変化に左右されなかった。秋になっても、枯れていく樹木は一本もなかった。

われわれの行政当局が権力を掌握すると、そのような異常な行為はすべて禁じられた。昆虫のようにつややかな青い制服を身にまとい、火炎放射器を手にした選《え》りすぐりの青衛兵連隊が、森林を焼きつくせという命令を受けて派遣された。

焼却がはじまった。巨大な雲のような黒煙と火花が大気にたちのぼり、はるか遠くの首都からも見えるほどだった。森林は破滅を迎えた。

だれもが予想していなかったのは動物だった。炎が森林のへりに迫ったとき、まるでテーブルにこぼした水のように、何千頭もの森林動物たちが兵士めがけて殺到してきたのである。豪胆さで選ばれた青衛兵たちすらもおびえさせたのは、不自然な知性にきらめく瞳ではなかった。ポリフォニックな咆哮《ほうこう》（わたしは報告書のことばを使う）でもなかった。観察者たちのことばを借りれば、それは動物たちの姿そのものだった。いままでだれも、そのような生物を見たことがなかった。全体的な姿は、ウサギ、リス、シカ、クマといった、森でよく見かける動物に似ていたが、その走り方は関節がはずれたようにぎくしゃくしており、その姿はなんとも形容しがたいものだった。異様な知性を宿した多色の瞳は、頭とおぼしい球状のふくらみにでたらめにとりつけられていた。口は胴体のあちこちにぽっかりと開いた穴にすぎず、歯のかわりのようなぎざぎざの骨に縁取られていた。四肢の位置もでたらめで、背中や腹から意味もなくつきだしているものもあった。これらの動物たちが炎に近づきすぎると、ふいに溶けて液体になってしまうか、生きた榴霰弾《りゅうさんだん》のように破裂してしまうのだった。青衛兵たちは冷静を保って皆殺しにせよと命じられた。

この隠し部屋に横たわっている男は、青衛兵の行為を目撃すると、「人殺し！　人殺し！」と叫びながら突進してきた。わきに押しやられると、すすり泣きながら、せめていくらかでも生かしておいてくれと懇願した。そのことばも無視されると、しばらくしてから、また突進してきたが、今度は山刀《マチェーテ》を振りまわしたので、彼らは身を守るためにやむなく男を殴り倒したのである。

焼却の一夜があけて、広大な森がくすぶる石筍《せきじゅん》の共同墓地と化してしまうと、男はここに移送されてきた。それ以来、このようななんともいえない姿でここに横たわっている。ここ何年間も、ひとことも口をきこうとはしない。なにかしゃべったとたんに姿が消えてしまうとでも思っているかのようだ。われわれの行政当局は、いつの日かこの男が口をひらいて、森に生きていた鳥たちについてしゃべることを期待している。鳥たちは山火事のあいだに姿を消してしまったが、いまでもときおり国じゅうで目撃されており、鳥というよりむしろ空飛ぶ土くれのように、こどもたちの頭上をぎごちなく飛びすぎては、彼らをびっくりさせているのである。

けれども、男はなにもしゃべらない。ときおり声を殺してすすり泣くばかりである。そしてそれは、隠し部屋の住人たちのむせび泣きをいざなうこともある。

わたしは格子窓を閉めて急な階段をのぼっていく。管理人に礼をのべてから（ふたりの安堵は歴然としているが、わたしの安堵は隠されている）、消したばかりのカンテラのにおいに吐き気をもよおさないうちに、冷えびえとした空気のなかに出ていく。最初の訪問はこうして終わる。

わずかなちがいはあるが、残りの建物でも、ほとんどおなじ儀式がくりかえされる。人は好《よ》いが信頼できない管理人たちの、いかにももっともらしい驚き。湿っぽい隠し部屋への湿っぽい降下。訪問の終わりに双方がおぼえる心からの安堵。われわれはみなひとつの大きな希望を共有している。あのむせび泣きがはじまらないことだ。なにが引き金になるのか、だれにもわからない。いまのところ、査察官であるわたしにも、管理人である彼らにも、隠し部屋の住人を理解できないことだけがわかっている。ひょっとすると、行政当局がつきとめたいと思っているのは、彼らのむせび泣きの秘密なのかもしれない。

この地区には六人の隠し部屋の住人が住んでいる。わたしはひとり残らず知っているが、ほんとうはなにも知らないのだ。彼らはいつまでも親しい他人のままだろう。

第二章

二人目の隠し部屋の住人は、〈わが祖国《シェ・ヌ》〉と名づけられた茶色の建物の地下に住んでいる。ファイルによれば、彼は発明家で、学校教育を受けていない生まれつきの天才である。機械の本質をずばり見抜くことができるのだ。いま、この猫背の小男は、ぜいぜいと喉を鳴らしながら、寝棚に横たわって格子窓を見あげている。見あげているが、動こうとはしない。

彼は犬のために〝果てしなく〟ボールを投げつづける小型の投擲《とうてき》装置を発明した。犬がボールをくわえてきて、機械の投入口にもどすと、機械はただちにボールをほうり投げ、それを犬がまたくわえてくる。それが〝果てしなく〟くりかえされる。いや、〝果てしなく〟ではない。いまでは一定の時間に制限されている。彼の妻のペットだったアイリッシュ・ウルフハウンドが、試作機のせいで疲労死してから、改良が加えられたのである。

彼はまた、馬主が週末旅行にでかけているあいだ、馬に一定量のオート麦をあたえつづける機械も発明した。試作機の一台は馬が食べすぎるまで餌をあたえつづけた。その馬主は彼の妻の友人だったが、旅行からもどると、馬がふくれあがって発熱しているのに気づいて、びっくり仰天した。馬を歩かせて発酵したオート麦を消化させようとしたが、もう手遅れだった。馬は象ほどの大きさにふくれあがって破裂してしまった。この悲惨なできごとを教訓として、発明家は改良を加え、機械を完成させたのである。

彼はまた、暁光のなかで牧草地を走りまわり、珍しい茸《きのこ》を採ってくる機械も発明した。妻の友人のために製作した初期モデルは、たまたま致命的な毒茸を採ってきてしまった。その結果はあまりにもおぞましく、考えたくもないほどである。

首都では、彼はどんな機械の不調でも直すことのできる機械の医者として有名だった。わが行政当局のお偉方たちも、贈呈された年代物の時計を彼に修理してもらっていた。

発明家を当局に密告したのは彼の妻だった。はじめは、レンチやドライバーでポケットのふくらんだ白い作業着に、大量の血の染みがついていることに気づいた。ある日、彼が閉じこもって発明に専念している裏庭の小屋の扉のしたから、ちょろちょろと血が流れだしているのに気づいて、彼女はすくみあがった。われわれの警察は彼女の懇願に応じて、発明家が商用で外出しているあいだに、その家にやってきた。小屋の扉をぶちやぶって突入した警官は、動物の死体の山につまずいてひっくりかえった。最新の発明品である、高さ一メートルほどのギロチンによく似た機械の横には、首をぎざぎざに切断された十頭あまりのジャーマン・シェパードや多数の野良猫の死骸が、山のように積みあげられていたのである。

そのギロチンの動きは独特だった。スイッチを押すと、のこぎり状の歯のついた一組の二重ブレードが、木製の首切台にごくゆっくりと降下していく。その歯はのこぎりをひくように前後に動いて、いまだに毛や肉のこびりついたブレードが犠牲者の首に接触すると、まるでローストビーフでも薄切りにするように、じわじわと切断していくのである。

動物の死骸に埋もれて、彼の妻の友人ふたりの首なし死体が横たわっていたが、切断された首はついにみつからなかった。

発明家は都市で逮捕され、この入植地に送られてきた。われわれの行政当局は、彼の技術がまだ役に立つかもしれないと考えたのである。ぜいぜいと喉を鳴らしながら、彼は寝棚にあおむけに横たわっている。そして格子窓がスロットにおさまると微笑を浮かべるのである。

三人目の隠し部屋の住人は、（丘などないのに）〈ヒルトップ〉と名づけられた茶色の建物の地下に住んでいる。彼女はまだ若く、栗色の髪が腰までのびた絶世の美人である。格子窓をすべらせると、彼女はすわっている寝棚から顔をあげてわたしをみつめる。にこりともせずに立ちあがってドレスのボタンをはずし、豊かな乳房とほのぐらい性器をあらわにする。水面下十センチでしゃべっているかのように、まったく聞きとれない声でなにごとかつぶやきながら、わたしの顔をひたとみつめる。扉の外部の暗闇に立っているわたしの姿は見えないはずだが、わたしがみつめていることはわかっているようだ。

もっとも尊敬されている治安判事のひとりが、年一回の巡回裁判のために彼女の住む村を訪れたあとで、行政当局は彼女をここに監禁した。ファイルによれば、村人たちが治安判事の前に彼女をひきずりだし、この女は呪文を操る魔女だと告発したのである。ふたりの村の警官が少し離れて縄をひっぱっていたが、彼女の瞳をのぞきこむのを避け、自分たちの服がぱっと燃えあがるのを恐れるかのように、彼女の体に触れるのも避けていた。

治安判事が尋問を開始したが、彼女はさんざん絶叫したり悪態をついたりしたあげく、げえげえと吐きはじめた。ファイルによれば、彼女が吐いたものはつぎのとおりである。それぞれ体長四十五センチもあるウツボが四匹。七匹の蛇のようにからみあった、虹のような七色の毛糸の束が七かせ。骨の柄のついた彫刻刀。装塡《そうてん》された四四口径オートマチックピストル。おもに黄褐色と黒色の、犬と猫の丸い毛玉が一ダース。直径が十五センチもある、彫刻された花崗岩が三個（そのようすは、まるで蛇が卵を吐きもどしているかのようだったという）。量はわからないが、牛や馬や兎の糞。大量の血液（病理学者によれば、彼女の血液型ではなかったという）。いまだに解読されていない文字の書かれた一冊の書物。初老の治安判事との遭遇が詳細にしるされた一枚の羊皮紙。彼女が吐いてすぐに、治安判事がそれをとりあげて読んでいたなら、その直後の悲劇は避けられただろう。結局彼はそうしなかったのだが、そのことも羊皮紙には予言されていた。

この嘔吐の発作は四時間にわたってつづいた。老判事自身もびっくり仰天して、吐くのをやめてくれと懇願したが、どうすることもできなかった。見物人たちはおびえきって、彼女に手を触れることさえできなかった。

おしまいに、とうとう吐くものがなくなって、湯気を立てる赤子を産んだばかりの動物のように、彼女はひざまずいて弱々しいうめき声をもらした。瞳はうつろで、顔には疲労のいろが浮かんでいた。

そのあとのできごとははっきりしている。目撃者の報告によれば、しばらくして彼女は頭をあげ、老判事にむかって静かにいった。

「よくも、からからになるまで吸いつくしてくれたわね」

そうして、目の前できらめいている嘔吐物の山からピストルをとりあげると、だれにも制止するひまをあたえずに、治安判事の腹部めがけて全弾を射ちこんだ。それから昏睡状態におちいったのである。すべて羊皮紙に予言されたとおりだった。

彼女は七年間〈ヒルトップ〉の地下に住んでいるが、決して釈放されることはないと、行政当局は言明している。いま、彼女は寝棚に静かにすわっている。茶色の長い髪をかきあげて片手につかみ、顔をあげてわたしをみつめる。瞳には微笑が浮かんでいる。最初にわめきはじめるのは、ふつう彼女である。その声はあらゆる障壁をつらぬくかのようだ。彼女のもとを訪れるときは、そのわめき声がはじまらないことを願って、わたしはいつでも息をひそめる。査察のあいだに耳にするものといえば、誘惑するような彼女のささやき声だけである。そのことばを聞きとることができたら、それでもここから立ち去ることができるだろうか？

四人目の隠し部屋の住人は、〈ホーム・スイート・ホーム〉と名づけられた建物の地下に住んでいる。格子窓のすきまから、わたしはいつものように彼をみつめる。銀縁眼鏡をかけて頭の禿《は》げた人の好さそうな男が、いつものように薄暗い電球のもとで、テーブルに広げたぼろぼろの海図をみつめている。いかにも農夫らしいがっしりした手で、春の若葉のように繊細な平行定規をたくみに操っている。

ファイルによれば、この農夫はやさしい父親であり、やさしい夫であったが、自然石でできた自宅からほど遠くない松の森の空き地で、そこはまた不思議なささやき声やうなり声で有名な森でもあったが、二十八年間、空いた時間を秘密の作業にささげてきた。三センチにも満たない小さな玩具のプラスチック工具だけを使って、スペインの無敵艦隊の提督艦であるガリオン船〈サンタクルス号〉の実物大模型（全長四十五メートル、全幅十二メートル）を建造したのである。われわれの記録によれば、接着剤をまったく使わずに、六百億の部品を組み立てたという。帆柱や帆桁もそうやってつくられた。ロープと索具、マニラシートと鎖だけは、それぞれの素材からつくられた。

われわれの行政当局が発足したばかりのころ、われわれの兵士が暗い森のなかで、たまたまこのガリオン船を発見したのである。あらゆる海から五十マイルも離れたこの森をふくめて、すべての森が、まさにこのような物体のために捜索されていたときのことである。謎の船大工を捕らえるために、兵士たちは散らばって下生えに身をひそめた。

日が沈む直前、ことさら忍ばせるようすもなく、たどたどしい足音が近づいてきた（彼は歩くのがへただったのである）。男は鼻歌を歌いながら、ぶらさがった縄梯子を伝ってガリオン船によじのぼり、後甲板にあがって、船尾にある提督船室に入っていった。われわれの兵士は男のあとを追ってひそかに乗船した。彼らはこの建造物の頑丈さと精密さに感嘆を禁じえなかった。索具は夜風にぎしぎしと心地よくきしみ、長い航海から帰ってきたばかりのように、あたりには潮のにおいがたちこめていた。

船室のほうから話し声が聞こえてきたような気がした。笑い声があがって、スペイン語とおぼしい陽気な会話がそれにつづいた。兵士たちはそっと忍びより、いつでも発射できるように銃をかまえて、船室になだれこんだ。そこにいたのは、大きな海図台にむかってすわっている農夫だけだった。男は古めかしい海図に身をかがめ、平行定規とコンパスで航路を記入していた。まったく驚いたようすもなく、顔をあげて兵士をみつめた。ほかにはだれもいなかった。

兵士たちは船内をくまなく捜索したが、だれもみつからなかった。干肉とビスケットの糧食は、五十人が六か月すごせるほども蓄えられていたが、帆柱の前方にあるせまい乗員居住区にも、貨物室にも、だれもいなかった。数匹の大きなネズミが、この騒ぎに驚いたかのように、あわてて船から逃亡し、森のなかに姿をくらました。農夫は厳重な拘禁状態におかれた。

われわれの行政当局は、この男についてどう考えればいいかわからなかった。取り返しがつかないほど堕落しているとも思えなかった。そこで、めったにないことだが、更正の機会をあたえるために、首都の北にある日の射さない門の夜警助手に任命した。こうしておけば、監視すると同時に監視されることになるからである。

ところがほとんどすぐに、男はわけのわからない行動をとりはじめた。毎朝、太陽が東の地平線に萎《しな》びた腕を横たえると、都市のまわりをぐるりと囲む壮大な城壁の監視塔によじのぼるのである。この城壁は、われわれの忘れ去られた先祖によって、モルタルも機械も使わずに、忘れ去られた技法で建造されたものだが、われわれは少しずつ手を加えているところだった。監視塔の頂上にたどりつくと、男は声をかぎりに「光だ！　光だ！」と絶叫した。ほかの監視員たちが彼をとりおさえてひきずりおろした。門の近くの住民たちは、そのようすをこわごわとみつめていた。

しばらくすると、男をここに送りこむよりほかはなくなった。管理人がときおり主張するところによれば、隠し部屋でもだれかべつの人間の声が異邦の言語で彼に話しかけるのを耳にしたが、格子窓を開けてみると、むろん彼はひとりきりだったという。われわれの行政当局は、そんな声がするはずがないと管理人たちに警告した。

わたし自身も、なにかを聞いたと認めるつもりはない。わかっているのはつぎのことだけである。訪問も終わりに近づいて、男だけが知っている航海計画を海図にせっせと書きこんでいるのをじっとみつめてから、格子窓を閉めて階段をのぼりかけたとき、複数の人間を思わせるぼそぼそとした声が聞こえることがあるのだ。わたしはもどって確かめたりはしない。階段のてっぺんで待っている管理人たちのわけ知り顔を避けて、ためらうことなくつぎの訪問先に向かうのである。

五人目の隠し部屋の住人は、〈巣《ネスト》〉と名づけられた茶色の建物の地下に住んでいる。格子窓からのぞいてみると、壁と天井の境目近くの煉瓦《れんが》のひび割れに右手の指先をひっかけてぶらさがった男の姿が見える。そうやってぶらさがりながら、左手でコンクリートにハーケンをうちこんでいるのだ。男はとりわけ危険なルートを選び、途方もないオーヴァーハングにロープをはりめぐらせて、隠し部屋を隅から隅まで登攀《とうはん》した。いまでは、この隠し部屋は巨大な蜘蛛《くも》の巣のようである。

男はわたしにまったく注意を払わない。

彼は断食している鳥のように痩せこけた赤い鉤鼻《かぎばな》のアルビノである。長い髪は直毛で、色はごく薄い。ファイルによれば、この登山家の母親は西アフリカの王女で、父親は彼女を北西諸島まで運んだ船の機関士だったという。苛酷な諸島で生存するにはあまりにも体質が異なっていたので、母親は彼を出産したあと肺炎で死亡した。父親はつぎの航海で嵐に遭遇して死亡し、未婚の叔母が育児という重責とともにあとに残された。

無用の努力であった。数年後、にきびだらけのむっつりした少年が望んだことは、孤独になることと、北の海につきだした断崖に登ることと、カサガイや冷たいフジツボとともに危険な岩壁にはりつくことだけであった。

やがて男は登山家として有名になった。二十一歳のときには、世界じゅうのあらゆる峻険な岩壁を征服した。われわれのファイルには、苛烈な青空を背景に立ちつくす男の写真がおさめられている。

男は山岳写真家になった。「おれは頂上のかなたをめざす」と口にするようになった。

地上のいかなる山も自分の敵ではないと思うようになった。だが、男にはまだ野望があった。「自分だけの山をつくらなければならない」と、わずかな登山家仲間に打ち明けた。ようやく協力者がみつかった。独創的な計画に魅せられた技術者である。ふたりは力をあわせて、北の海の近くにある島に、いかなる自然の山よりも巨大な人工の山を建造しようと計画した。花崗岩を満載した船を出航させようとしたとき、その計画は行政当局の知るところとなった。当局はこの計画に危険なものを感じとり、ただちに彼をここに移送した。

だが、余人には及びもつかない高みを登攀してきたにもかかわらず、この隠し部屋に閉じこめられていることに失望したようすはない。男は一瞬たりとも登るのをやめない。眠っているときでさえ、まるで峻険な岩壁で足場を探っているかのように、うつぶせになって、ひっきりなしに手足を動かしているのだ。わたしが格子窓を開けるときも、男がどこにいるのか予想もつかない。いまは部屋の隅にさかさまにぶらさがって、つぎの行動に移る前に、可能なあらゆる角度を計算している。ぶらさがった登山家をそのままにして、わたしはよろこんでその場を去る。

六人目の隠し部屋の住人は、〈コージーコーナー〉と名づけられた茶色の建物の地下に住んでいる。小さな町の町長であった彼女は、小柄ながらも威厳がある。これから議会に出席しようとしているかのように、背すじをしゃんとのばして寝棚にすわっている。いまでも町長の身分を示す金の鎖をかけているが、長い年月のせいで、礼服はいささかくたびれている。格子窓がすべる音を聞きつけると、彼女はこっちを向いてそつのない微笑を浮かべるが、瞳には生気がない。長年にわたって、彼女は西部の荒野の小さな町の町長をつとめてきた。その町に月一回の祭りを導入し、すべての住民に、隣人と衣服を交換して、二十四時間だけ他人になりきるように命令したのも、この女性である（黒い仮面をかぶれば、必要な匿名性を得られるだろうといったそうである）。

われわれのファイルによれば、その祭りは大成功だった。一か月に一日、住民の人生は交換された。新たに生まれた一日かぎりの結婚は、愛と感動に満ちていた。生涯にわたって敵同士だった男たちが、たがいにそれと知らぬまま、一日かぎりの無二の親友になることもしばしばだった。一日かぎりの親と、一日かぎりのこどもたちは、たがいに新鮮なよろこびをみいだした。住民たちは職業までも交換した。一日かぎりの仕事は退屈からほど遠かった。

一年後、好結果に気をよくして、町長と町議会はこの制度を永続化しようと決議した。町の住民は本来の自己にもどる必要がなく、永久に他人に変装しつづけて、それが退屈になったら、いつでも役割を交換することができるようになったのである。

時間が流れた。町の住民たちは本来の自己を忘れ去った。誤って本来の役割にもどってしまうこともしばしばだった。パン屋のパンが黒焦げだったり、配管工が水漏れを修理できなかったとしても、そんなことは些細な問題だった。外科医の手術室はいつでも無人だった。

われわれの行政当局が権力を掌握すると、ただちに事態の修復にのりだした。町長は騎兵大隊によって逮捕され、住民たちは、暫定軍事法廷において、できるかぎり本来の自己にもどるようにと命じられた（われわれのファイルによれば、かなりの数の住人が性転換までおこなっていたという）。

小柄な町長はここに送られ、こうして、いかにも悲しげにすわっているが、いまでも威厳を保っている。彼女はまぎれもなくここにすわっているが、はたしてほんとうの町長なのだろうか？　祭りによってもたらされた混乱のせいで、われわれの行政当局も、逮捕した女性が町長本人なのかどうか、ついに確認できなかったのである。そこでわれわれは、町の住民をひとりずつ順番にここに送りこむことにした。そうすれば、いつかはきっと町長本人を収監することができるにちがいない。

第三章

この地区には、六人の隠し部屋の住人と、十二人の管理人と、ひとりの査察官が住んでいる。行政当局がだれを隠し部屋の住人にしてだれを査察官にするのか、わたしのような人間にはほとんど理解できない。

不思議な城壁と監視塔のある首都にはじめてやってきたとき、わたしは命じられるままに、住所と名前を警察に登録した。生まれてからずっと暮らしてきた、北の海のほとりの辺鄙《へんぴ》な漁村の名前も登録した。折り目のついた書類から情報を書き写しながら、警官は疑わしそうにわたしをみつめた。

その夜遅く、黒い外套をまとったふたりの刑事が、わたしの泊まっていた安宿の扉を音もなく押し開けて、きわめて慎重にわたしを拘束した。窓を黒く塗りつぶしたリムジンで首都の監獄にもどる途中、ふたりは書類偽造の罪でわたしを告発した。そのような名前の村は存在しないというのである。わたしは笑った。とても小さな村だから、地図には載っていないかもしれないが、何世紀も前から存在してきたし、三百人の村人がいて、そのひとりひとりがわたしのことを知っていると答えた。

ふたりは反論しなかった。わたしは都市の監獄に一晩監禁された。煉瓦の壁で囲まれた小さな独房で、ここの隠し部屋とはまったくちがっていた。やかましい蟬の声に心を慰められながら、わたしは寝棚に横たわった。真夜中に、その蟬の声がぴたっとやんだので、ひどく不安になった。

翌朝、不安に疲れはてたわたしは、看守にひきだされて尋問室につれていかれた。そこには監獄の司令官がすわっていた。こぎれいな身なりのふとった男で、引退した青衛兵の将校だった。その顔には、わたしに対する同情のかけらもなかった。わたしはくたびれた木の手すりの前に直立不動させられ、司令官が手短にこういった。

「われわれは北部にあるすべての機関を動員しておまえの陳述を調査した。おまえが主張するような村はどこにもないと彼らは断言した。われわれのファイルにはおまえの名前は載っていない。ひきつづき勾留して、数日後に法廷に出頭させることになるだろう」

司令官はふいに立ちあがって尋問室を出ていった。

独房にもどると、わたしを助けるために指名された弁護人が待っていた。左頬に茶色のほくろのある小柄な男で、くたびれたような声をしていた。わたしは自分の村についての説明をもういちどくりかえした。出発した朝のことは鮮明に憶えていた。あのときでも、なんとなくこれが見おさめのような気がしたものだ。わたしは丸石を敷きつめた通りの左右に並んだ花崗岩の建物について説明した。郵便局、ビジネスホテル、雑貨店、尖塔のある教会、引き潮のときに陽光にきらめく波止場。マッチ棒のように乾いて直立した杭。凪《な》いだ海に飛びこんでいく鋏《はさみ》のような尾の海鳥たち。深みにはまって必死に泳いでいる犬のように、漁場へと船出していく数艘の漁船（そのうちの一艘はわたしの父が船長をつとめていた）。太古の化石のように、油にまみれた砂から顔をのぞかせている船の残骸。

わたしにかわって証言してもらうために、わたしは百人の村人の名前をすらすらとあげてみせた。弁護人は納得したらしく、なんとかしましょうといってくれた。左頰のほくろが、まるで独立した生き物のようにひくひくと動いていた。

二日後、早朝に叩き起こされて、顔を洗ってひげを剃れと命じられ、ふたたび司令官の前につれていかれた。彼はこの前よりもこざっぱりとして、いかめしそうだった。弁護人の主張により、行政当局の役人がわたしの村があるという地域を訪れたと、司令官はいった(その弁護人は、わたしの視線を避けるようにしながら、部屋の隅に立っていた。ほくろがひくひくと痙攣していた)。村など影も形もなかったが、海岸の近くに、通りの痕跡や黒焦げになった柱や煉瓦やモルタルの破片といった、ついこのあいだまで村だったかもしれない廃墟があった。

もっと恐ろしいことに、近くの牧草地で、ブルドーザーで盛りあげられたばかりの巨大な小山がみつかった。なにか想像を絶するものが埋められているのかもしれない。

司令官はぐっと声をひそめた。

海岸の松林のなかに、たったひとつ、無傷の建物が残っていた。警察の報告によれば、建物は無人だったが、刈りこまれたイボタノキの垣根と満開の花が咲き乱れる裏庭の、本来なら平坦なはずの芝生に、なにかを埋めたような痕跡がみつかった。近くにころがっていた柄の長いシャベルを使って、慎重に掘りすすめていくと、なにか固いものにぶつかった。はじめは大きな茶色の革鞄のようだったが、土をとりのぞいて穴からひっぱりあげてみると、なんともおぞましいことに、それは骨も内臓も抜きとられた若い娘のなめし皮だった。どこも傷んでおらず、手触りはパンクしたタイヤのチューブのようだった。中身は傷ひとつ残さずにとりのぞかれていた。

顔のあたりの泥をこすり落としてみると、びっしりと刺青《いれずみ》がほどこされているのがわかった。警官のひとりが胴体の部分を洗ってみると、頭からつまさきまで、細かな文字が整然と刺青されており、まるで湿った地下室に放置されていた古新聞のようだった。

警察は娘の死体をくるくると巻きとって、専門家に鑑定させるために、スーツケースにおさめて首都まで運んできた。

わたしを嫌悪しているかのように、司令官の瞳がぎらついた。

「したがって、調査が完了するまで、おまえはこの監獄に無期限勾留される。以上だ」

一年前、きらめく夏の日に、わたしは武装した青衛兵のオートバイ部隊に護送された軍用ジープで、この入植地につれてこられた。到着すると、この地区の査察官に指名され、ただちに任務につくように命じられた。わたしはこの査察官の建物に送りこまれ、前任者の最後の報告書と隠し部屋の住人のファイルをわたされた。

暗い時代である。わたしはよく眠れない。埋葬されていた娘のことが脳裏から離れないのだ。あれからなにがわかったのか、どうして行政当局は教えてくれないのだろう？　あの男は不平をもらしていたなどと、管理人たちに密告されるのを恐れて、わたしは体面をつくろうのに汲々《きゆうきゆう》としている。いかなる形であれ、彼らと親密になるのも避けている（ここではたやすいことだが）。どんな犠牲を払っても、あのむせび泣きに加わりたいという衝動をぐっとこらえている。聞こえるかい？　よく聞いてごらん。慣れないうちはわかりにくいかもしれないが、そうだ、あの声だ。聞こえるだろう。低い太鼓のような遠い潮騒にまじって、たえまなくフィヨルドを漂いつづけ、ついには北風の果てしないうめきに収斂《しゆうれん》していく、悲鳴のようにかすかな悲嘆の声が。

断片

The Fragment

このわたしが、一九七二年の夏にスコットランドにもどるはめになったのは、こともあろうに、ロバート・バートンの『憂鬱の解剖学』の一節のせいだった。もっとエキゾチックな土地や陽光あふれる気候のほうが好きなので、ほんとうはもどりたくなかった。なんといっても、二十四歳になるまで陰鬱なグラスゴーの近くに住んでいたのだから、嫌気がさしてあたりまえだ。新奇を好み、神を認めない《新世界》における調査から派生した問題を解決するために、かつて拒絶した生まれ故郷にこっそりもどってきたわたしを見て、スコットランド長老教会の神は大喜びしたにちがいない。

バートンが十七世紀に著した百科全書的論文は、ここ数年わたしの研究の焦点だった。とりわけ、危機に瀕した魂を苦しめる無秩序についての難解な情報の混合物である〈宗教的憂鬱〉を扱った章を、わたしはなんとか解明しようとしていた。バートンは、英国国教会の聖職者にしては驚くほど大胆に、その主題に関する洞察をあらゆる文献から引用しており、カバラ主義や暗黒呪術に関する文献からの引用も少なくなかった。出典の大半は現代の学者によってつきとめられたが（注1）、わずかながら、いまだにはっきりしないものもあった。そのひとつが、いわば釣りの擬似餌のように、このわたしをグラスゴーにおびきよせたのである。

『憂鬱の解剖学』の初版（注2）の第二段、第四部、第一章、第四節において（これがバートン独自の章立てなのだが）バートンは修辞学的につぎのようにたずねる。

ヤコブス・スコトゥスがのべたごとく、カスティ・ムーティ・エ・カエキ、すなわち、純潔、沈黙、盲目の誓いを終生守りつづけた古代スコットランドの隠者たちは、ひょっとすると愚劣の極みだったのではなかろうか？

いかにもバートンらしい文章である。ラテン語と英語が奇妙に混じりあい、綴りや大文字の使用は気まぐれで、出典もかなりあいまいだ。それでも、努力を惜しまぬ学者なら、原典をつきとめられるだけの情報がふくまれているように思われるかもしれない。ところが、ヤコブス・スコトゥス、すなわちスコットランドのジェイムズは、何世代にもわたって学者たちの努力をあざわらってきた。バートンが引用したスコットランド人の隠者の正体として、スコットランド王ジェイムズやケルソのジェイムズのような有名なスコットランド人学者のジェイムズが詳しく調査されたが、すべてむなしかった（注3）。熱烈な信仰の時代の教会の歴史をいくら調べても（注4）、ヤコブス・スコトゥスがのべたような規範をはっきりとうちだしている宗派の存在をつきとめることはできなかった。『憂鬱の解剖学』引用も出典もバートンの捏造《ねつぞう》ではないか、そんな気がすることもあった。の他の箇所で、バートンは実際に捏造しているのである。

それでも、ここまでつづけてきたのだから、最後にもういちどだけ努力してみるべきだと思われた。そういうわけで、あのとりわけ苛酷なスコットランドの夏の数週間、わたしはグラスゴー大聖堂の風通しのよい古文書保管所の読書室にすわっていた。この大聖堂は堂々たるカルヴァン主義的建造物で、近くにそびえるヴィクトリア時代の商業建築物と双璧をなしている。どちらも〈選民〉の双子の旗をかかげているのである。

数週間というもの、調査はいっこうにはかどらず、偽りの手掛かりをいくつか削除しただけだった。ところが、あの記念すべき午後に、目録に記載されていない十六世紀の雑多な手稿の山をぱらぱらとめくっていたとき、題のない断片にでくわして、それを無造作に押しやろうとしたとき、ページの下部に記された〈カスティ・ムーティ・エ・カエキ〉という一節が眼にとびこんできて、長年の探索がついに終わりをつげたことがわかった。よろこびを嚙みしめながら、わたしは折り目だらけの手稿に眼を通していった。それは驚くべき記録だった。厳格なラテン語で書かれた原文をおおざっぱに翻訳して、その全文をここに紹介することにしよう。

……〈教団〉に仕えると誓ったわれわれ七人は、火曜日に帆船でマル島に送られた。その日は太陽が姿を見せず、強風が三時間で船を島へと運んだ。もう家族のもとには帰れないかもしれないと思って、涙を流すものもあった。桟橋のかたわらに小屋があって、そこで執事がわれわれを出迎え、丸石を敷きつめた小道を踏みしめて、丘のうえの修道院へと案内してくれた。小さな菜園があった。建物は花崗岩でできており、四角い頑丈な造りで、この島の岩を切りだしたもののようだった。聞こえるものといえば、波と風の音だけだった。

執事はわれわれを居住区につれてゆき、それぞれの仕事を割りあてた。わたしは死んだ召使の仕事を引き継ぎ、主人の手を引いて独房から礼拝堂や食堂や便所へと案内することになった。主人の名前はトマスといって、わたしとほとんど同い年の若者だった。それでも、眼球の失われた眼窩《がんか》には哀れをもよおした。食堂で主人の食事を介助したときに、わたしはこの仕事のおぞましさを思い知らされた。切断された舌の焼灼《しょうしゃく》が粗雑なので、食べ物が喉に詰まるのである。隠者のだれもが共通の困難をかかえていた。すべての隠者とおなじように、わたしの主人も最後の誓いを立てる前に去勢手術を受けていた。この〈教団〉では禁欲、沈黙、盲目を誓っていたからである。このような外科手術の手伝いにまわされずにすんだことを、わたしは神に感謝した。

島に着いてからわずか四か月後に、わたしは船乗りを買収して本土に運んでもらった。

そうしようと決心したのは、独房の床に横たわって、泣いているかのようにしゃくりあげている主人の姿をみいだした日のことだった。わたしの足音を聞きつけると、主人は岩のかけらをつかみ、たどたどしい文字で「殺してくれ」とタイルに書きつけた。そのあいだも、わたしのローブをつかんで、哀れっぽいうめき声をもらしつづけた。わたしには慰めのことばもなかった。とても堪えられなくなって、機会がありしだい脱出しようと計画した。死んでもあの島にもどるつもりはない。慈悲深い神よ、わたしを守りたまえ。

ジェイムズ

驚くべき記録である。どのような経緯でバートンがこれを読むことになったのか、それはいまだに謎である。われわれが考えている以上に、彼の時代には広く流布していたのかもしれない。いずれにしても、われわれはついに原典を発見したのである。

明らかに、宗教的狂信と急進的教会改革運動が広まっていた時代に、ことばだけでは信仰の証として安易で不充分であり、肉体そのものが信仰の証とならねばならないと考える集団が出現したのだ。〈教団〉の隠者たちは、純潔を守るために男性器を切断し、沈黙の瞑想を容易にするために舌を切断し、二度とあやまちを犯すことのないように眼球まで引き抜いた。俗世から完全に切り離されて、おのれのうちに完璧な精神的充足を具現しようとしたのである。ところが、眼が見えず口のきけない去勢者たちが、肉体の誘惑を避けて絶海の孤島に隠遁したにもかかわらず、以前よりも苦しく、以前よりも執拗に、その肉体は存在しつづけた。強情な肉体が基本的機能をはたすのを助けるために、いまや召使まで必要になったのである。

このジェイムズが、バートンのいうヤコブス・スコトゥスであることはまちがいない。そのことばはわずかだが、多くの意味がこめられている。彼の主人は若者であったが〈教団〉の隠者の大半がそうだったのではないかと思う)、古代教会の日和見《ひよりみ》的妥協を捨てて、ことばよりも行動を好んだのだ。真の強者である彼らは、決してあともどりのできない行為に身をゆだねたのである。

だがそれからは、疑念、また疑念。人間の途方もない行為を無上のよろこびとする皮肉屋バートンは、その逆説を愛したにちがいない。神を追求して人間性を捨てれば捨てるほど、人はいっそう感傷的に人間になってしまうのだ。

まあ、これ以上くだくだしくのべるのはやめよう。ささやかな文学的発見のひとつにすぎないといわれるのがおちである。それでも、あの隠者のイメージは、いつまでもわたしにつきまとうことだろう。数えきれないほどたくさんの本を読んできたが、四世紀の闇をくぐりぬけて、あの日わたしの手に落ちてきた一片の紙切れほど、わたしの心を深くゆさぶったものはない。

注1　Cf. *Bibliographia Burtoniana*, ed. James Brown, Edinburgh, 1988.

注2　バートンの研究者ならば、わたしが一八九三年刊のA・R・シレットの、いわゆる決定版の多くの誤りを避けるために、オリジナルの一六二一年版から引用していることに気づくだろう。

注3　R.Macduff, “Burton’s Caledonian Eremites’: Possible Sources,” Cult, Celt. IV, 1947.

注4　*Compendium Historiarium Ecclesiae Caledoniae: 1200–1700*, Edinburgh, 1902.

パタゴニアの悲しい物語

Sad Stories in Patagonia

リオ・ネグロ河の南方に広がる荒涼としたパタゴニア台地は、むかしから恐竜の墓場として有名だった。だがこのごろは、生きたミロドン（南米産ナマケモノの祖先）の目撃報告があいついだために、この恐竜時代の最後の生き残りをなんとか捕らえようとして、さまざまな国の探検隊がやってくるようになった。

P・ハドウィン著『パタゴニアの怪物』エジンバラ、一九〇三年

パタゴニアに上陸した最初の夜、探検隊の隊員たちが焚火《たきび》のまわりにすわりこみ、濡れた草の感触と、丸太のはぜるかすかな音に、故国の湿っぽい夏の夜のことを思い出したとき、われわれは悲しい物語をすることにした。アンデス山脈の遠い山影を背景にして、探検隊の隊長がまず話しはじめた。この世に生き残ったミロドンをみつけようという、この壮大な試みの司令官である彼は、じつに用心深い男で、禿《は》げあがったひたいにぽつぽつと雨粒を浮かべていたが、ウイスキーを崇拝する、どちらかといえば、ひどく涙もろい男だった。

「わし自身は悲しみの権威ではないが」（われわれは反論しなかったが、彼の不幸のかずかずは、ほとんど伝説に近かった――彼の妻はとんでもない悪妻で、その情事は社交界の顰蹙《ひんしゅく》を買い、ピストル掃除中に〝誤って〟彼の左耳を射ち抜いたこともあり、カード賭博に熱中するあまり、モンテカルロのある生ぬるい夜に彼の相続財産を蕩尽《とうじん》してしまったのである。）「南ボルネオのムパルルナ地域の探検にむかっていたときに、哀れなものを目撃したことがある。

われわれは、中央マシフ高地に登る準備をするために、麓の村に滞在していたのだが、村の中央に大きな竹籠があって、ココナッツ繊維の敷物でおおわれていた。村人の話では、ひとりの少年が、あるいは、かつて少年だったものが、その籠に閉じこめられているということだった。籠の中からは、昼も夜も、ぞっとするような叫び声が聞こえてきた。

少年は、その土地の蜘蛛《くも》の神、リムソの神殿の守護者になるために訓練されていた。公認の守護者が万一急死したときのために、つねに数人の見習いが訓練されているのだ。

呪術師たちは、男児が生まれたばかりの近隣の村を襲って、こうした見習いを手に入れるそうだ。悪魔の仮面をつけた呪術師たちは、朝靄にまぎれて村へと近づいていく。不気味な光景にちがいない。母親がいくら泣き叫んでも時間のむだだ。呪術師に逆らおうとするものなどいないのだ。赤ん坊が丈夫で訓練に堪えられそうだとみると、呪術師たちは母親から赤ん坊を奪い、われわれが村で見かけたような籠に閉じこめるのだ。

ここで八年かけて肉体の訓練がほどこされるのだが、その目的はこどもの自然な身体的本能の多くを完全に逆転させてしまうことなのだ。

呪術師たちは肉体を改造する方法を知っている。バンヤン樹の枝を矯正するのとおなじ手法だ。幼児を捕らえて最初の数か月は、その上半身を少しだけひねって、肩と腰がわずかにねじれるようにする。それから、蔓草と硬い木を使ってその姿勢を固定する。数か月もすると、幼児はその姿勢にすっかり慣れてしまう。すると彼らは、そのからだをもう少しひねって、おなじ方法でまた数か月固定する。この手順を何度もくりかえすと、しまいには上半身が百八十度ねじれて、少年の顔が尻の真上にくるようになる。彼がおじぎをすると、自分のかかとをみつめることになる。右腕が左腰に、左腕が右腰にたれさがる。蔓巻ばねか、あるいは癇癪《かんしゃく》を起こしたこどもがねじったプラスチック人形のように、少年の脊椎はすっかりねじれてしまう。ふつうの少年の場合、この過程は約五年で完了する。

村人たちは、真夜中にしばしば守護者見習いの苦悶《くもん》の叫び声を耳にする。神の姿に似せて蜘蛛の歩き方を伝授するために、呪術師が満月の夜ごとに手術をほどこすためだ。彼らは少年の腕と脚に四枚の厚い膜を植皮する方法を知っている（その素材をどこで調達するのか、だれもあえてたずねようとはしない）。その膜は膝と腋の下のあいだに蜘蛛の巣を形づくるので、見習いは手足をまっすぐのばすことができなくなる。もはやはいつくばるしかない。むきだしの生殖器を空に向け、苦悩にさいなまれた顔と胸を地面に向けて、巨大な蜘蛛のように四つんばいになるしかないのだ。

この見習いが籠を出されたときに、いちどだけその姿を見かけたことがある。いつものように、ジャングルの夜明けは靄にかすんでいた。そのときには、見習いの歯が蜘蛛の毒を満たした竹の牙と交換されていることを知っていたので、村人も探検隊の隊員も、囲い地から充分に離れたところから見守っていた。

双眼鏡をのぞくと、蜘蛛の仮面をつけた四人の呪術師が、長い刺し棒で武装して籠に近づいていくのが見えた。彼らは入口の縄をほどいてから、籠に棒をつっこんで、なかにいるものを入口に追いやった。なにかがころがり出てきた。もつれた長髪に全身をおおわれた大きな人影は、ぶるぶる震えながら横たわっていたが、ふいに身震いしたかと思うと、人間離れしたうなり声をあげながら、藪のはずれにすばやくとびこんだ。四人の呪術師は、刺し棒でつつきながら、そのあとを追いかけた。あんな生き物は二度と見たくなかったので、探検隊がまもなく山岳地帯に出発することになっていたのがうれしかった。

人々を恐がらせるために、こうして呪術師たちはおおっぴらに守護者見習いを訓練するのだ。その心を訓練する方法まではわからない。そっちのほうは、さらに三年かけておこなわれるのだが、それを目撃したよそものは殺されてしまうのだ。

だが、これらの見習いが人前から消えてしまうことはない。最後の三年間の訓練のあとでも、その姿はしばしば見かけられる。別のムパルナ探検隊は、山麓の熱帯雨林でキャンプを設営していたときに、いままで見たこともないような怪物が、足をひきずりながら下生えから出現して、彼らに近づいてきたと口をそろえていった。怪物は獰猛なうなり声をあげて猟犬をおびえさせ、ジャングルのあらゆる生物を沈黙させたという。乱れた長髪のすきまから、狂気を宿した赤い瞳が見えたそうだ。どういうわけか、怪物はぴたっと立ちどまり、藪のなかにまたもぐりこんでしまった。彼らが目撃したのがほんとうに見習いだったとすれば、彼らは運がよかったのだ。なぜなら、村人の話によれば、自己であれ、ジャングルの小道でばったり出会う他者であれ、その苦しみをあたえたいという欲望は飽くことをしらないからだ。その食物は生きた人間だけなのだ」

隊長の物語はそれでおしまいだった。周囲の世界はしだいに闇にのみこまれていった。アンデス山脈はとっくに姿を消していた。近くの藪ですら、現実の屍衣にかろうじてしがみついているだけだった。きわめて大きな蝙蝠《こうもり》が焚火の光すれすれを旋回しているのが見えた。隊長はわれわれにちらっと眼を向けた。目尻の三角州に涙があふれていた。彼は防水コートのしたに着こんだピーコートからウイスキー瓶をとりだし、あやまたぬ左手でキャップをひねると、右手を使って開いた口に瓶を運んだ。

隊長の人柄はみなに愛されていたが、しずくのたれる防水布にくるまって、ごうごうと燃えさかるパタゴニアの焚火のまわりにすわった人々は、だれひとり隊長の物語をよろこばなかった。翌朝起きたら生きたミロドンを追跡することになっている男たちのなかには、その物語がパタゴニアの状況にふさわしくないと批判するものもあった。隊長の物語にきわめてしばしば顔をのぞかせる幼稚なファンタジイのたぐいではなく、彼らはリアリズムを要求したのである。けれども、もじゃもじゃの赤ひげとぱさぱさの肌をした料理人だけはちがっていた。彼は隊長の物語の「有機的構造、主題の完全無欠さ、そして時間と空間の統一への配慮」を褒めそやした。そこまで褒めるものはほかにいなかったが、隊長の物語にも要求された悲しみの要素のあることは、ほぼ全員が認めたのである。議論はきわめて意義深く、きわめて有益だった。

探検船の大工で探検隊の雑用係でもあるジョニー・チップスにも、語るべき悲しい物語があった。彼は小さな樽のうえで体を前後に揺すっていたが、その体重のせいで（とてもふとっていたのだ）、濡れた赤土にはすでになめらかなくぼみができていた。だらんとした口ひげと馬面にもかかわらず、チップスはわれわれの辛いときを助けてくれた——長い航海のあいだ孤独な船乗りを慰めるために、まるで生きているような女性のミニチュア像を、マストの前方にいくつも彫刻してくれたのである。

けれども、彼自身はなによりもまず学者だった。彼の船室は船縁《ふなべり》まで本がぎっしりとつめこまれ、それは大工道具よりも大切にされていた。いつも小さな黒い革で鼻をおおい、靴紐で後頭部に結わえつけていた。彼が物語を話していると、その視線は不安定になり、ことばに調子をあわせて激しくせめぎあうのだった。その声は木を削るやすりのようだった。

「トマス・ア・ケンピスは中世オランダの修道士で、海外に行ったこともなければ、パタゴニアの存在も知らなかった。彼は『キリストのまねび』という本をラテン語で書いたことで知られている。

トマスは長生きしてからこの世を去ったが、当代きっての聖人であることはだれもが認めていた。まもなく、彼の墓のまわりで奇跡が頻発するようになった。失われた手足が再生したり、視覚や聴覚が回復したりしたのだ。とりわけ痔疾と梅毒が得意だった。くずれた鼻がもとどおりになったのである」

焚火のまわりの人々は、本人がしばしば請けあうように、チップスの鼻が失われたのは遠いむかしの事故のせいだと信じていた。

「奇跡があいついだので、カトリック教会はトマス・ア・ケンピスを聖者にする作業に着手した。聖者にしても惜しくないと考えたのだ。枢機卿に率いられた専門家の調査隊が派遣され、列聖の手順として、死後六か月たった死体を発掘することになった。調査隊を満足させるには、死体が腐敗していてはならなかった。かぐわしい香りがたちのぼればいうことはない。それは埋葬された人物が聖者である確かな証拠なのだ。

発掘は雨に濡れた冬の日におこなわれたが、土曜の午後でもあり、当時はほかに行くところがあまりなかったので、大群衆が集まった。トマス・ア・ケンピスに癒されたと主張する人々は（例によっていんちきな連中もまじっていたが）、ここぞとばかり、ぴかぴかの新しい眼球や百合のように白い脚を見せびらかした（歯を授かったものはいないようだった。学者によれば、それは当時からもっともしばしば懇願されてきたが、奇跡にめぐまれるのはもっともまれだったという）。墓掘りが重い土をシャベルですくいはじめた。表面の土を取りのぞくと、このうえなくかぐわしい香りが墓地に満ちあふれた。いかなる薔薇よりも、それどころか、彼らが嗅いだことのあるどんなチューリップよりも甘い香りだった。

ふいにガツンという音がひびいた。柄の長いシャベルが柩を掘りあてたのだ。掘り手が柩のまわりにロープをかけると、人足たちが柩を地上にひっぱりあげた。鉛におおわれた柩には湿った粘土がこびりついていた。七か月近くも地中に埋もれていたのである。

枢機卿は兵士に命じて群衆を後退させた。柩は架台にのせられ、調査隊のひとりが蓋をこじあけはじめた。いまや人々は静まりかえっていた。もうすぐ聖者になるトマス・ア・ケンピスに自分の信頼を印象づけようと、静かに祈りを捧《ささ》げはじめるものもいた。

蓋がぎいっと開かれた。枢機卿と調査隊の一行は、掘りだされた聖者をよく見るために身をのりだした。『おお、神よ！』なかば開かれた柩のなかをのぞきこんで、よろよろとあとずさりながら、枢機卿が叫んだ。

彼は柩の蓋の内側に深いひっかき傷が何本も走っているのを見たのである。トマス・ア・ケンピスの死に顔は完全に保存されていたが、その眼はかっと見開かれていた。その指はハゲワシの鉤爪《かぎづめ》のように曲げられ、ぼろぼろになった生爪のすきまには細かい木片がぎっしりとつまっていた。死体に巻かれた布は、腰のあたりが小便と糞便にまみれていた。

哀れなトマス・ア・ケンピス。これまでに何百人もの聖者候補者の開棺に立ちあってきた枢機卿は、ただちに真相を悟った。埋葬されたとき、彼はまだ完全に死んでおらず、深い昏睡状態にあったのである。いつ昏睡からさめて悪夢にほうりこまれたのか、それはだれにもわからなかった。半年前の葬儀に参列した男たちのひとりが、たしかに柩からがりがりという音が聞こえたが、悪魔のしわざだと思っていたと証言した。

ともあれ、トマス・ア・ケンピスはこれでおしまいだった。枢機卿は柩の蓋を閉めて地中にもどせと命令した。トマスが聖者になれないことはだれの眼にも明らかだったが、それにしても、狭い柩のなかで叫ばなかったのはいかなる呪いのせいだろう？　ひっかき傷がすべてを物語っていた。まことの聖者であれば、埋葬が少しばかり早すぎたとしても、運命を甘んじて受け入れたのではないだろうか？

ともかく、トマス・ア・ケンピスはこれでおしまいだった。彼の著書はすばらしいと、全世界が認めたが、その著者はつまるところ人間にすぎなかったのだ」

チップスは樽のうえで穏やかに体を揺すった。その瞳はいつもの軌道を描いていた。彼の物語はこれでおしまいだった。

パタゴニアの雨はいくらか強まった。焚火の近くの藪さえもが夜との戦いに敗れ去った。チップスの物語についてすぐに議論がはじまった。男たちのなかには、トマス・ア・ケンピスの扱われかたに憤慨し、まともな心をもった人間ならだれだって、生きたまま埋葬されたら柩から抜けだそうとするだろうと主張するものもあった。この話は教会や規範に対する最悪の疑念を再確認させただけだというのである。チップスは樽のうえでゆったりと体を揺すっていた。

ひとりの男がチップスの語り口そのものに異論を唱えた。意外な結末をわざとあとまわしにすることによって、もっとも陳腐な注意喚起装置を濫用したというのである。ここで隊長も口をはさんだ。ほんの少しのあいだウイスキー瓶から解放されて、チップスはみなの感情をもてあそばずに、結末から話すべきだったといったのである。いまや手ばなしで泣いている隊長は、そんなやりかたは無情というものだ、自分だったらそんなまねはしないだろうといった。それでもチップスはなにもいわなかった。

物語の歴史的事実性に疑念をはさむものもいた。すべてはチップスの推論にすぎず、歴史的事実ではないことをはっきりさせるべきだったというのである。この批判は若い給仕のひとりをびっくりさせた。彼はチップスの大のお気に入りで、とくに夜更かしを許されていたのだが、チップスはいつも歴史的人物に関するこういった物語をしてくれて、その真実性を疑ったことはいちどもないといったのだ。これを聞いて、チップスに恥を知れというものもあった。

けれども、料理人は潮時をみはからっていた。赤いひげはすべての反対意見を一蹴した。彼はチップスが「歴史に屈伏するのを拒絶した」ことを祝福し、「その暗喩の妥協のない貫徹」を褒めそやした。

このひとことで議論はあっさり幕となった。

チップスは樽のうえで前後に体を揺らしていた。ちらつく闇のなかにひっこんだり、まぶしい焚火の光のなかに浮かびあがったりしながら、彼はなにもいわなかった。湿っぽいパタゴニアの夜に微笑を浮かべているだけだった。それは微笑のかなわぬ人間のひきつった微笑だった。

何百匹とも思える蝙蝠が、焚火の光の輪を出たり入ったりしながら、われわれの頭上を飛びまわっていた。隊長が懐中時計をひっぱりだして明かりにかざした。彼はあくびをした。

「さあつぎの物語にいこう」

全員が一等機関士のほうをふりむいた。彼は諸島の出身で、船医が病気のときは（ウイスキーによる病気だったが）代わりに治療にあたることもあった。その手は機械油や太い鋼鉄の配管に精通していたが、その指はピアニストか外科医の指のように優美で、その瞳はいかにも夢想家らしい乳青色だった。彼は静かに話しはじめた。

「わたしがこどものころ、故郷の町で奇妙な事件が起こりました。きつい外国訛《なま》りの医者が島の反対側に移住してきて開業しました。彼には妻と四人のこどもがいました。男の子がふたりと女の子がふたりで、四人とも十歳以下でした。男はやせていて、蛇のような頭をしていました。その妻は美人でした。

わずか一か月後に、その事件が起こりました。ある晴れた九月の朝に、この新顔の医者がひどくあわてたようすで警察署にころがりこんできて、妻が行方不明になったと訴えました。前日、いつものように散歩にでかけたままもどらない、心当たりはみなさがしたというのです。

警察は彼女が本土行きのフェリーに乗っていないことを確認してから、捜索隊を組織しました。二日間、昼も夜も捜索をつづけましたが、手掛かりはまったく見つかりませんでした。

こどもたちはいつものように学校に現われました。あまり具合がよくなさそうでした。ずっと泣いていたかのように、やつれて青ざめていました。いちばん目立ったのは歩きかたでした。四人ともまるで老人のようにぎくしゃくしていたのです。

島のこどもたちは四人のことをあまりよく知らなかったし、とても内気だったので、母親の失踪となにか関係があるにちがいないと思いながらも、どうしたのとたずねることもできませんでした。

けれども、登校をはじめて二日目に、当時六歳だった少女が、授業中にひどく気分が悪くなり、ひきつけを起こして床に倒れたかと思うと、おなかを押さえてうめきはじめました。

老女教師は少女を職員室に連れていき、毛布と枕をあてがって楽にさせてから、父親の医者に電話して、すぐ迎えにきてくれといいました。

少女が苦しそうにうめきつづけているので、女教師はどこが痛むのか聞きだそうとしました。少女は痛いとしかいわないでしばらくためらっていましたが、そのうちに先生がほんとうに心配しているのがわかったのでしょう、服のボタンをはずしはじめました。ところがそのとき、医者である父親が『だめだ！　だめだ！』と叫びながら職員室にとびこんできて、少女をかかえあげて車に運んでいってしまいました。それから彼は、残る三人のこどもたちを迎えにもどってきて、ひとり残らず車で連れ去ってしまいました。

しかし女教師はとんでもないものを見てしまったので、警察署に通報しました。ふただちに、巡査部長と警官が海を見おろす崖のうえにある医者の家に急行しました。ふたりがドアをノックすると、数分ほどしてようやく、いかにも不安そうなおももちの医者が姿を現わしました。巡査部長はこどもたちに会いたいといいました。医者は最初、こどもたちの具合がとても悪いから会わせられないといいましたが、断わりきれずにふたりをなかに入れました。

こどもたちは海に面した大きな部屋のベッドに横たわって、いかにも具合が悪そうでした。巡査部長はなすべきことを心得ていました。彼はこどもたちに服の前を開けてくれとたのみました。こどもたちは苦痛にうめきながらもいわれたとおりにしました。

こどもたちの苦痛の原因がわかりました。

四人のこどもたちひとりひとりの腹部の中央に大きな切開手術の傷跡があったのです。その傷は化膿していました。

医者である父親は、立ちつくして一部始終をみつめていましたが、大声ですすり泣いていました。こどもたちが手術を受けたわけを巡査部長がたずねても、彼は答えようとしませんでした。

巡査部長は四人のこどもたちを島の反対側にある病院に運びました。

病院の外科医は親切な男で、巡査部長の心配を見てとると、ちょうど数人の看護婦のために病理学の授業をしようとしていた手術階段教室に、いちばん苦しんでいる少女を運ばせました。少女は麻酔をほどこされ、外科医は看護婦たちに、傷口からじくじくとにじみだしている血のまじった膿を見せました。少女がひどく苦しんでいたのも無理はありません。

外科医は縫合糸を切って傷口を開きました。それから指をすべりこませて内部を探りました。なにかかたまりのようなものがありました。カリパスを使ってどうにかこうにかつまみとると、そろそろとひっぱりだして、空中にかかげました。

手術台の周囲に集まった人々は、死ぬまで忘れられないものを目にしました。外科医がカリパスにはさんでひっぱりだしたものは、血と膿にまみれた人間の手首だったのです。彼がつまんでいたのは親指だったので、中指にはまった金の結婚指輪と、長い爪にほどこされた深紅のマニキュアがはっきりと見えました」

パタゴニアの焚火のまわりでは、だれひとり身動きしようとしなかった。夜は肌寒くなっており、探検隊の隊員たちは焚火のぬくもりにいっそう身をかがめた。一等機関士はことばをつづけた。

「こうして彼らは、新顔の医者が妻を殺害したことをつきとめました。彼は妻のからだをばらばらにして、それをこどもたちの体内に埋めこんだのです。四人のこどもたちひとりひとりに、彼女の両手首と両足首が埋めこまれていました。あとになって、家族のペットであるハイランドコリーと茶褐色の大きな猫が、地下室に虫の息で横たわっているのが発見されました。その腹部にも切開した傷口がありました。地元の獣医が犬の体内から女性の眼球を、そして猫の体内から耳を発見しました。

のちに外科医は、あんなおぞましい手術は二度とやりたくないと証言しました。あの男にもっとたくさんのこどもとペットがいたならば、彼女のからだの各部分を残らず隠すことができたにちがいないともいいました。実際には、彼女のからだの残りの部分は海岸の岩のしたからみつかりました。

だが、あの父親の腕はすばらしい。あれほどみごとなメスさばきは見たことがないと外科医はいいました。殺人犯自身はなにもいいませんでした。こどもたちは助命を嘆願しましたが、彼はのちに死刑を宣告されました。島の住民たちはたたりを恐れて、島で絞首刑が執行されるのを許そうとしませんでした。けれども彼らは、彼が本土で絞首刑になることには反対しませんでした」

一等機関士の物語は終わった。パタゴニアの闇は男たちをしばし沈黙させた。それからチップスが、樽のうえでゆらゆらと体を揺らしながら、耳ざわりな声で、いまの物語はたしかによくできているが、悲しいというよりもおぞましく、この状況にはあまりふさわしくないと思うといった。

料理人は一等機関士の物語をめったに褒めなかった。もじゃもじゃのひげを逆立てて、彼は堰《せき》を切ったようにしゃべりはじめた。この物語は「日常生活の確実性と自由をめざすメタフィジカル／エロチックな悪あがきのかなり退屈な実例であり、ラング／パロールの分裂、その経験と言語における抽象的次元と具体的次元の分裂に対処するという問題のかなり退屈な実例にすぎない」とこきおろした。

だれもこの特殊な分析方法に追従しようとはしなかった。

機関士の友人である男が、ことを丸くおさめようとして、この物語はおそらく文学的というよりむしろ象徴的に理解されるべきだろう。だいいち、人間のからだに切断した手足を隠すことなどできるはずがないといった。

この最後の批判と、それまでのすべての批判に、一等機関士はごく単純なやりかたで応えた。パタゴニアの夜のなか、くすぶる焚火の前に立ちあがって、シャツの前裾をズボンからひっぱりだしたのである。そのウエストラインの真上には、水平な傷跡がまっすぐ走っていた。それは青白い北方人の肌を切り裂く九インチほどの白い波形模様だった。

それで議論は終わったようだった。習慣で行動する人である隊長は、その夜の最後の物語についてはなにもいわなかった。けれども、涙に濡れた瞳がすべてを語っていた。それでもなお、習慣で行動する人である隊長は、頬を濡らす涙もかまわずに、しきたりとなった最後のあくびをしてから立ちあがった。

「床につく時間だ」隊長はいった。「明朝は夜明け早くから、この世で最後のミロドンを罠にかける仕事が待っているぞ」

世界の悲しみに心地よい眠気をおぼえていたわれわれは、寝袋のぬくもりと、火勢の衰えた焚火にやかましくささやきかけている雨を防いでくれるテントが恋しくて、ためらうことなく立ちあがった。ここパタゴニアでは、もうすぐ火が消えて、われわれは暗闇にのみこまれてしまうだろう。

窓辺のエックハート

Eckhardt at a Window

ほこりにまみれた木の窓枠には九枚の二重ガラスがはめこまれ、三枚ずつ三段重ねになっている。エックハート警部がすりきれたカーペットのうえで爪先立てば、上段のガラスが眼の高さになる。警部は中ぐらいの背丈なので、中段はちょうどよい高さである。けれども、下段のガラスをのぞこうとすれば、わずかに身をかがめて、窓框《まどかまち》にあごを近づけなければならない。数フィート後退すると、全体が一枚の大きな窓になって、それぞれのガラスが対称で透明で、まったくおなじようにも見える。だが、エックハート警部が好むように、鼻先すれすれまで近づくと、それぞれのガラスが独特の個性を発揮して、目の前に新たな世界をくりひろげる。二重ガラスのずれやガラスのゆがみのせいで、ぴったり合わない入れ子細工のように、ふたつのグロテスクな部屋のグロテスクな顔が重なりあう。外部の風景はといえば、ガラスのゆがみや気泡やずれのせいで、都市風景であることがほとんどわからない化け物じみた木々や悪夢じみた家々が、白髪まじりの頭を動かすたびにたえまなく変形するのだ。それは地獄で永遠にのたうつプラスチックのような風景である。

エックハート警部は一年前の男女の死について考えている。十一月のどんよりと曇った日に、この北の都市ではじめて出会った、背が高くて美しい金髪女性のことである。彼女は薄いドレスのうえに短いコートをはおって震えていた。その顔は卵形で、人目をひく鼻と、ごく深い緑色の瞳をしていた。ぷっくりとふくらんだ下瞼が、ふたつの緑の瞳をなかばおおい隠していた。

こどものいない男やもめで、瞑想家でもあるエックハート警部は、たちまち彼女の外観が好きになった。その声や清純そうな雰囲気も好ましかった。彼女は脚が長く、悲嘆にくれていたにもかかわらず——その古い警察署に死亡事故を通報してきたのである——歩き方はきびきびしていた。思いがけず低い声で、一時間たらず前に起きたばかばかしい事故について彼に話していた。ぷっくりとした瞼からは涙がとめどなくあふれていた。

彼女はすまなそうだったが、それは悲嘆にくれているからではなかった。頭が混乱していたせいで、事故の起きた家の住所にあまり注意を払わなかったことを悔やんでいるのだった。その家には電話がなかったので、おもてに走りでて、通りを走っているうちにタクシーをみつけ、最寄りの警察署に駆けつけた。ところが、死体のある家がどこにあるかわからないというのである。確かなのはただひとつ、その家が警察署から一、二マイルほど離れた並木通りに面していたということだけだった。

彼女がこの事実にしつこくこだわったので、エックハート警部は思わず苦笑した。警察署のまわりは数マイルにわたって並木通りばかりで、都市のふりをした森のようなものだったが、そのことは彼女にいわなかった。古くからの住民は地理に明るいので、それぞれの並木通りのちがいを見分ける方法を知っていたが、彼の新しい部下なども、はじめのうちは外出するたびにしばしば道に迷うのである。

彼女がデスクの正面の椅子にすわって話しているうちに、しだいに闇が深まってきた。彼女の背後の窓からも、その並木通りが夜に消えていくのが見えた。寒々とした十一月の暗闇で、街灯がそれらの通りを照らすこともめったにないから、これからさがしにいってもむだだろう。彼女はなにも知らなかった。じつをいえば、その家の番地も、通りの名前も知らなかったのである。エックハート警部はできるだけやさしい口調でいった。それはあまり問題ではありません。あなたの友人はもう死んでいるのだから、朝までおとなしく待っているでしょう。

彼女は身震いしたが、それでも話をつづけたがった。彼も聞いていたかった。彼女の風変わりな瞳の動きをみつめていたかった。それが彼女の悲しみの重荷をやわらげる助けになるだけでなく、彼によろこびをもたらしてもくれたからである。正式な調書をとるのは明日の朝でもいいが、友人のことをすべて話してもらえないだろうかと彼はいった。心をおちつけて、なんでも思いつくままに話してほしいと。

「血がふきだすんです」彼女はそのことばを数回使った。ほんの一滴か二滴だが、少なくとも一日に一回、彼女の友人の眉間の中央から血がふきだすというのである。それはたしかに目立つことだろう。その血が顔を伝いはじめると、蠅を払いのける馬のように、彼はいらいらとクリネックスでぬぐうのだった。はじめて彼と知りあったのは、一か月前、田舎から出てきたばかりの彼女がバーにすわっていたときのことだった。彼の外見が好きだったので、はじめて血がふきだすのを見たときも、彼女はなにもいわなかった。ひどく恐かったし、彼も悲しみにうちひしがれているようだった。けれども、彼女はなにもいわなかった。

血を見るとどうしてそんなに悲しくなるのか、彼女はようやくそのわけをつきとめた。ある日、ふたりはすわって話をしていた。会話のあいだ、彼はいつものようにデジタル腕時計のガラスの蓋をなでさすりながら、文字盤の小さな数字のせわしない動きをじっとみつめていた。彼は顔をあげて彼女の瞳をのぞきこんだ。それから彼はいった。ひたいからふきだす血は自分の血ではないかもしれない。自分が殺したすべての人々の血がふきだしているのかもしれないと。

人殺しということばに彼女がひどくショックを受けているのを見て、彼はいきさつを話しはじめた。

人を殺していたときは、まるで他人の行為をながめているような気がしたものだ。自分にそっくりだが、マジックミラーの向こう側にいる他人の行為のような気がするのだ。何年も前、こどものころに、猫を生き埋めにしたり、ガソリンをかけて火をつけ、苦痛から逃れようとはねまわるさまを、生きた輪転花火のようだと思いながらながめていたりしたときも、これをやっているのはべつのこどもにちがいないと考えていた。数年後、自分とおなじように孤独な少年を、使われなくなった運河につき落とし、その場にたたずんで、ごぼごぼと泡立つ泥水や、静けさをとりもどした茶色の水面を、魅せられたようにみつめていたときも、あるいは、羽毛のように軽い老人に体当たりをくらわせてアパートの暗い階段からつき落とし、つぶされた蝶のようだと思いながら、ぺしゃんこになって口から血を流している姿をみつめていたときも、たまたま自分によく似たべつの少年のしわざにちがいないと考えていた。そしていまも、銃、ナイフ、車、火、水、その他の必要な手段で殺してきた人々に対して、ひとかけらの憐憫《れんびん》も示さない、この茶色のあごひげの殺し屋が、ほかならぬ自分自身であるとは、どうしても認めることができないのだ。

だがある夜、ベッドに入ろうとしていたときに、はじめてひたいから血がふきだした。ガラスの向こう側にいる男をなんとか理解しようとしながら、鏡の前で服を脱いでいたときのことだった。おびえながら、あわてて拭きとってみると、切り傷も、つぶれたにきびの跡もなく、人殺しのひたいはあくまでもなめらかだった。

それから間もないある夜、彼はバーで彼女に出会い、ふたりは愛しあうようになった。だれかを愛するのは、これが生まれてはじめてだった。

きみに出会って、ぼくはまたふたつに切り離されたような気がすると彼はいった。まわりに透明な壁ができて、これまでの人生は、だれにも愛されない見知らぬ男の人生のような気がするのだと。

これまで人殺しに身をささげてきたように、これからは愛することに身をささげたい。愛はすべての死を帳消しにしてくれるような気がすると彼はいった。そこで彼は、これまで人を殺してきた現場に彼女をつれていき、路地や廊下では立ったまま、都市公園やみすぼらしい地下室では横になって、昼も夜も愛しあった。それだけのことをしても、いつでも血がふきだした。

そうして、事故の当日、ふたりは並木通りに面した家に行った。昼すぎに彼が電話をかけてきて、ふたりはタクシーでその家にむかったのである。

ぎしぎしときしむ階段にも、ひび割れた額におさめられて壁にかかった色褪せた版画にもほとんど気づかずに、ふたりは二階に直行して、みすぼらしい椅子と変色した壁鏡のあるほこりまみれの部屋に入っていった。カーペットのない床の中央に、上面がガラスでできたメタルフレームのコーヒーテーブルがあった。

ふたりは鏡の前で愛しあった。鏡に映った彼の手がドレスのしたにすべりこむのを、彼女はじっとみつめた。目の前の鏡に映ったふたりの恋人の映像と、自分の肌に触れる男の手の感触に、快感が倍加された。

愛しあったあとで、彼にいわれて階下の台所にコーヒーを淹《い》れにいった。ガス台の前に立っていたとき、二階でがしゃんという音がした。階段のしたからどうしたのと声をかけた。なんでもないという声が返ってきたような気がしたので、また台所にもどった。

数分後に、水滴のようなものが頭をかすめ、縁の欠けた白いガス台にぽたっと落ちて、赤いしみができた。また一滴。しばらくはわけがわからなかった。見あげると、天井に赤茶色のしずくができかけていた。ようやくその正体がわかった。

びっくりして、台所をとびだし、階段を駆けあがった。すりきれたリノリウムを踏みしめる足ががくがくして、ガラスの割れた額におさめられた狩猟風景の版画にもほとんど気づかなかった。踊り場に着くと、開けはなたれたドアから居間をのぞきこんだ。

あごひげの男はぶざまに手足を広げ、ガラスが陥没した低いコーヒーテーブルのメタルフレームにあおむけになっている。そのからだは三十センチほどの緑がかったガラスの破片に刺しつらぬかれている。背中に刺さったガラスが体の重みで肩甲骨のわきから胸部を貫通し、肉切り包丁のように心臓を切り裂いている。

ガラスの尖端は緑色のシルクのシャツを裂かずに胸板をつらぬいているので、まるで猥《わい》褻《せつ》な乳房のようだ。男はかっと眼を見ひらいて驚愕の表情を浮かべている。ひたいの中央に濡れた血の小さなルビーができかけている。

彼女はすすり泣きながら男に駆けよる。彼はすでにことされている。彼はガラステーブルに腰をおろしたにちがいない。からだの重みでガラスがしない、ついに割れてしまったのだ。それは花瓶やきれいな絵本をのせるためのもので、男が腰をおろすようにはできていなかった。ガラスのなくなったフレームにあおむけにひっくりかえったひょうしに、まるではりつけにされたかのように、床に食いこんだ長いガラスの破片にずぶずぶと串刺しにされたにちがいない。

エックハート警部は彼女がかわいそうになった。背の高い金髪の女性は緑の瞳に涙をいっぱいためて、話しながらときどき彼の腕に手を触れるのだった。いまだに信じられないと彼女はいった。とても長いあいだ、彼女もまた孤独でみじめだった。それからあごひげの男に出会って、彼女の人生は意義深いものになり、愛は堪えがたい過去をさえぎるバリケードになった。ところが、そのバリケードがふいに解体されてしまったのだ。

彼女はくたびれているようだった。警部は同情するようにうなずいた。まだ彼女の名前も知らなかったが、それはあとでもよかった。彼女はあごひげの男の名前も口にしなかった。いつでも少し力をこめて〝彼〟とよんでいた。エックハート警部はひょっとすると男の名前も知らないのではないかと思ったが、あえてたずねようとはしなかった。彼女の話に耳を傾けているだけで楽しかったし、詳しい話は明日の朝でもよかった。

もう帰宅してもかまわない、明日の朝早く来て供述書を作成してから、その家をつきとめるのを手伝ってもらいたいと警部はいった。すると、風変わりな緑の瞳にまた涙があふれた。自分には帰る家がない、あごひげの男のもとに引っ越すために、その日アパートを引き払ったばかりだというのである。

エックハート警部は彼女をみつめた。背が高くて温かみがあり、見れば見るほど好ましかった。まったく無意識のうちにデスクごしに手をさしのべて、たのもしそうに彼の腕に触れるしぐさも好ましかった。

それは問題ありません。警察署の夜勤用の部屋に泊まることができます。当直の巡査部長をよんでコーヒーとサンドイッチを運ばせましょう。まだ早いけれど、眠ったほうがいいでしょう。明日の朝は死んだ恋人のいる家をつきとめるのに協力していただかなければなりませんと警部はいった。

彼女が巡査部長といっしょに出ていったあとも、警部はしばらくすわったまま、彼女のことや、彼女が通報しにきた奇妙な事故について考えた。彼はまた、ほのぼのとした満足感や、明日の朝また彼女に会うのを楽しみにしている自分の心についても考えた。まだなんとなくはっきりしなかったが、これが彼にとって特別な日だと感じずにはいられなかった。

エックハート警部はたしかに翌朝はやく彼女に再会した。金髪の女性は夜中に警察署を抜けだしたにちがいない。早朝に再会したときには、変わりはてた姿になっていた。

夜が明けようとしている。霜のおりた十一月の都市の夜明けである。空は不透明な厚いガラスで、朝日のくさびがそこに打ちこまれている。

都会の小さな空き地に数人の男がたたずんでいる。白い息が音のしないトランペットのようだ。エンジン音をひびかせて、一台の車が近くの通りに乗りつけ、厚ぼったいオーバーを着こんだ白髪まじりの初老の男が、霜にきらめく雑草を踏みしめながら男たちに近づいていく。

「こちらです、エックハート警部」

警部はうなずいて、凍てついた地面に横たわる死体を検分するために身をかがめる。それは薄いドレスを着た脚の長い女性の凍死体である。衣服も金髪も白い霜におおわれて、クリスマスの贈り物のようにきらめいている。彼女は手足を広げてあおむけになっている。十一月の朝霜にすっかり白くなった瞳は、まるで彫像のそれのようだ。

腹部からつきでた長いガラスの破片が、ときおりさしこむ朝日を浴びてぎらりと輝く。まるで死者の国の旗のように、彼女はそれを凍った両手で握りしめている。

エックハート警部はこの死にひどくショックを受け、もう二度とあの娘に会えないのかと思うとひどく悲しくなった。こうなったら働いて働いて働きぬくしかない。彼女の死の捜査は彼の担当ではなかった。あごひげの男を発見するのが彼の仕事だった。そこで彼は時間をむだにせず、さっそくその仕事にとりかかった。

彼と彼の部下は一軒ずつドアをたたいてまわり、ほこりにまみれた窓を何十となくのぞきこみ、並木通りにある空き家とおぼしい建物を残らず調べあげたが、徒労に終わった。エックハート警部の部下のなかには、ひょっとしたら、あの女の話はでっちあげではないかといいだすものも現われた。その日の夕方近くには、彼自身もその可能性を無視できなくなり、彼女の話はとんでもないでたらめで、そんな死体などどこにも存在しないのではないかと思いはじめるようになった。

ところが、日没の直前に、死体がみつかったという報告がとびこんできたのである。

その家は、警察署をとりかこむ迷路のような並木通りのひとつに面している。どの通りも鏡に映したようにそっくりである。地理に明るい人々は、道路のでこぼこや風変わりな建物などで見分けている。

白髪まじりの男はパトカーから降りて、くたびれた小さな家の玄関に近づいていく。ドアを開けると、ぴりぴりと冷たい外気にかびくさいにおいがわっと襲いかかる。ぎしぎしきしむ階段や、壁にかかった版画や、すりきれたリノリウムを、彼は心に留める。薄暗い踊り場で、三つの部屋をのぞきこむ。縁の欠けた洗面台のある浴室。亀裂の走る壁鏡があるがらんとした寝室。そして居間。そこには彼の知りぬいたにおいがたちこめている。

「こちらです、エックハート警部」

ごったがえす写真班や刑事たちのすきまから、天井の裸電球に照らされた男の死体が見える。長方形のメタルフレームにはりつけにされて、かっと眼を見ひらいている。あたりにはガラスの破片が散乱している。薄幸そうな顔に薄いあごひげを生やし、ひたいがいくらか後退している。若かったことなどいちどもなさそうな若者の顔だ。頬には人生の辛苦と悲哀のしわが刻まれている。

だが、ふたつ奇妙な食いちがいがある。死体のひたいには彼女が最後に話したような血の跡がない。このあごひげの男のひたいはなめらかで傷ひとつない。だが、もっとおかしなことに、男は背中を刺されていなかった。それはだれの眼にも明らかである。長いガラスの破片は、血と排泄物にまみれた猥褻な男根のように、男の股間からぬっとつきだしているのである。

すべては一年前のことだった。この一年、ふたりの男女の謎の死についてはなんの進展も見られなかった。エックハート警部は金髪女性の死因の捜査が怠りなく進められるように気を配った。しかし目撃者はひとりもみつからず、動機をつきとめることもできなかった。彼女の過去は空白で、捜索願いもなければ、身元の確認を要求するものも現われなかった。捜査員たちは彼女の死を殺人として扱ったが、彼女がみずからガラスの破片をからだにつき刺した可能性も捨てきれなかった――自殺するにはきわめて不快な方法だが。

ガラスに刺されて死んでいたあごひげの男については、最近、並木道に面した古い家の一年分の家賃を支払ったばかりだというだけで、あとはなにもわからなかった。

エックハート警部は以前の殺人現場で愛しあったという彼女のことばを思い出した。そこで、毎日眼をこらして、古いファイルのほこりや褪せた文字と格闘した。通りの樹木におおいかくされたおぞましい犯罪の悪夢に苦しめられるようにもなった。だが、その家で殺人事件があったという記録はみつからなかった。それは引退して南に移住した老夫婦の持ち家だった。

やがて、金髪女性とあごひげの男の事件も、そっくりファイリングキャビネットにおさめられることになった。エックハート警部の上司は、きわめて不可解な事件ではあるが、かけだしの売春婦と殺し屋と思われる男の死など、ことの性質上、たいして重要ではないといった。

だがエックハート警部は忘れなかった。忘れることができなかった。どうしてなのか、自分でもはっきりとはわからなかったが、彼にとって、それは「ことの性質上」きわめて重大な事件だった。彼は何時間も窓辺にたたずんで、多すぎるゴム玉をもてあましているジャグラーのように、なんとかしてすべてをひとつにまとめようとするのだった。これまでの経歴などかけだしの新米警官のようなものだと考えるようになった。自分もまた鏡のなかに足を踏み入れて、すべてががらっと変わってしまったような気がしていた。

この事件は、その可能性と謎によって悩ませると同時に、楽しみをもたらしてもくれることを、彼としても認めないわけにはいかなかった。たしかに彼女は死んだ。だが、いまや彼は個人的な宗教の司祭長であり、この神秘的教義をめぐって神学を構築しなければならないのだ。彼の儀式のひとつは、ときには女神であり、ときには悪魔でもある、あの金髪の女性について、毎日瞑想することだった。あごひげの男の死に関する彼女の話は、どうしてあれほど正確で、しかもあれほど誤っていたのだろう？　死んだ男がどうして台所にいる彼女のよびかけに応えることができたのだろう？　彼女はどうして夜中に警察署を抜けだしたのだろう？　なんのためにわざわざ空き地まででかけていったのだろう？

彼は毎日のように、あの謎の独創的な解答を発明する。たとえば、事件をおおざっぱにとらえて、これは無理心中かもしれないと考える。その概要はつぎのようなものである。金髪の女性がなんらかの方法であごひげの男を殺し（ここはもっともあいまいな部分のひとってある）、あの古い家のガラスの破片のうえにすわらせ、それからその家を抜けだして、あの空き地で腹をつき刺したのである。

あるいは、あごひげの男が殺人犯であると仮定することもできる。彼は空き地で金髪の女性とおちあい、ガラスの破片で腹をつき刺してから、かびくさい家にもどり、わざとガラスの破片のうえに腰をおろしたのである。

いうまでもなく、第二の無理心中説では死の順序は逆になる。だが、どちらの説をとっても、彼女が警察署を訪れたわけも、作り話をしようと決心したわけも説明がつかない。それでも警部は、両方の説になんとなく満足感のようなものをおぼえる。倒錯した不幸な愛の暗示のせいかもしれず、ガラスの象徴のせいかもしれない。あるいは、ふたつの死のどちらが殺人でどちらが自殺かという謎のせいかもしれない。

エックハート警部は、ひそかに二重殺人説も温めている。それはつぎのようなものである。何者かが金髪の女性とあごひげの男を殺したいと思う。ひょっとすると、殺し屋に復讐するためかもしれないが、動機は不明である。犯人はなんらかの方法であごひげの男をガラスの破片のうえにすわらせ（これもまた、警部には不満である）、なんらかの方法で金髪の女性をおどして警察にもっともらしい嘘をつかせ（こっちのほうはわずかながら可能性がありそうだ）、それから真夜中に警察署を抜けだして空き地に来させ、そこで彼女を殺害したのである（この部分も説得力に欠けることは認めざるをえない）。

ときには犯人がふたりいて、ひとりがあごひげの男を、ひとりがあの娘を殺したのかもしれないと考えることもある。共謀かもしれず、そうでないかもしれないが、凶器にガラスの破片を使うことなどめったにないから、共謀の可能性が高い。だが、二重殺人説には大きな利点がある。この説によれば、だれがどんな理由でだれを殺したか、その組み合わせが自由自在なのだ。

エックハート警部は、別の理由からも二重殺人説が気に入っている。この説にしたがえば、金髪の女性は罪をまぬがれ、殺人者を愛したために殺された哀れな犠牲者となるからである。それに、札つきの暗殺者であるあごひげの男の死は安心感をもたらしてくれる。たとえどんなに荒っぽくても、この都市の通りには正義が徘徊しているのだ。

だが、どうしてもひとつ気になることがあった。金髪の女性はどうして警察署に嘘をつきにきたのだろう？　いくら考えても、それだけはどうしても理解できなかった。

一年間、エックハート警部は推理に推理をかさね、窓辺にたたずんで推理を楽しんだ。理論の不完全さにもいらだちをおぼえることはなかった。いつかきっと波紋やゆがみや動揺が消え去って、納得のいく明白な真実が明らかになるにちがいないと確信していたのである。

そして、ふたりの死の翌日からほぼ一年になろうかというある朝、彼は事件全体をまったくちがう眼で見なければならなくなった。警察署から一マイルと離れていないところで、水力発電会社の作業員が電線の定期点検を行なっていたところ、ある古い家を調べていたときに、おぞましいものを発見したのである。

厚いオーバーを着こんだ白髪まじりの男がパトカーから降りたつ。彼はヘルメットをかぶった男たちが煙草をふかしながらおしゃべりしている家のドアにむかって歩いていく。小さな家で、羽目板のペンキがはがれかけている。こんな地味な家は、並木通りに面したほかの家とほとんど区別がつかないだろう。

きしむドアを押しあけ、わっと襲いかかるかびくさい空気を身をかがめてやりすごし、玄関を通りぬけて階段のしたに近づく。二階から話し声が聞こえてくる。リノリウムのすりきれた、ぎしぎしきしむ階段を、足音をひびかせながらのぼっていく。壁に色褪せた版画がかかっているのに気づく。踊り場でたちどまる。ここまでくると、においはいっそうかびくさくなる。開けはなたれた部屋のなかで、数人の男たちが動きまわっている。制服姿の警官たちだ。

「こちらです、エックハート警部」男たちのひとりが振り向きもせずにいう。そこで彼は男たちの注意を独占しているものに眼を向ける。

散乱したガラスの破片にかこまれた小さなコーヒーテーブルのメタルフレームに、きちんと服を着こんだ男の死体があおむけに横たわっている。長いあいだそこに横たわっていたにちがいない。露出した顔や手足には青みがかった紫斑が浮かんでいる。頬の肉がくずれて骨がむきだしになっている。眼はからからに乾いて干しぶどうのようだ。衣服もテーブルのフレームの真下の床も、流れだした体液にまみれてどす黒く変色している。

死因はきわめて明白だ。床に食いこんだ長いガラスの破片によって背中を刺されたのである。あまりにも深く刺さっているので、ガラスの尖端は胸を貫通し、おぞましい乳首のように、かつては淡緑色のシャツだったものの生地から顔をのぞかせている。

あごから抜け落ちた一筋のひげが、シャツの中央にはりついている。長い茶色の髪のついた頭皮が、まるでインディアンの戦利品のように、のけぞった後頭部からぶらさがっている。指先はすっかり腐敗して骨がむきだしになっているが、紫斑の浮いた左手首にはデジタル時計がひっかかっている。ガラスにおおわれたデジタル数字が、いまでもせわしなく時を刻んでいる。


エックハート警部は警察署のオフィスにもどり、夕方近い窓辺にたたずむ。彼は金髪の女性とあごひげの男と、顔もわからない影のような復讐者の可能性について考えている。窓ガラスに彼らの姿が映っているような気がする。さまざまな役割を演じつつ、自分を刺したり、互いに刺しあったり、ひとりが全員に刺されたりしている姿が、万華鏡のようなガラスに映しだされる。

警部はため息をつく。おもての闇はしだいに深まっていく。もうすぐゴキブリの複眼でながめたような自分自身の複数の映像が、もっとくっきり映しだされるだろう。二重ガラスのせいでぼんやりにじんだ都市の夜景が、この十一月の黄昏に浮かびあがるだろう。それは超自然的なはめ絵のはじまりである。

窓辺にたたずむエックハート警部は、ことのなりゆきに不満をおぼえているわけではない。いまとなっては、彼の謎を（この謎は自分だけのものだと確信しているのである）解決したいとは思っていない。それについてじっくりと考え、その複雑さを楽しみたいと思っているだけである。

第二のあごひげの男の死体の発見にあらためて驚嘆しながら、彼はゆっくりとデスクにもどっていく。彼の背後では、九人の——あるいは十八人かもしれないが——ゆがんだエックハート警部が、するすると、ぎくしゃくと、あるいはとんぼ返りを打ちながら、それぞれのデスクにもどっていく。彼らはそろって腰をおろす。少し間をおいてから、まるで合図でもあったかのように、全員が複雑きわまる動作で鉛筆に手をのばし、ありえないほどの正確さでそれをとりあげると、そろってなにかを書きはじめる。

一本脚の男たち

The One-Legged Men

いまきみは彼らのなわばりにいる。外見にだまされてはいけない。つぎのようなことに気をつけるのだ。彼らは縁石や玄関の上がり段でむやみにつまずく。歩くときはたえずバランスに気を配る。椅子から立ちあがるときは腕でからだを持ちあげる。下肢がこわばっている。落ちたものを拾うのをためらう。いちばんわかりやすいのは、ズボンの片方にはくっきりとした折り目があって、もう片方にはないことだ。靴でもわかるだろう。疑わしい靴は、左右ともすりへっているように見えても、片方はなんとなく不自然なものだ。ひとつ忘れてならないことがある。会話をしているときに、手と上半身を使った大げさな表現に気づいたら、おそらくそいつがそうなのだ。

ジェイムズ・R・ロス著『ミュアトンの風景』より。アイルシャー・トゥデイ（グラスゴー、一九五〇年）

イースト・アイルシャー州ミュアトンは、樹木のない渓谷に横たわり、そのかなたに広がるレッドヒルズは、イングランドとの国境までうねうねとつづいている。ミュアトンは炭鉱のまわりに蝟集《いしゅう》した村落のひとつである。炭鉱そのものは、訪問者の眼には、悠久のムーアランドの健康な肌からにじみでた膿のように見えるだろう。だが、例によって逆説的ないいかただが、アイルシャー州のこの地域ではごくありふれた、これら醜悪な鉱山のぼた山は、頑健な肉体と活発な精神にめぐまれた住民をはぐくむ乳房にもたとえられている。いたるところに生えているいじけたヒースのように、これらの人々にも美しい季節があるのである。

ミュアトンの少年たちは学校が好きではない。ミュアトンの少年たちは詩が好きではない。ミュアトンの少年たちはサッカーや、鱒《ます》釣りや、コインを投げて賭けをするのが好きである。話すことといえば、若い娘について話すのが好きである。十五歳になったら炭鉱で働くつもりだと話すのが好きである。一日に六回鳴りひびく炭鉱のサイレンは、ミュアトンの少年たちにとってハーメルンの笛吹きの調べである。甘いことばで排他的な深淵へといざなう悪魔のささやきである。

ジェイムズ・オコネル牧師著『現代アイルシャー教区年報』より。（ダムフリース、一九七九年）

一本脚の男たちが異常に多い町として、ミュアトンを一躍有名にしたあの炭鉱事故は、わたしがこの教区に赴任した最初の年に起こった。天候に関するかぎり、あの日は朝からめぐまれていなかった。いまにも降りだしそうな、どんよりと曇った朝だった。表向きはもう夏がはじまっていたが、いみじくも〈鉛の丘〉と名づけられたレッドヒルズは、すっぽりと霧におおわれていた。ミュアトンの六月は一月よりわずかに暖かいだけだということを、わたしは身をもって学んだ。昼勤の労働者たちは、その大半がわたしの教区の人々であるが、朝の六時ごろに灌木《かんぼく》の立ち並ぶ道路を炭鉱へとむかう。彼らのほとんどが血のつながった親兄弟である。道の途中で、彼らは家路にむかう夜勤労働者とすれちがう。だれもが黒く煤《すす》けた顔をして、あどけない少年たちも——神よ、彼らをお守りください——昼と夜が逆転した世界で、食事と寝床だけを楽しみに帰宅していくのである。むろん、彼らのだれひとりとして、まさにその日、造物主の謎めいた意志が実行されることになるとは夢にも思っていなかった。

ミュアトンの炭鉱労働者たち。彼らは炭鉱のエレベーターのゲート前でひしめきあう。巨大な観覧車のごとく、頭上にそびえるタワーが不気味なきしみをあげる。いつものように、彼らは地獄への降下を待っているのだ。

下院議員トム・ケネディ著『炭鉱夫から国会議員へ』より。（グラスゴー、一九四六

年）

最初のうちは、炭鉱のケージに乗りこんで地下に降りていくのは、とてつもなく恐ろしいものである。喉もとまでせりあがった胃袋がもとの位置にもどらないような気がする。新顔の少年のなかには小便を漏らすものもあって、それから何週間も、男たちはそれをむしかえして大笑いする。だがそのうちに、われわれはケージにも慣れて、どれほどの深さを降下しているか、ほとんど考えなくなってしまう。三百メートルだろうと、三千メートルだろうと、おなじことではないか。地下に降りていくにしたがって、ふつう気温が上昇するので、真冬でも汗がふきだすほどである。

いまでもなつかしく思い出すのは――この下院議院にもあればいいのだが――あのころの高揚した気分である。

あるものはジョークを飛ばし、あるものは笑い、あるものはあくびをし、あるものは唾を吐き、あるものは白日夢にふけり、あるものは首のうしろを掻き、あるものは頭をめぐらせて屍衣のような丘陵を見あげる。そして最後のグループがケージに乗りこむのだ。

『アイル日報』六月四日号より。

ミュアトン炭鉱事故の続報

昨日の朝、このアイルシャー州の小さな町を震撼させた、あの悲惨な炭鉱事故がどのようにして起こったのか、だれにもまだわからない。確実なのはただひとつ、ほとんどすべての家庭から被害者が出たことである。

国家石炭省の専門家は、ブレーキ機構が作動しなかった原因をつきとめるために、現在もなおシャフトの底に落下したエレベーターケージの残骸を調査中である。来月の調査委員会までには報告書が作成されることになっているが、この惨劇はつぎのようなものであったと思われる。

午前六時四十分ごろ、少年をふくむ四十人の男たちが、切羽《きりは》まで降下するために、エレベーターのケージに乗りこんだ。ケージが千二百メートル降下する数分間に、ケージが暴走をはじめたことを警告するベルが鳴りひびき、赤い警告ランプが点滅した。

この時点で、彼らは所定の防御体勢をとった。炭鉱の安全管理部のデーヴィッド・マッキャン（五四歳）はつぎのようにのべている。「炭鉱では、週に一回、安全手順の予行演習を行なっている。ケージの暴走に備えて、彼らはなすべきことを心得ている。手をのばして、ケージの天井にとりつけられた革のストラップをしっかりつかみ、片脚をフロアから持ちあげるのだ。そうすることで、ケージの落下距離にもよるが、運がよければ、たとえケージが地底に激突しても、片脚は助かるかもしれない」

本日の午後、記者はつぶれたケージが開かれたときに現場に居合わせた救助隊員のジョン・マッカラム（四三歳）とトム・マクリアリー（二九歳）にインタビューした。マクリアリーはなにも話してくれなかったが、マッカラムはつぎのような短いコメントを話してくれた。

「あれはわしがこの仕事について以来最悪の事故だ。生存者がいるとはとても思えなかった。ケージはすっかりねじれていたから、アセチレントーチで切断するのにひどくてこずった。内部から音がしていたから、生存者がいることはわかっていた。正面を焼き切ったときも、どうすればいいかほとんどわからなかった。それほど悲惨な光景だったのだ」

現在では、四十人のうち十三人が生存していることがわかっているので、その安全手順もある程度は役に立ったようだ。衝撃の瞬間、革のストラップはショックをいくらか吸収してくれたが、予想されたとおり、つぎの瞬間にはちぎれてしまった。そのために、残りの体重がすべて片脚にかかることになった。その脚はあっというまに粉砕されてパルプのようになってしまった。

陪審の退席。陪審の評決。査問会議、調査委員会、労働裁定委員会、労災保険の清算、補償委員会、健康診断、立証責任、安全基準の改正、改訂法規、ヘルメットの強制。

『エジンバラ・タイムズ』十一月六日付投書欄より。

拝啓

本紙に掲載された最近の記事のなかに、人体の一部がパルプのように粉砕された場合の生理学的外見に関するものがありましたが、それについて適切なデータを申し添えたいと思います。

わたしはミュアトン炭鉱事故の犠牲者を調査した医師のひとりなので、いままでは〝パルプ化現象〟とよばれている下肢への影響について、責任ある意見をのべる資格があると思います。

まずはじめに、墜落直後のパルプ化した下肢が「タルタルステーキのようにぐちゃぐちゃ」だったという、本紙記者の不正確な描写ですが、あれはまったくナンセンスです。ミュアトンのケージの床に流れた大量の血液を除けば、外から見てもほとんどわからなかったはずです。

たとえば、十三人の生存者のパルプ化した下肢ですが、衝撃の瞬間、大腿骨、膝蓋骨、脛骨が崩壊しました。一例だけ、大腿骨が下部腸管に押しあげられて、重大な損傷を引き起こしていましたが、致命的なものではありませんでした。

だが、骨の崩壊のあと、外見上は無傷の筋肉と皮膚によって、下肢はもとの位置にはねもどったようです。したがって、ちらっと一瞥しただけで損傷を判断するのは不可能でした。救助隊が発見した身体を動かそうとしてはじめて、持ちあげようとしている下肢が完全に冷えきっていることに気づいたのです。むろん、ただちに切断する必要がありました。

つぎのことを申し添えたいと思います。死亡した炭鉱夫の場合、それぞれの片脚あるいは両脚もおなじように傷ついていました。上半身はまったく傷ついていないのに、どうして即死してしまったのか、それには今後の調査が必要だと思われます。

わたしはこれらの報告が事態を沈静化させるのに役立つものと信じます。

敬具

医学博士J・ブレア

ねえねえ、知っているかい？　答えられるかい？　考えてごらん？　やってごらん？　思いつくかい？　わかるかい？　はじめは四本足、それから二本足、それから一本足、それから三本足、こんなおそろしい生き物はなあに？

こぼれ話

1　一年後の生存者のことば

「おれはミュアトンに住みつづけるつもりだ。少なくともここにいるかぎり、妙な眼でじろじろ見られることはないからな」

2　ミュアトンのこどもたちの縄とび歌

ひととび
ふたとび
あなたの父さんなにしてる?
ベッドで卵を
食べてるよ
あんよがいっぽんないからね

3　ミュアトン小学校校長、スティーヴン・ニールのことば

「わたしは生存者のほとんどの家族を知っていますが、まったく回復していないものもいるという印象を受けました。たえまない悪夢と憂鬱、それに性的不能に悩まされて、彼らは心理治療を受けているのです」

4　一年後の生存者のことば

「溺れかけた人間は、一瞬のうちにそれまでの全人生を見るという話を聞いたことがあるかい?　女房にもよく話すんだが、おれたちが墜落していくときもそうだったね。ばあさんまで見えたんだぜ、二十年も前に死んだばあさんまで」

5　一年後の生存者のことば

「まさか実行するはめになるとは思わなかったな。予行演習していたときも、みんなばかにして笑っていたんだぜ。『こんなまねをするようなときは、どうせ助かりっこないじゃないか』と思っていたからな。ビッグ・ジョック・マッカッチョンがよくいっていたよ。『おれたちをばかだとでも思っているのか？　鶏みたいに片脚あげて死ぬなんぞまっぴらだ』とな」

6　一年後の生存者のことば

「どっちの脚をあきらめるか、どうしても決心がつかなかった」

7　救助隊員のことば

「みんな死んだほうがよかったと思っているのさ」

海を渡ったノックス

Knox Abroad

航海は終わった。スコットランドの宗教改革者ジョン・ノックスは、いくらかふらつきながら、愛猫クルーティとともに、樹木のまばらな河岸に（むしろ海岸のようだが）たたずむ。ついに上陸した。いまは十月で、ここは異邦の地だ。ノックスは周囲をみまわして微笑を浮かべる。大海原の航海のあとでも、なにも変わらない。靴が枯葉に触れる。樹木のつつましい嘔吐物。彼は麻痺したように動かない岩をじっとみつめる。風はいまだに頭の真上から吹きつけて、彼を杭のように地中に打ちこみ、生き埋めにしようとしている。航海中は毎晩のように、あたかもペストから逃れようとするかのごとく、外宇宙へと遠心的に遠ざかりゆく惑星を、星の砂漠をながめてきた（二十年間、夜毎おなじものをながめてきた）。朝になると、いつものように太陽が彼をさがしだし、ひどく繊細な灰色の肌をじりじりと焦がした。彼はまた微笑を浮かべる。たとえ樹木のあいだでも、避難所はない。彼は身をかがめてクルーティの背中をやさしくなでる。ふたりはそろって向きを変え、踏み固められた小道をたどって暗い森の奥へと消えていく。

「カナダという名前に関する語源学的脚注。スコットランド長老教会の創始者であるジョン・ノックスは、一五四七年にフランス軍に捕らえられ、フランス海軍ガレー船の奴隷刑を宣告された。十八か月後、彼は脱走した。だが、ブルターニュの伝説によれば、脱走する前に、彼はニューフランスをめざす探検船に数か月乗船していたという。これはありえないことではない。いくらか信頼性に乏しいべつの伝承によれば、何年ものちに、スコットランドにもどったあと、すでに迫害を受けた人々の避難所となっていた《新世界》について、弟子のひとりが彼の意見を求めたところ、ノックスはスコットランド語で『アイ・カナ・ダエ・ウィズ・イット（わしなら扱える）』と答えたという。こうして、偶然にではあるが、ノックスはかの地をカナダと命名したのである」

M・ゴバート著『エコセーズの思い出』（ジュネーヴ、一八九七年）

ガレー船では奴隷ということになっていたが、彼は主人であり、そのことは彼自身も彼ら乗組員も知っていた。それは探検船でもおなじだった。航海士は彼の弁舌が恐ろしくて、彼にほかの奴隷たちと甲板磨きをさせるようなまねをしなかった。いかなる耳も、彼が投げつけるぞっとするようなことば（神の定めた運命！　神の選択！　神の劫罰！）には堪えられなかったのである。それでも、お荷物というわけではなかった。フランスのサン・

マロを出港して二週間後に、船医が嵐で溺死すると、ノックスはその地位をひきついだのである。ほかのものはみなその仕事をいやがった。彼のほうも、他人と肌の触れあう生活をひどくいやがったが。独房か狭い地下牢にでもほうりこまれたほうが、もっと満ち足りていただろう。

船長は、論客としての彼のあっぱれな腕前を知っていたので、単調で退屈な航海のあいだ、神学的な事柄について論争するために、しばしば船長室の夕食に招こうとした。ノックスは船長もみなとおなじ偶像崇拝者だと蔑視していたので、鼻もひっかけなかった。

ノックスは聖処女の像を海に投げ捨てた。日曜日のことである。乗組員たちは幸運の儀式として聖処女の像に接吻するために集まった。ノックスはメインマストの横の台座から像をむしりとり、星の王冠と大蛇の頭をさかさまにして、荒れ狂う海にざんぶと投げこんでしまった。像は石のように沈んでいった。この瀆神《とくしん》行為にフランス人船員たちはすくみあがったが、だれも彼には手をださなかった。彼は愛猫に冗談をいった。「海の女王は泳げないんだよ、クルーティ」それでも、だれも彼には手をださなかった。

肉体的には、ノックスはやせて骨ばっていた。しなやかなからだと邪悪な黒い瞳をした黒猫のクルーティ以外には、彼は攻撃的な論客だった。クルーティは怒ると手がつけられなかったので、船員たちの心のなかでは、黒猫はノックスの使い魔だった。ノックス自身も怒ると手がつけられなかったが、クルーティには決してどならなかった。

「なあ、かわいいクルーティ、おまえはこんなに教会がひとつもない土地を見たことがあるか？　このままではいかん。この河岸にそって尖塔が立ち並んでいるさまが眼に浮かぶようだ。教会はこの汚れた河を美しいものに変えてくれるだろう」（その気になれば、ノックスはスコットランド訛《なま》りのない完璧な英語を操ることができた。）

　彼の声を賞賛するように、猫はごろごろとのどを鳴らし、細いすねにからだをこすりつけるのだった。男は眼を細めてながめるのだった。そばにだれもいなければ、いつまでもこすりつけさせて、ふたりだけの世界にひたるのだった。もしだれかが見ていたら、猫が怒ってしっぽをふりまわしても、邪険にはらいのけるのだった。


　やれやれやっと船から降りることができる。あの船長の豚のように太った女房は、わしがどこに行っても豚のような眼でじっとみつめていた。わしがあの女にしてやったことといえば、死んだ赤ん坊の両足をつかんで股間からひっぱりだしたことぐらいだ。むかつくことに、あの女はわしに情欲を抱いているのだ。親父の農場で子豚を生んでいる黒豚でも、あの女ほどおぞましくはないだろう。やれやれ、やっとあの悪臭芬々《ふんぷん》たる船員部屋からも解放された。どこもかしこも堕落と汚穢《おわい》にまみれていた。生殖器の大きさを自慢するためにズボンの前を開ける男ども。船員の情婦のようにふるまう少年ども。

　だが、嵐のあいだ、やつらのうちに真理が燃えあがった。やつらの目玉に恐怖がふくれあがった。わしはやつらを、ひとり残らず、地獄の燃えさかる炎であざけってやった。大海のただなかの嵐のあいだ、わしは甲板にいて、海の猛威を賞賛していた。やつらが帆を降ろそうとしていたときに、帆桁が折れ、帆布が引き裂かれ、帆脚索があたりかまわず跳ねまわった。若い船員で、やつらのなかでも最悪のきんたま自慢野郎が、ラチェットに腕をはさまれた。樹液の多い枝のように、骨がなかば砕け、肉は残らず引き裂かれ、筋肉は切断された。わしは外科医ののこぎりをとりあげて、痙攣するからだから腕を切断し、船底に運んで切り口を沸騰するタールにひたしてやった。来る日も来る日も、腐った肉を食いちぎり、膿を吸いだしてやったのはこのわしだ。やつらが見ているときは、わざと肉や膿を飲みこんでみせた。やつらにはそんなまねはできなかった。記憶にあるかぎり、死と病、病と死が、つねにわしの味方だった。

いまや航海は終わった。ここは上陸するのによいところだ。どちらを向いても、教会にふさわしい場所ばかりだ。質素な共同墓地のある質素な教会がいい。できれば花も禁じたいぐらいだ。わしはすでに、だれも手を触れようとしなかった男を埋葬した。航海中にコレラで死んだのである。死んだ家畜を農場のこやしにする要領で、やつをこの土地のこやしにしてやった。やつらのみじめな司祭を埋葬したのだが、フランスを出発したときから病んでいたのである。クルーティとわしだけが葬儀に参列した。わしはやつの肉体を悪魔にゆだねてやった。船にもどると、病人の嘔吐物と排泄物を甲板から洗い流した。わしがやつらより有利なのはこの点だ。やつらは生きつづけることに執着しているのだ。

船員たちは原住民に、色ガラスの破片や、茶色の木製ビーズや、ロープのはしきれや、布のきれっぱしを贈った。原住民たちは興味がなさそうだった。ただひとつ、鉄のナイフの贈り物だけは全員が賞賛した。船長は彼らの酋長のクヒースクヒーネイにかならず渡すようにとしつこく念を押した。船員たちは原住民にブルターニュチーズをさしだしたが、長い航海のせいですっかり腐っていた。お返しに原住民は犬をよこした。彼らは揚げた鶏の腿肉には大喜びしたが（船には生きた鶏が積まれていたのだ）、ゆで卵はぺっぺっと吐きだした。ワインは汚染された水のように扱い、周囲に新鮮な水がいくらでもあるのに、船員たちがワインを飲むのを不思議がった。彼らは船長の食糧庫から黒パンのかたまりをとりだして、もの珍しそうにむしゃむしゃ食った。

原住民たちはお返しにほとんどなにもくれなかった。金もなければ銀もなかった。それこそ船員たちがあてにしていたものだったのだが。原住民がよこしたのはネズミの臓物と骨の詰まったお守りだった。船員たちはそのにおいに辟易して、彼らの目の前でそれを河に投げ捨ててしまった。原住民は乗組員たちを、いかにもうまそうなにおいのするビーフシチューのようなものでもてなしてくれたが、人間の肉ではないかと恐れて、だれも手をつけなかった。なかには一目見ただけで吐いてしまうものまでいた。原住民は一部始終を無表情にみつめていた。

最後に、酋長の評議会が、船長への特別な贈り物として、ヘラジカとクマの巨大なゴム状の睾丸から、ラットやウサギの小さなビーズ状の睾丸まで、森のさまざまな動物の新鮮な睾丸を山盛りにした鉢をさしだした。船長は嫌悪感をぐっとこらえて、いかにもありがたそうに受けとった。暗くなってから、船長は鉢を手にして船にもどり、それらの睾丸を船外にほうり投げてしまった。睾丸は渦につかまり、何日も船のまわりを漂っていたが、グロテスクにふくれあがり、とうとう破裂して沈んでしまった。

原住民の男は背が高く、ほとんどが筋骨たくましく、きちんと縫いあわせた動物の毛皮を身につけていた。彼らのあいだでは病気は珍しかった。腫れ物も、癩《らい》病も、赤痢も、消化不良も、痛風も、排尿困難も、痔瘻《じろう》も、肺病も、斑点熱も、白癬《はくせん》も、帯状疱疹も、佝僂《くる》病も、壊血病も、腹痛もなかった。先天的奇形もなければ、ペスト隔離病棟もなかった。

戦士の肌はブロンズ色で、戦闘の傷をのぞけばなめらかだった。きらめく黒い瞳をしており、だれもがすぐれた運動選手のようで、発育不全のブルターニュ人にはうらやむしかないような離れ業が可能だった。彼らは複雑にいりくんだ森の道を軽やかに進み、優雅に槍を投げ、樹皮のカヌーを驚くような速さで漕ぐことができた。彼らは獰猛に格闘し、機会があればためらうことなく相手の手足を折った。

ここの原住民たちは、フランス船に訪問されたことのある近隣の部族からうわさを聞いていたが、実際に眼にするのはこれがはじめてだった。明らかに、彼らは失望していた。これほど肉体的に欠陥だらけの連中を尊敬するのは不可能だということがわかったからである。しかし彼らは、フランス人がすぐさま実演してみせた火縄銃と船の大砲の威力には感心した。

フランス人船員たちは、原住民の女に近づくには注意が必要だということを学んだ。戦士の妻は私有財産であり、よそものが誘惑することは死を意味したのである。ほかの女たちはすべての部族が手をだすことができたし、未亡人や祖母であっても、セックスの相手にするのは思うがままだったが、どちらにしても、フランス人にはおなじことだった。黄金色の肌をしたしなやかな娘たちは、彼らなど見向きもしなかったからである。娘たちは踊り子のような肢体をしていた。その衣服は挑発的で、乳房はむきだしで、興奮すると乳首が勃起するのだが、それはしょっちゅうだった。スカートは腰まで切れあがっていた。娘たちがくつろいでいるときや、すわっているときに、無意識に股間を指でいじることがよくあった。フランス人たちが横目でうかがっていることに気づくと、わざとそうしてみせるのである。

夜になると、戦士たちは焚火《たきび》のまわりでダンスを踊り、ホーホーという恐ろしい声をあげた。あるいは、毛皮の寝台にむっつりと寝そべり、とろんとした目つきでパイプをふかした。訪問者がその場にいると、はりつめた空気が漂った。部族の酋長のクヒースクヒーネイは、鹿皮のマットに腰をおろし、フランス人たちをじっとみつめたまま、ひとことも口を聞こうとしなかった。おごそかな太鼓の音がひびきわたると、河のかなたのはるか遠くから、それに応じる太鼓の音がひびいてくるのだった。

「どーんよそものはどーんどうしているどーん？」

「どーんおれたちのどーんむらをどーんひどくどーんくさくしてどーんいるどーん」

「どーんさっさとどーんころしてどーんしまえどーん」

「どーんおまえたちとはどーんちがってどーんおれたちはどーんりっぱなどーんてきしかどーんころさないどーん」

「どーんやつらをどーんばらばらにどーんきりきざんでどーんしまえどーん」

「どーんたとえどーんきりきざんでどーんいちばんどーんよいところどーんだけをどーんぬいあわせてもどーんほんとうのどーんてきにはどーんならないぞどーんやつらのどーんぺにすはどーんむしみたいだどーん」

「どーんやつらのどーんぺにすをどーんつりのどーんえさにどーんつかったらどーんどうだどーん」

「どーんわしらのどーんかわのどーんさかなはどーんとてもどーんあたまがどーんいいからどーんむしがどーんそんなにどーんちいさくないどーんことぐらいどーんしっているぞ

どーん」

わしは異教徒どもを支配しているが、わしのことは恐れている。若い勇士たちでも、標的に槍を投げつけて力を誇示しているときに、クルーティが姿を現わすと、静まりかえってしまうのだ。彼らはほかの連中は軽蔑しているが、わしのことは恐れている。彼らのシャーマンは猫を恐れている。酋長のクヒースクヒーネイの娘がひどい熱病になっていまにも死にそうだったときから、シャーマンはわしとクルーティにありとあらゆる呪いをかけようとしたがむだだった。やつは酋長の娘を癒すことができなかった。かえって悪くしただけだった。絶望のあまり、酋長はこのわしにどうか助けてほしいといってきた。死に無関心なものは生に対して絶大な支配力をおよぼすと信じているのだ。


なにがジョン・ノックスを動かしているのか？　彼はときどき自問する。彼はつぎのような物語をみずからに語る。

十六世紀の初頭に、幼いスコットランド少年がエジンバラの近くの農場に住んでいた。彼は機知に富み、同年代の少年にはとてもたちうちできないほど頭がよかったので、みんなに毛嫌いされていた。彼には伝統的な少年の特性があった。昆虫の反応を見るために脚や羽をもいだのである。彼にはまた、それほど伝統的でない特性もあった。斧を使って生きたウサギや鶏の脚を切り落とすのが好きだったのである。ときどき母親のシチューに死んだネズミを投げこんで楽しんだ。そのような場合、気分が悪いふりをして、家族がシチューを食べるところをながめながら、この子にはなかなか繊細なところがあるといわれることで、二重のよろこびをおぼえるのだった。それがますます注意を集めることになった。ひとことでいえば、彼はたちの悪いいたずら小僧だったのである。

彼にはたくさんの姉妹があり、そのうち何人かはとても魅力的だったが、兄弟はひとりもいなかった。彼の姉妹に対する態度はいささか矛盾していた。彼は姉妹を毛嫌いし、化粧品を盗んだり、ひどく残酷に腕をつねったりした。しかし、寝る前に寝室の壁の割れ目からこっそりのぞいて、成長のさまざまな段階にある乳房や陰部を賞賛した。そうなのだ。彼はそれが人生でかなり刺激的な部分であることを発見したのである。

ここでひとこと断わっておかなければならないが、彼の両親は実直な農民で、日曜日には欠かさず教会に通う敬虔《けいけん》なクリスチャンだった。

(ジョン・ノックスは物語のこの部分をつねに好んだ。)

少年が好んだ悪ふざけのひとつはネズミにまつわるものだった。彼は木箱に何匹もネズミを捕らえた。それから、だれもいないところを見計らってこっそり豚小屋に行き、豚を呼び集めた。かいば桶の横の壁に小さな丸い穴が開いていた。少年はネズミを箱からその穴に追いこみ、豚の口に直行させた。豚どもはそのような定期的なご馳走を心待ちにするようになった。これは少年が心から楽しんだ悪ふざけのひとつだった。

ひとつの行為は別の行為を誘発する。それは彼が生後三か月の妹をあやしていたときのことだった。両親は屋内でジャムを作っていた。彼が赤ん坊を抱えて豚小屋の前をぶらぶらと通りかかったとき、小さなピンクのネズミのかわりに小さなピンクの赤ん坊をあたえたら、豚どもはどうするだろうと思った。彼は豚小屋の泥まみれの床に赤ん坊をそっと横たえて、豚どもを呼び集めた。豚の心になにが去来したか、だれにわかろう？　大きさのちがいや感触のちがいに気づいただろうか？　四匹の豚は赤ん坊の手足をくわえると、絶叫などおかまいなしに引き裂いて、がふがふと鼻を鳴らしながら飲みこんでしまったのである。

赤ん坊の絶叫と豚どものけたたましい鼻声が実直な両親の注意をひきつけた。ふたりはなにが起きたのかと飛んできたが、恐ろしい光景をまのあたりにして凍りついた。豚小屋の床に血まみれのかたまりがころがっており、彼らの息子がそれをみつめて頭をうなずかせていたのである。

まさにそのとき、その瞬間に、あたかも最初から計画されていたかのごとく、少年は宗教を発見した。両親の実直な顔にまぎれもない激怒の表情を見てとるやいなや、まるで本能のように、少年は叫びはじめた。「ああ、イエスさま。ああ、イエスさま」それから豚の群れのなかに飛びこんで、鼻面を蹴ったりひっぱたいたりしながら、「去れ、悪魔よ、去れ」と叫んだのである。それは実直な両親に日曜日ごとにつれていかれる教会でしばしば耳にした説教の表現だった。父親は少年の上着をつかんで豚小屋からひっぱりだした。少年はいった。「赤ちゃんを抱いてぶらぶら歩いていたら、大きくて毛むくじゃらのけだものみたいなやつが、口と耳から炎を吹きだしながら、ぼくの腕から赤ちゃんをとりあげて、豚どものまんなかに投げこんだんだ」

両親がすでに自分の話をなかば信じこんでいるのがわかった。人間のこどもが幼い妹を豚の餌にしたりできるはずがない。そのとき少年は理解した。いままで不自然で変態的だと誤って思いこんでいた彼のすべての性癖は、正しく了解すれば、ほんとうは宗教的性質のしるしだったのである。そこで少年は、大きくなったらすぐに宗教改革者になろうと決心した。そして彼はなった。やがて両親とも彼の偉業をとても誇りにするようになった。ときにはふたりの瞳に懐疑的なきらめきがかすめるのを見ることもできたが。しかしふたりは、いつまでもしあわせに暮らしたのである。

ジョン・ノックスがみずからに語る物語はこのようなものである。それがすべてを網羅していないことはわかっているが、全般的にはとても満足のいくものである。あれから長い年月がたったいまでも、ひとつだけ思いがけないことがある。ひとりきりのときには、宗教的事柄が決して頭に浮かばないのである。ほかの宗教改革者もおなじだろうかと思うこともあるが、たずねるのははばかられた。

愛猫のクルーティとともに、わしは酋長の娘のティーピーに入っていった。われわれと入れちがいに、汗まみれになって下帯をおったてた若い男が出ていった。ティーピーには影と悪臭がたちこめていた。シャーマンの煙である。娘は獣皮をはった木の枠の寝台に横たわって天井をみつめていた。すっぱだかで、やはり汗まみれだった。娘は脚を開いており、股間に手をあてて指でこすっていた。酋長とふたりの評議員、それにシャーマンが、ベッドのそばに立っていた。マウスシャーマンというやつで、娘のうえに身をかがめて、なにやら緑色のどろどろしたものを口移しにしようとしていた。娘はそのほとんどをシャーマンの顔にぺっと吐きつけ、残りもすっかりもどしてしまった。シャーマンは赤と白の縞模様のせいでいかにも恐ろしげだったが、その眼はおどおどしていた。やつはがらがらを振ってわめきたてたが、治療に失敗したことはだれの眼にも明らかだった。娘はシャーマンの肩ごしにわしをみつめ、嘔吐物にまみれた口もとに微笑を浮かべた。そして股間から手を離し、ぬらぬらときらめく指をさしのべた。

酋長の娘はもう何日も熱病に苦しんでいた。異常性欲亢進症《フロール・ウテリヌス》である。もうじき死ぬだろう。彼らは娘を救う方法を知らないからだ。彼らに思いつくことといえば、娘の恐るべき欲望を満足させるために男をあてがい、シャーマンの迷信的な呪術を信頼することだけだった。

「犠牲《いけにえ》を捧《ささ》げる杭が立っているあの丘だが、教会にぴったりの場所だな」

「ああ、そうですね」

「共同住宅《ロングハウス》は臨時の教会としてなら申し分ないが、ごてごて飾られた頭皮や頭蓋骨はとりはずさなければならんだろう」

「そうですね」

「この半島を丸ごと焼きつくし、雑草やら野花やら、生きているものを残らずひっぺがしたら、一週間、毎日通えるだけの教会を建てることができるのだが。ごてごてした装飾のようなものはなにもいらん。質素な長椅子と牧師の腰掛けがあればいい。猫は大歓迎だ。それぞれの教会には杭垣で囲った質素な共同墓地をもうけよう」

「おもしろいですね」

「あの滝の真下に教会を建てたらどうだ？　自然石でこしらえたごく質素なやつだ。出入りするのに雨傘が必要だぞ。おもしろいと思わないか？」

「まったくそうですね」

娘の治療には絶対的な自由が必要だ、さもなければなにもしないと、わしはいってやった。野蛮な治療をほどこしていたシャーマンには出ていけといった。やつはなにごとかつぶやいた。異教徒のやりかたでわしを呪ったにちがいない。黙って行かせるようなわしではないが、そこはぐっとこらえて、聖書にしたがって呪うだけにしてやった。クルーティは、いつものように背中を丸めてフーッとうなり、やつをおびえさせた。やつはあわててティーピーを出ていった。酋長やほかの連中も出ていった。わしは中年の船員をふたり呼び入れて、この聖なる仕事の手伝いをさせた。

まず最初に、われわれは娘の手を股間からひきはがした。手足をばたばたさせないために、両手と両足をベッドのわきに縛りつけた。娘はいっそう汗をかいて絶叫しはじめた。わしは左手に聖書を開き、上着のしたからこのために持参した鞭をとりだした。

準備はすっかり整った。わしはふたりの船員をティーピーの入口に立たせ、だれも入れるなと命令した。わしは詩篇を大声で読みはじめた。それから患者の目の前で巻いた鞭をほどいていった。クルーティは寝台にとびのって、娘にからだをこすりつけはじめた。

わが愚かさゆえに、
わが傷は悪臭を放ち、腐れただれたり。
わが陰部は忌まわしき病に満ち、
わが肉に全きところなきがゆえに。

汝は鉄の杖もて彼らを打ち破るべし。
異教徒はみずから作りたる穴に陥るべし。
悪しき者の頭に、主よ、害毒と火と硫黄とを降らせ給え。
燃える風は彼らがその杯に受くるべきものなり。
われは彼らを風の前の塵のごとく細かに砕き、
主の敵の下半身に打撃を加えたり。
われは彼らを永遠の恥辱に置きたり。

わしはいっそう声をはりあげて、この詩句をさらに二度くりかえしたが、今度は一行ごとに、娘のすっぱだかのからだを鞭打った。皮膚が腫れあがり、乳房にみみず腫れができると、娘は絶叫した。それからわしは下半身にねらいをさだめ、ふともともとむきだしの陰唇に鞭をふるった。絶叫がやんだ。娘はひいひいとあえいで鼻を鳴らした。今度はわしが絶叫する番だった。わしは詩句を絶叫し、さらにいっそう力をこめて鞭をふるった。娘のからだが痙攣し、ついに、ごぼごぼという音をたてて魔物が股間からほとばしった。その瞬間まで娘にからだをこすりつけていたクルーティは、フーッとうなって毛を逆立てた。わし自身も娘の体内の悪に勃起させられていた。魔物が完全に立ち去ったことを確かめるために、わしはさらに数回鞭打った。それから魔物に嚙まれるのではないかとおびえながら、娘の股間におそるおそる手をあてがった。指で触れてみたが、入口にはなにもなかったので、丸く湿った洞窟に指をすべりこませた。恐ろしいものはなにもなかった。それでも満足せずに、汗にまみれた鞭の柄を挿入し、魔物の残りを確実に掻きだすために、ぐるっとひねって、入れたり出したり、入れたり出したりした。わしをみつめる娘の瞳はとろんとしていた。わしの気遣いに感謝しているのだ。わしは鞭の柄をずぼずぼと出し入れしてやった。娘はまた痙攣し、ほっとため息をついて、たちまち眠りに落ちた。わしも悪魔払いで力つきていたが、満足してもいた。すべてうまくいったことがわかったからである。

わしは呼吸を整えるためにしばらくすわっていた。それからティーピーのはね戸を開けて、酋長と評議員たちを呼び入れた。娘のからだに走る無数の鞭の跡を見て、彼らがたじろぐのがわかった。それでも娘はぐっすりと安らかに眠っており、熱病は癒えていた。わしは感謝を期待しておらず、なにも受けとらなかった。シャーマンはロープをほどき、眠っている娘のからだに毛皮をかけた。娘が熱病に陥るたびに、だれかがおなじ治療法をほどこすべきだと、わしは酋長にいった。彼が理解したかどうかは疑問だが、娘の治癒を記念して、数えきれないほどたくさんの教会を建てるべきだといってやった。

「敵を食うべきではないとおまえはいうが、船長の話だと、フランスでは毎日エホヴァを食うそうではないか。このわけを説明してくれ」

「薄汚い異教徒め、屁理屈をこねるな」

「原罪の前でも、人間はめしを食ったあとで、屁をひったり糞をしたりしていたのか？」

「薄汚い異教徒め、おまえはなにも理解していないのだ」

「わしらの部族がみな天国に行けないとすれば、天国のどこがいいというのだ？　わしの妻や息子や犬たちが、わしといっしょに天国にいないのであれば、天国のどこがいいというのだ？　わしの敵が天国にいなくて、天国で戦いの思い出話もできないのであれば、天国のどこがいいというのだ？」

「薄汚い異教徒め、神を冒瀆するのはやめろ」

「おまえは女を憎んでいるくせに、どうして女に欲情することができるのだ？」

「薄汚い、嘘つきの異教徒め、おまえはすでに呪われているぞ」


よそものどもはまったくみにくい。やつらの皮膚は蛆虫《うじむし》のようになま白く、かさぶたにおおわれている。森の毒茸《きのこ》のように、一晩でできものが吹きだす。やつらの衣服は不恰好で厚ぼったい。やつらの心はわけがわからない。死んだことばを集めた聖書とかいう本を崇めている。銃がなければ、とっくにみな殺しにしているところだ。人間としては見下げはてたやつらだが、武器のせいでわれわれをうち破ることのできる敵に出会ったのはこれがはじめてだ。

やつらのシャーマンのノックスとかいう小男は歩く死神だ。やつはわれわれのなかにも改宗者をつくってしまった。わしの娘まで。やつの贈り物は苦痛だった。船長は単純な男で、やがてノックスの同類がわれわれの楽園にぞくぞくとやってくるだろうと認めた。われわれのシャーマンは三晩つづけておなじ夢を見た。世界の終わりだという。

「わしは海のかなたのおまえたちのシャーマンの役割に興味がある。われわれのシャーマンは、幸運を祈り、悪運を呪い、宴会の席で歌を歌い、よき物語を話し、新婚の男女のペニスとヴァギナを祝福し、こどもたちに上手に縛る方法や、戦争で勇敢にふるまう方法を教える。飢饉のときは、闇の魔物に戦いを挑み、われわれがたらふく食べて村で仲よく暮らせるように、断食してティーピーを森に移す。すべての死者のために涙を流し、すべての誕生に躍りあがってよろこぶ。川を愛し、鱒《ます》を愛し、ヘラジカを愛し、鷲を愛し、狼を愛し、ジャコウネズミを愛し、朝日を愛し、冬の雪を愛する。彼はわれわれの友人たちの友人であり、われわれの敵の勇猛を賞賛する。この世に存在するもので、彼がいとわしく思うものはなにもない」

「やつは薄汚い異教徒の犬であり、すでに呪われているのだ」

やつらがわれわれの村にとどまったのはわずか二か月だ。冬の嵐の前に出航しなければならない。やつらは村の周囲十キロ以内のすべての獲物をみな殺しにしてしまった。われわれは苛酷な冬に直面しなければならないだろう。こどもたちの何人かは原因不明の咳で死んでしまった。最後の外交辞令として、やつらは近隣の村に住むわれわれの敵を銃で殺してやろうといった。わしは礼をのべてやつらの申し出を断わった。われわれのシャーマンはやつらがいなくなるのをよろこんでいるが、未来に見えるのは死だけだと、いまだにわしにささやいている。

ある夜の真夜中ごろ、村の焚火がまだちらちら燃えているときに、二頭の巨大なヒグマが、森の奥からのそのそと姿を現わした。クルーティは毛を逆立て、喉をふりしぼって金切り声をあげた。ヒグマはおびえあがり、向きを変えて逃げていった。それから何日も、ノックスはそのときのことを思い出してくすくす笑うのだった。「まったく、クルーティも、われわれスコットランド人も、《新世界》のどんな野獣もかなわないほど強いようだな」

余が去りしのちに改宗者が従うべき簡潔な行動規範に関する草案。

A　セックスに関する事柄。厳格な一夫一婦制が絶対必要である。獣姦ですら姦通よりは罪が軽い。性行為は生殖のためにのみ許される。肉体をおおうべし。男子はシャツとズボンを着用し、女子は下着と胸帯を着用すべし。結婚前の接吻、抱擁、肉体的接触は絶対に許されない。月経の穢れは女子が完全に秘密裏に始末すべし。

B その他。狩猟は男子が長期にわたる怠惰を防止するために、季節に左右されることなく組織すべし。少年の通過儀礼はこれを認める。苦痛は価値のある規律だからである。同様に、敵を拷問することも許される。それは肉体への軽蔑を教えるからである（こうした異教徒の行動の多くはキリストの教えに転用することができる）。

C 教会を建てよ。無数の教会を。

フランス人の船長が（彼の妻も共犯だったが）原住民の女をうまく説きつけて女中に雇った。ところがその女は、ほかの女たちに船長のうわさをいい触らした。腹がでっぷりしていること、息がくさいこと、いつも妻の見ている前で、犬のようにうしろから彼女とセックスしたことなどである。それ以来、船長が村に現われるたびに、ノックスは彼の前につきまとい、声をはりあげて吠えるのだった。村じゅうの犬がその遠吠えに参加した。原住民の女たちのなかには、これに触発されて、船長が通りすぎると、犬のように舌をだらんと垂らし、地面にしゃがみこんで小便をするものもいた。

やつらのシャーマン、ノックスがいなくなったら、やつに追従する者たちを根絶やしにしよう。わしの娘でもだ。やつらがよこした鉄のナイフで首をはね、ナイフとともに死体を川に投げこもう。やつのものはなにひとつ残すまい。やつは故郷に帰りたがっている。やつの敵はやつとおなじような連中だという。われわれはあまりにも純真なので、やつの好みにはあわないのだという。このことだけはまちがいない。われわれだけがわれわれの友人なのだ。

出航する予定の前日、原住民のひとりに案内されて、船員たちは森の奥の空き地にある塚を見にいった。狩猟の予感がするときは、いつもそうするように、ノックスと彼の愛猫クルーティも同行した。なにか思いがけぬ財宝があるのではないかと期待して、船員たちは塚を掘りかえしはじめた。だが、出てきたのは頭蓋骨だった。何百何千ともしれぬ人間の頭蓋骨だった。おそらく伝統的な部族の埋葬地のようなものだろうと彼らは考えた。ところが、それらの頭蓋骨は老若男女のもので、しかもかなり新しかった。伝染病のせいかとも思われたが、頭蓋骨の多くはたち割られ、なにか鋭利な刃物でつらぬかれていた。それに蛆虫や蟻に肉を食いつくされたようすもなかった。案内人の話から、つぎのようなことがわかった。この塚は何十メートルもの深さの縦穴のてっぺんにある。ここは何世代にもわたって首をはねられた敵の頭を埋めてきた場所であり、彼らは敵の頭を煮て、その脳みそを食べるのである。船員たちが到着する三月前に、クヒースクヒーネイの部族はそのようにして、少なくとも一千人の敵の首をはね、縦穴を口までいっぱいにした。その吉兆にもとづいて、異邦人の到着は歓迎されたのである。船員たちのなかには怖気をふるうものもいたが、ノックスは腹をかかえて笑った。おまえたちは信仰心に欠けていると彼はいった。聖書からも明らかなように、神の摂理はしばしば一度か二度の大虐殺によって運行されるものだ。ひょっとすると、フランス人を怖気づかせて《新世界》にもどってくるのを阻止するために、クヒースクヒーネイはわざとそれを見せたのではないかと、ノックスはひそかに疑った。

フランスの海岸線がはるかに浮かびあがる。甲板にたたずむ人影のなかで、ノックスだけはそこに行く必要がない。猛烈な寒さと吹きすさぶ風にまじるわずかな雪が心地よい。海岸の丘が癩病のように白くまだらに染まっている。あるいはこの雪も天国の嘔吐物なのだろうか？　そう考えて、彼は微笑を浮かべる。クルーティなら、この考えにごろごろと喉を鳴らすことだろう。そのクルーティもいまはいない。残してこなければならなかったのだ。いまごろは、あの森の藪をさまよい歩き、これから何年にもわたって、人間や動物たちをおびえさせることだろう。とりわけ、あの異教徒のシャーマンを。そして彼らがたやすく破壊できないものを思い出させることだろう。クルーティのことを思うと胸が熱くなるが、後悔はおぼえない。《新世界》は児戯に等しかった。いまや彼とおなじような手だれと戦わなければならないのだ。彼は深々と息を吸いこみ、冷たい空気で肺を満たす。それは彼の故郷の《旧世界》のありとあらゆる寒冷地から押しよせてくるのである。

エドワードとジョージナ

Edward and Georgina

バイフィールドに関するうわさに不足することはない。エドワード・バイフィールドとジョージナ・バイフィールドは兄妹である。エドワードはおとなしく、ジョージナはたくましい。落ちぶれはてた人々や、いまだ前途有望な人々にまじって、歳月と怠慢によって羽目板のゆがんだアパートに住んでいる。エドワードは堅実な仕事についているが、野心というものがない。一昔前のぜいたくな豪邸のなれのはてともいうべき、このみすぼらしいアパートに住むことで満足している。

エドワードが中肉中背の中年男だとすれば（およそ五十歳ぐらいだろう）、ジョージナは同年代の女性にくらべてひどく背が高い。エドワードはふとっていて青白い。ジョージナはずんぐりしているが、いつも血色がいい。彼女はめったに外出しないから、その顔色は化粧のせいにちがいないが。ジョージナが出てくると、隣人たちはセミハイヒールが階段の茶色のリノリウムを鳴らす足音を耳にする。廊下ではいくらかおとなしくなり、歩道に出るとまたやかましくなる。ジョージナは背筋をしゃんとのばして歩く。黒髪のヘアピースから白髪がのぞいている。

ジョージナは無口だが、とりしきっているのは彼女のほうだと隣人たちは信じている。エドワードとジョージナは正反対の組み合わせだと彼らはいう。女帝と宦官《かんがん》だと。

うわさはふたりにつきまとってはなれない。口さがないうわさである。ほんとうはだれもふたりのことが好きではないからだ。バイフィールド兄妹はよそよそしく、サーカスの道化師のようにこっけいである。ふたりの過去について隣人たちが知っているのは、何年も前にイングランドからやってきたということだけである。現在については、このみすぼらしいアパートの全住民と、シチュー、パスタ、グラーシュ、カレー、フリカッセなどのにおいを共有しているというだけで充分だ。廊下でいりまじると刺激はいくらかやわらぐが。そこには防虫剤のにおいもまじっていないだろうか？　あるいは腐敗臭も？

エドワードは女性にまったく興味を示さない。彼の職場である公園管理局で（夏には芝刈機を操作し、冬には小型除雪機を操る）同僚の若者たちは彼をからかう。

「まだ老けこむ歳《とし》じゃないだろう、エド。今夜はいっしょにくりだそうぜ。いい女を手配してやるよ」

エドワードはにべもなく断わる。にこりともせずに、イングランド北部訛《なま》りの英語でこう答える。

「ジョージナがいやがると思う」

彼は少し気が触れており、頭がおかしいのだと同僚たちは確信している。ときには笑いを嚙みころしながら、ジョージナとのデートの許しを請うこともある。エドワードはいつも憤然として、ジョージナは決して承知しないだろうと答えるが、理由は決して話さない。嫉妬しているのかもしれないと同僚たちは考える。

エドワードとジョージナの生活は完全に入れちがいになっているようだ。週日の昼間は午前も午後もテレビを見ている気配がない。ジョージナは訪問者に応えない。新聞少年とエホバの証人は、昼間に訪問してもむだだということを、ずっと前から知っている。

やがて五時になると、エドワードが職場からもどってくる。たちまちジョージナが現われる。化粧したばかりで元気潑剌《はつらつ》としている。彼女は角の商店まで行って夕食の材料をあれこれ買いこむ。さもなければコインランドリーを訪れて、汚れたエドワードの制服をこれみよがしに洗濯する。そのころ、公園管理局での一日の労働にくたびれたエドワードは、自宅でくつろいでいるはずである。

夏の週末になると、隣人たちは都会から逃れるために、荷物を満載した小さな車をひたすら走らせて湖をめざす。車のないエドワードとジョージナは自宅にとどまるのを好む。めったにしゃべらないジョージナが、よくひびく声で隣人のひとりにこういったという。

「夏になってみんないなくなると、それはそれは静かなものよ。エドワードにはちょうどいいわ」

それでも二年に一度は、ふたりもまた湖で一週間すごす。エドワードはその前に職場で口にする。目的地についてはあいまいだが、目的だけははっきりしている。

「ジョージナがよろこぶと思うんだ」

彼自身はあまり気が進まないかのようだ。休暇にでかけているあいだ、エドワードは隣人に留守をたのんでいくが、鍵をあずけたりはしない。ジョージナの私有物を他人がのぞいてまわると思っただけで胸が悪くなるのだとエドワードは説明する。隣人たちは彼の率直なものいいに慣れている。

そしてふたりはいなくなる。早朝に出発するところを見たものはいないが、ひとりかふたり、たしかに出ていく物音を聞いたというものがいる。ふたりのアパートからは、床板がきしむ音も、皿が触れあう音も、テレビのしつこい笑い声も、水洗トイレの水音も、ひそひそというささやき声も聞こえない。それから一週間、こそこそと卑屈なエドワードと冷静沈着なジョージナは、ほんものの休暇客にまじって、いまごろ遠くはなれたワサガ・ビーチかポート・エルジンにいるはずである。

ふたりは隣人に絵はがきをよこす。

「楽しくすごしています。もうじきもどります」

署名はさまざまだ。

「エドワードとジョージナ」

「ジョージナとエドワード」

「バイフィールド兄妹」

右か左に傾いたへたくそななぐり書きは、まぎれもなくエドワードの筆跡である。

七日がすぎて、ふたりは休暇からもどってくる。早朝、ふたりの存在を示す物音が聞こえてくる。隣人たちはふたりの姿を求めて外をながめる。ジョージナが角の商店に現われて帰宅の挨拶をする。ふたりの不在は、人生という定常的な軌道においてすばやく修正されるゆらぎにすぎなかった。


さまざまなうわさが飛びかう。ふたりはほんとうは兄妹ではなく、遠い昔に駆け落ちした恋人である（だれもうらやましいと思わないので、そのうわさはすぐに消滅する）。ふたりはほんとうの兄妹だが、近親相姦の関係にある。禁じられた愛をつらぬくためにイングランドから逃れてきた（ジョージナはなにもかも心得た顔つきをしているが、なにかいわくがあるにちがいないと思っている女たちもいる）。エドワードは世を忍ぶＩＲＡの情報屋である。保護観察を逃れた既決絞殺犯である。ジョージナは身分の低い男と結婚した伯爵夫人である。除名された尼僧である。エドワードの罪深い秘密を知っている売春婦である。

生命には終わりがあるが、うわさは生きつづける。いつになく寒い九月、エドワードは病気になる。数日間仕事を休むが、少しも具合がよくならないので、ついに医者のもとを訪れる。診断ははかばかしくない。仕事を控えなさい、さもないとたいへんなことになりますよと通告される。

エドワードは職場にもどり、これからは気をつけなければならないと同僚に話す。

「蠟燭《ろうそく》を両端から燃やすのをやめなければ」

瞳にまったく生気がないので、さすがに同僚たちも笑えない。ジョージナのことを気づかって、彼女のためにも気をつけろと励ます。

「きみがいなくなったら、妹さんはどうしていいかわからないだろう」

エドワードは黙ってうなずく。

隣人たちはジョージナ自身も元気がないことに気づく。エドワードのことを心配しているせいだろう。化粧がぞんざいになり、着るものはいっそうぞんざいになる。病気のせいでふたりがよく似ていることがはっきりわかる。エドワードについてたずねられると、ジョージナは悲しそうに頭を振るばかりで、なにも答えようとしない。

十二月の寒い朝に、エドワードは除雪機のそばでくずおれる。降ったばかりの雪のなかで、彼のからだは天使の翼をつけた浮彫りそっくりになる。通行人が発見し、タクシーで救急病院に運びこむ。彼は蒼白でこわばっている。看護婦に近親者をたずねられると、ジョージナの名前を口にする。彼はつぶやく。

「知らせないでください。そっとしておいてください。わたしならだいじょうぶです」

だが、だいじょうぶではない。かかりつけの医者が到着する前に、エドワードは息をひきとる。

ジョージナとは連絡がとれない。エドワードがアパートに電話をとりつけるのを拒絶したので、電話をかけることもできない。望ましくない混乱をひきおこすばかりだというのである。悲しい知らせを伝えて遺体をどうするつもりかたずねるために、警官がアパートに急ぐ。ドアの向こうからテレビの音がはっきり聞こえるのに、いくらノックしてもだれも応えない。隣人の話では、近ごろは商店でもコインランドリーでもジョージナの姿をめったに見かけないという。それを聞いて警官は決心する。彼は同僚の助けを借りてアパートのドアを押し破る。

室内のほうがにおいが強いようだ。玄関はきちんとかたづいており、壁のフックに数着のコートがかかっている。居間には茶色の敷物と、詰め物をした長椅子と椅子があって、白黒テレビのある静物画を思わせる。警官のひとりがスイッチを切ると、ふいに静かになる。台所の窓ごしに通りのざわめきがかすかに聞こえてくる。開かれた寝室のドアをくぐると、乱れたダブルベッドと茶色のニス塗りのドレッサーがあって、ジョージナの黒髪のへアピースをかぶせたマネキンの頭部が置かれている。閉ざされた最後のドアは浴室に通じている。警官がゆっくりとノブを回していくと、アパートのにおいが猛然と襲いかかってくる。

ドアはさっと開き、ふちの欠けたエナメルのバスタブのへりにごつんとぶつかる。

「からっぽだ」

「ここにはだれもいない」

その声はどらのようにこだまする。ふたりは安堵のため息をもらす。これ以上なにもできない。ふたりはジョージナにあててメモを残し、帰宅したら知らせてほしいと隣人たちにたのむ。

三日がすぎる。まだジョージナはみつからない。エドワードの葬儀がとりおこなわれるが、参列したのはただひとり、輸入水仙《ナルシス》の花輪をもってきた公園管理局の代表だけである。当直の牧師はエドワードのことを知らなかった。彼は適当なお祈りをぶつぶつと唱える。そのあいだに柩はカーテンの奥にしずしずと運ばれていく。ガス火葬炉の性能をテストするために。

ジョージナはどこにいるのだろう？　エドワードの遺産を受けとるために、彼女は保険会社の書類を受理する必要がある。手続きをきちんと済ませるために、ぜひともジョージナをみつけなければならない。ぜひともみつけなければならない。

だが、ジョージナという女性はいなかった。ジョージナという女性は存在しなかった。保険会社に雇われた私立探偵はただちに感づいた。定年間近の信頼できる男で、なによりも娘と孫たちを愛していた。ジョージナの私物がほとんど残っていないわけを、彼はすぐに理解した。着古した黒いコートか、なるほど。流行遅れのハイヒール、派手なピンクのドレス、つぎをあてた青い下着の洗い物。だが、財布や写真はどこにある？　こういった事件につきものの、宝石箱や、古い手紙や、ハーレクインロマンスなどはどこだ？　ありとあらゆるいかがわしい詐欺に警戒怠りない本能によって、探偵はただちに真実をつきとめた。ジョージナははじめから存在しなかったのだ。

そうだ、存在しなかったのだ。エドワードには妹などいなかったのだ。秘密の鍵は両性具有的なマネキンがかぶっていたヘアピースではないだろうか？　探偵は女性の身のまわり品にはだまされなかった。こういうことになるときわめて機械的な警察は、口紅や頬紅のぎっしりつまったビニールバッグが浴室にころがっているのを見て、ジョージナは荷物をまとめて急いで町を出ていったにちがいないと推理したのである。

彼は隣人たちに自己紹介してから、たくみにもちかけて（彼にはいかにも頼もしい雰囲気があった――それは白髪とともに、彼の武器であった）、バイフィールド兄妹についてあれこれ聞きだした。話を聞けば聞くほど、確信は深まっていった。季節に関係なく、ジョージナはいつも光沢のある黒いコートとけばけばしいピンクのドレスを着て、黒い靴をかつかつと鳴らしていたという。ナイアガラの滝の柄の多色刷りのスカーフのしたから、ヘアピースの黒髪がのぞいているのをしばしば目にしたが、たんなる女の虚栄心だろうと思っていたという。コートの襟の内側にたくしこまれたままのスカーフがみつかった。初老の女にしては見苦しいほどで、けばけばしい化粧をした魔女のように見えたこともあるということだった。

だがここ何年も、ジョージナとエドワードがつれだっているところを見かけたものはいなかった。だれひとりとして。ただのいちども。

不快なにおいをこらえながら、最後にアパートを捜索していたときに、探偵は予想どおりのものを発見した。ごく最近書かれた手紙である。それは化粧台の抽斗《ひきだし》の底に敷いた包装紙のしたに隠されていた。そのへたくそな筆跡は、休暇のはがきで見憶えがあった。

最愛のジョージナ、ぼくが永遠に愛する妹よ、

この手紙を読んで元気をだしておくれ。おまえも知っているように、ぼくの古い〝ポンプ〟(笑)は近ごろ具合が悪いけど、おまえのエドワードがこの世を去っても、身の振り方を心配する必要はないんだよ。ぼくがいいたいのは〝しっかりしろ!〟だ。

ぼくが心配しなくても、おまえはきっと〝元気いっぱい〟だと思う。世間でよくいうように〝気を落とさない〟でおくれ。そしてぼくのことを思い出してくれさえすれば、ぼくはいつでもいっしょにいるからね！　ぼくらはもう存分に泣いたじゃないか。そうだろう、最愛のジョージナ？　でもこの手紙を読んで泣いたりしないでおくれ。おまえと出会う前は、愛する妹よ、ぼくは生きる力もなかったんだ！　信じられるかい？　あのままだったら、〝気がちがっていた〟かもしれない！　でもそのときに、かわいくて、いとしくて、愛らしいおまえが現われてくれたんだ（まったく〝甘ったるいことばだ！〟が）。やっと〝ささやかなおしゃべりを楽しむ〟相手ができたんだ。ほんとうの兄妹だって、ぼくらほど幸福になれるはずがない。そしてぼくらの大切な、大切な〝秘密〟（三つの扉だ！）が、いつまでも、いつまでも、つづいてくれることを祈ろう。決して決してぼくのことを忘れずに、ぼくはいつまでもおまえの〝親友〟だから安心しておくれ。

心をこめて
エドワード・バイフィールド
XXXXXX愛とキスを！

初老の私立探偵は、その手紙を注意深くたたんでブリーフケースにしまいこんだ。まるで眠っている人を気づかうかのように、彼はそっとアパートのドアを閉めた。

彼は冷酷な男ではなかった。娘たちは幸せな結婚をしており、彼の人生は孫たちへの愛情に満ちあふれていた。エドワード・バイフィールドに対しても、彼の仕事が白日《はくじつ》のもとにさらした無数の秘密の人生に対しても、哀れみだけをおぼえた。調査はほぼ完了した。隣人たちの幻想はそのままにしておいても問題はないだろう。エドワードの思い出のためにも、それが親切というものだろう。ジョージナは、生気のない生みの親よりもずっと具体的に実在していた。たとえエドワードが、なにか欺瞞《ぎまん》的な目的のためにジョージナを発明したのだとしても、皮肉にも、それは彼の死によって裏切られたのだ。だから全真相の報告は本部だけにとどめて、保険会社には、この件は穏便に片づくだろうと報告するつもりだった。

だが、新たなうわさが広まりはじめる。探偵はジョージナに関する報告を毎日のように聞かされる。市場街の買物客にまぎれこんでいったジョージナ。混雑した土曜の朝にキング・ストリートを遠ざかっていったジョージナのまぎれもないうしろ姿。夜中に小路を通って角の商店にむかうジョージナのかつかつという靴音。通りすぎるバスに乗っていたジョージナ。ヘアピースが傾いて、化粧は相変わらずけばけばしかったという。

以前ほど寡黙でなくなったジョージナが、近所のこどもたちに、いつかエドワードの遺品をとりにいくためにアパートにもどるといったというわさもある。これらのうわさは出所をつきとめるのがむずかしいので、探偵は頭をかかえる。あるうわさを聞いたときにはぞっとしたものだ。相変わらずふとって青白いエドワードとともに、ジョージナが公園を歩いているところを見かけたというのである。エドワードとジョージナがつれだって歩いているところを見かけられたのはこれがはじめてである。探偵はこの件から手をひかされた。彼は空いた時間を娘や孫たちとすごしつつ、しだいにいらだちをつのらせながら、定年を心待ちにするのである。

ジョー船長

Captain Joe

ほら、右のほうに立っているのがジョー船長だ。アルバムの二ページ目のセピア色の写真に写っているだろう。すっかりぼろぼろになっているけれど、このアルバムは先祖伝来の家宝なんだ。こういうむかしの写真では、みんなカメラをみつめて微笑しているのがわかるだろう。微笑していないのはジョー船長だけだ。祖父はその隣で微笑している。このぼくのほかに、遠い世界の遠い時代の男たちのことを、だれが憶えているだろう？　みんなの服装を見てごらん。だぶだぶのズボン、カールしたブーツ。でも、祖父は襟のない長袖シャツを着ている。船長はウールが好きみたいだ。漁師の黒いセーターを着て、ウールの船員帽をかぶっている。左手でなにかを握っている――パイプだろうね、たぶん。いかにも船長らしいだろう。でも、彼だけは微笑していない。彼を時間に固定しようとしている機械の眼をじっとみつめているんだ。

彼は一九四〇年に中央スコットランドの村にやってきた。船員帽をかぶっていたので、人々は船長とよんだ。六十がらみだろうか、老人らしい姿だった。でも、海の近くには住んでいたけど、彼が船乗りだったことはいちどもないんだ。村人は彼を変わり者だと思っていた——そこから少なくとも百マイルは離れたパースからやってきて、この村に住もうと思っている男だと。そこはアイルランド人移民の村で、人々は唯一の産業である鋳造工場で働いていた。戦時中にもかかわらず、従事する仕事のおかげで、村人は徴兵をまぬがれていた。

船長は村の近辺でアルバイトをみつけた。スラグを敷きつめた小道に密生する雑草を鎌で刈ったり、人目につかない窓から煤《すす》を払ったりした。長いあいだ、船長は村人の目覚まし時計だった。朝の六時に昼間勤務労働者のドアをノックして夢や抱擁からゆさぶり起こし、つらい夜明けに送りだすのだ。そうやって、小さな長屋の家賃を払い、食料と煙草を買えるだけの収入を得ていた。老人たちは彼を気に入ったが、どうしてこんな寒村を選んだのかと不思議に思ってもいた。

祖父ははじめから船長とうまが合い、少年はふたりといっしょにいるのを好んだ。船長が笑うのはそういうときだけだった。あまり使われることがなかったせいか、笑い声だけはそんなに老いていないようだと少年は思った。ふたりはチェッカーをして遊んだ。少年はジョー船長とチェッカーをするのが好きだった。祖父やそのほかのおとなたちのような小細工を弄しないので、少年でも勝つことができたのだ。放課後になると、少年は船長の小さな家に立ちよってお茶をごちそうになった。少年の兄が「夕食だぞ!」と叫んでゲームの終了を告げるまで、ふたりはチェッカーに興じるのだった。

なにごとも永遠にはつづかない。村に来て二度目の冬に、船長は死にはじめた。しばしばひどく具合が悪くなり、顔をしわくちゃにしたので、チェッカーは何週間も中断した。祖父はほとんどの時間を船長のベッドのわきですごした。ふたりの寡黙な男は、ぽつぽつとことばをかわしたり、祖父が船長のために新聞記事を読んで聞かせたり、まるでふたりの親友のようにうたたねしたりするのだった。

船長の容体を看《み》るために、毎日、保健婦がやってきた。船長はぐちをこぼさないので、祖父と保健婦は、船長の食べたものやその日の容体について、ひそひそと話しあった。祖父が自分の娘たちの家に夕食に招かれたときは、少年が代わりに船長の家を訪れることもあった。ジョー船長のベッドは独房のような寝室から居間に移されていた。暖炉の石炭の輝きが夜の寒気をしめだしていた。

ある夜、少年が家に入ると、船長はずっと具合がよさそうだった（ある意味で、容体はそこまで悪化していたのである）。彼はベッドから起きあがり、船員帽をかぶって、どうやら少年を待っていたようだった。お茶はもう用意されていたが、チェッカーをやろうとはいわなかった。

「今夜はチェッカーはやめておこう。いまのうちに話しておきたいことがあるんだ」

少年はびっくりした。おとなから秘密を打ち明けられるのに慣れていなかったのだ。できればチェッカーをやりたかった。船長はことばをつづけた。

「少し前、わたしはここに来る前の人生についてお爺《じい》さんに話した。おまえにも話すつもりだったが、こわがらせたくなかったんだ。もう話してもかまわないだろうとお爺さんは考えている。人々がわたしのことをなんといっているかは知っている。わたしのような老人がこんなところに住みつくなんて妙ではないだろうか？――この先なにが起こるかだれにもわからない時代に、温かい家庭と友人を捨てた男には、きっとなにかうしろ暗いことがあるにちがいないと。彼らのいうとおりだ。わたしはパースからやってきた。ハイランドの北方にあり、ここはちがって、きれいでさわやかなところだ。わたしは食料雑貨商だった。毎朝店に着くと、焼きたてのパンをスライスして黄色いバターを塗り、冷たい牛乳で胃袋に送りこんだものだ。いまでもあの味を憶えているよ。食料雑貨商の仕事で、あれがいちばん好きだった」

船長は深々と息をすいこんだ。それから、十八歳のときに、ローラとよばれる少女と出会ったいきさつについて話しはじめた。一年間、ふたりはデートを重ね、当時のあらゆる人々とおなじように、ふたりは結婚した。それは一九〇〇年のことだった。彼は若くて健康だった――毎週日曜日には何マイルも丘をこえて、夕食にする大きなブラウントラウトを釣りにいった。ローラはそれをフライにするのが好きだった。彼は彼女を「パースの麗人」とよんでいた。

記憶は苦痛をよびさます。ジョー船長の瞳に涙があふれだした。少年はひどく恥ずかしくなった。おとなが泣くのを見るのははじめてだった。船長は頭をたれて両手で顔をおおった、指先が白髪に埋もれていた。

船長はいいわけがましいことをいわず、ぼろ布で涙をぬぐった。

「十一月のある夜、わたしは遅くまで働いて、暗くなってから家路についた。空気は肌寒く、空には星ひとつなく、通りには人影がなかった。帰宅すると、疲れていたが気分はよかった。わたしは夕食を食べ、ちょっぴり暖炉にあたった。真夜中ごろにベッドに入り、冷たいシーツのなかでローラに寄りそって眠りについた」

なんという眠りだったことか。

「そんなふうに眠ったことはいちどもなかった。めざめると、頭のなかは老人の夢でいっぱいだった。顔は思い出せなかったが、ひとりの老人の一生の夢だった。他人の人生をのぞき見しているような気がしたので、夢がおわったときはうれしかった。

だが、記憶はいつまでも去ろうとしなかった。わたしは心を慰めるためにローラのほうをふりむいた。なんということだ！　横に寝ているのは白髪頭の老婆の顔だったのだ。わたしはあとずさった。自分はまだ眠っているにちがいない。まるで老人のように、からだのふしぶしが痛かったからだ。それに口のなかもひどい味がした。手の甲の皮膚は老人の皮膚のようにしわだらけだった。これは悪夢だ。わたしはその悪夢から逃げだしたかった。

夢のなかの老人のことを考えると妙な胸騒ぎがした。遠いむかしに読んだ本をかすかに憶えているような感じだった。それから、老人の顔をはっきりと思い出した。ほんの一瞬だが。それは老人の顔だったが、ある意味でわたしの顔でもあった。全身に冷や汗がふきだした。わたしはそっとベッドから抜けだし、リノリウムの床を踏みしめて暖炉のそばの黒っぽい衣装だんすの鏡の前にいった。鏡に映った顔がわたしをみつめかえした。それは夢のなかの顔だった。それは老人になったわたしの顔だった。鏡に映っていたのはわたしの姿だったのだ」

船長と少年は押し黙った。船長はまた病人のようになり、顔面蒼白になったので、少年は心配になって、助けをよぼうと立ちあがった。

「だいじょうぶだ。一分だけ待ってくれ。そのコップの水をくれないか」

少年は恐かった。船長がいかにも具合悪そうだったからばかりでなく、船長の話が恐かったからでもあった。それでも、話を最後まで聞きたかったし、船長も最後まで話したがった。

「わたしは一九〇〇年の十一月に眠りについた。めざめて衣装だんすの鏡をのぞきこんだときは一九四〇年の十一月の朝で、わたしは六十歳だった。嘘ではない。ベッドに入ったときは若者だったのに、めざめると老人になっていたのだ。めざめたとすればだが。人々はわたしが狂ったと思い、わたしがなにもかも悪夢だといいつづけたので、わたしをベッドに監禁した。なにかのまちがいだということを、どうすれば証明できるだろう？　わたしは彼らの名前も顔も知っていた——夢のなかで見たのだ。わたしが二十歳の若者だといいはると、人々はげらげらと笑った。彼らがあまりにも自信たっぷりなので、ときにはそうなのかもしれないと思うこともあった。まるで人生をだましとられたような気分だった。それからわたしは、婆さんになったローラの前でさめざめと泣いた。彼女はひどくいやがった——六十歳の老人はもっと自制心があってしかるべきだというのだ。だが、彼女には老いることを学ぶ歳月があったが、わたしはいきなり爺さんになったのだ」

ある朝、家にひとりきりのときに、衣装だんすを開けてみると、この服と船員帽があった。身につけてみるとぴったりなのでびっくりした。婆さんになったローラが財布をしまっている机にいって、数枚のポンド紙幣をくすねてから、裏口からそっと抜けだした。とうとう家にはもどらなかった。

それからずっとさすらいつづけてきた。アバディーン、スターリング、グラスゴーで、それぞれ一週間ほどすごした。気分が悪くなるたびに、自分の身に起こったことを、だれかに話そうとした。それは友人を失う確実な方法だった。ひとつだけ学んだことがある。しょせんだれも助けてはくれないのだ。黙って苦しみに堪えているほうがましなのだ。

「グラスゴーを去ったあと、わたしはここにやって来た。住人がみな移民というのが気に入ったのだ。彼らもみな失われた人々だ。これから先どうなるか、それを待ち受けるにはいいところだ。おまえのお爺さんはなにかおかしなことがあるとただちに見抜いた。たくみにもちかけてわたしから真相を聞きだしたんだ。わたしのことばを信じてくれたと思う。たぶんおまえも信じてくれるだろう。ひとつだけいっておきたいことがある。わたしが死を恐れる理由はなにもない。夢のなかでは死なないことはだれでも知っている。めざめることができるだけだ。わたしは夜に眠るのが大好きだ。めざめるとまたパースにいて、それも四十年前の朝で、寝室の窓には早朝の光があふれ、そこにはローラがいて、われわれの将来は前途に広がっていたらいいなと思うからだ。この不気味な夢のことを話してふたりで大笑いするのだ。四十年間がこんなに簡単に消えてなくなるのであれば、おなじようにまたもどってくるのではないだろうか?」

ジョー船長は疲れているようだったが、話すべきことは話したのだ。そろそろ寝ようと思うと彼はいった。そこで少年は夜の大気のなかに出ていって、数ヤード先のわが家をめざした。

祖父が戸口で待っていた。寒さをふせぐために帽子をかぶり、口もとまでスカーフを巻いていたので、眼だけしか見えなかった。祖父は船長のようすをたずねた。これからしばらくベッドのそばにすわるつもりなのだ。祖父が少年をみつめたので、少年は思わずたずねてしまった。

「ねえ、船長の話はほんとうだと思う？」

「船長は嘘つきだとでもいうのかい？」

「まさか！　でも、とってもおそろしい話だよ。若い人が夢を見ただけで、どうして老人になってしまうの？」

少年はもはや祖父の瞳をみつめることができなかった。

「おまえのいうとおり、ひどく悲しいだろうな」

それから祖父はことばをつづけた。

「老人が夢を見て、ほんとうは若者だと思いこんでめざめたとしても、それほど悲しくはないかもしれないな。たとえきちがいよばわりされたとしても」

それが祖父のことばだった。それからいつものように、おやすみの合図に少年の肩に手をのせてから、祖父は闇のなかに消えていった。


ああ、もちろん、その少年とはぼくのことだ。あのときぼくは、真実をつきとめようと決心したんだ。こんど船長に会ったら、パースでの生活についてなにもかもたずねよう。お婆さんになったローラについて、この村に着くまでの旅について、（それに、いちばん気になっていたことだけれど）なにもかも夢だとしたら、そのなかでぼくと祖父がどんな役割を演じたのか、ぜひたずねたいと思ったんだ。

質問する機会はとうとうやってこなかった。三日後、ベッドのわきにすわった祖父にみとられながら、ジョー船長は眠るように死んでいった。人々は彼の死の知らせをパースに伝えたけれど、返事はついに返ってこなかった。村人は船長のための葬儀をとりおこなった。祖父はぼくを小さな部屋につれていった。数人の人々が柩に横たわった船長と最後の別れを告げるために集まっていた（あのころは、こどもに死体を見せることをあまり気にしなかったんだ）。友人の死体に身をのりだしながら、祖父はぼくにささやいた。

「彼はようやくめざめることができたのだろうか？」

なんと答えていいかわからなかった。ぼくはジョー船長の死に顔をみつめた。いつものように微笑していなかった。でも、この世で最後の絶対的な安息には、なにか不思議な若若しさが漂っていた。

刈り跡

The Swath

あれから一年になる。あれがはじまったのは（ぼくは思い出すのを恐れない人間のひとりだが）一年前の今日のことで、大草原の上空が白々《しらじら》と明けそめたときだった。はじめのうちは、コオロギやウシガエルの単調な合唱を妨げる程度だったが、たちまち世界じゅうの地震計の針が振り切れるほどになった。リヒタースケールは断固としてマグニチュード8を示しつづけた。この現象は正確に二十四時間つづき、それからぴたっとおさまった。事実としてはこれだけである。それを認めたからといって、再襲来に備えることができるかどうかは疑わしい。いまでは精密な警報システムが配備されているそうだが。われわれがなにか教訓を学んだかどうかも疑わしい。

あれがはじまったのは、七月七日、日曜日、午前六時で、北緯五二度、西経一〇八度、カナダのサスカチュワン州にあるトレンプという町だった。こういった詳細な事実が重要なのだ。暁光が東の空を染めはじめたとき、霧におおわれた大草原の表面に亀裂が走りはじめた。不思議な性質をもった亀裂である。それは西をめざして時速千六百キロの猛スピードで疾走しはじめた。通過したあとには、幅百メートル、深さ三十メートルの巨大な溝が残された。溝の側面や底面は大理石のようになめらかだった。果てしないピンクの芝生がはじめて刈りとられるように、最初の朝日が夜明けの霧と入りまじっているあいだに、大地そのものがはじめて刈りとられていくかのようだった。

〈刈り跡〉をはじめて目撃した人間はトレンプからほど遠くないところに住んでいた。〈刈り跡〉は大草原の羽目板張りの農家をかすめていった。ジョージ・ファーガソンというのが彼の名前であったが、四十年にわたって牧場を経営している実際的な男だった。それはいつもの起床時間だった。まだぼうっとしているときに、大草原の朝風のように心地よい音が聞こえた。家屋の一部は音もなく消滅したので、それは聞こえなかった。十九歳の長男ジョージ・ジュニアが眠っていた寝室、十七歳の次男ピーターが眠っていた寝室、妻のマーサが、長年の習慣で、夫の朝食を準備する前に蜂蜜をかけたトーストを黒い牧羊犬のロビーと分けあっていた台所、この三つの部屋が消滅した。そういうわけで、ジョージ・ジュニアが大きないびきをかき、ピーターがいつもの奇妙な淫夢にふけり、マーサがロビーの黒い頭をなで、ロビーが長いピンクの舌で黒い口のまわりを舐めていたときに、彼らは瞬時に消滅したのである。

それから、この大草原の夏の朝に、驚くべきできごとがジョージ・ファーガソンを待ち受けている。いつものようにめざめ、あくびをして、ベッドからはいだし、足をひきずるようにして浴室にむかう。手さぐりでドアを開ける。彼はすべてを眼にする。この実際的な男が奇跡の最初の目撃者である。壁と窓にかこまれて、浴槽と洗面台と便器が備わり、小さな鏡と櫛とブラシと、入れ歯用のコップとキャビネットがあったはずの浴室が、がらっと変わっている。外側の半分がきわめて正確に切りとられているのだ。まるでドールハウスの不気味なカットモデルのようだ。たとえば、窓はまんなかですぱっと切断されている。浴槽も洗面台も鏡もまっぷたつになっている。二十年間、毎晩のように入れ歯をひたしてきたコップは半分だけ残っている。ふとした興味にかられて（まだ夢を見ているのかもしれないと思いながら）のぞきこんでみると、まるで魔法のコップのように、水と入れ歯の半分がそっくり残っている。ぽっかりと壁に開いた穴の向こうに、どこまでものびた〈刈り跡〉が見える。そしてはるか遠くの絶壁のうえに、朝霧を透かして、白と黒のホルスタインの群れがかすかに見える。まごついたように首をのばして家のほうをながめやりながら、モーと鳴く声がかすかに聞こえてくる。

家の残りをすばやく調べてから、ジョージ・ファーガソンはようやく事態を理解する。〈刈り跡〉が、ふたつの寝室も、ふたりの息子も、台所も、妻と犬も消滅させてしまったのだ。だが、いつでも実際的な彼は、〈刈り跡〉のみごとな手際に思わず笑ってしまう。水道管も電線も壁もすぱっと切断されている。〈刈り跡〉の垂直面もなめらかで、根や岩がぶざまにつきだしたりはしていない。地層はサンドイッチの切り口のようにくっきりとしている。〈刈り跡〉はルーターやのみで削った溝のように美しく、ほかのパーツと嚙みあわせる継ぎ目のように正確である。〈刈り跡〉の周囲には削り屑もなにもない。てっぺんには粗石ひとつなく、ふちもぎざぎざしてない。「なにもかもきれいさっぱりだ」とジョージ・ファーガソンはつぶやく。

彼はげらげらと笑いはじめる。自分でも驚いたことに、笑いはつぎからつぎへとこみあげてくる。ふたりの親孝行な息子の運命を笑い、長年連れ添った妻の消滅を笑い、愛する犬の死を笑う。まだ笑いながら、この実際的な男は、巨大な深淵の向こう側で鳴いている牛の群れにたどりつく方法について考えはじめる。

そのあいだも、〈刈り跡〉は西へ西へとのびてゆき、二十三台の小型トラックと七十九台の自家用車の目の前で、ハイウェイをすぱっと削りとった。切符売場の店員によれば、これらの車はロデオ・ドライブイン・シアターのオールナイト四本立ての帰りだという。車に乗っていた人々は、どんな信じがたい話でも信じられるような精神状態だったので、深淵のへりまで歩いていき、〈刈り跡〉によって残された渓谷を陽気な驚嘆のおももちでのぞきこんだ。報告によれば、近くで一軒の家が火事になっていたという。その家の所有者は、英国の公爵夫人の親戚というふれこみの老婦人だったが、家の前の手入れの行き届いた芝生でアコーディオンを演奏していた。消防車が現場に到着する前に、〈刈り跡〉は家も老婦人も芝生もどこかに運び去ってしまった。

〈刈り跡〉の前進はじつに壮観だった。まるで果物の皮をむくように、ロッキー山脈の中腹をやさしくはぎとっていった。ジャスパー国立公園には切開手術をほどこした。ロブソン山の喉もとを剃りあげた手際もみごとなものだった。キャンプ場にいた人々の話によれば、まさにそのとき、山麓の森のなかで、全裸の美女の姿を見たという。朝霧にたたずんで、その美女はみごとなクライズデール種の馬に乳房をふくませていたという。〈刈り跡〉は彼女も馬もどこかに連れ去ってしまった。

〈刈り跡〉はフレーザー川に近づいていく。ここではじめて、川や湖や海に及ぼす驚くべき効果が明らかになる。〈刈り跡〉はフレーザー川にまっすぐとびこみ、川底を削りながら対岸に上陸する。いまや幅百メートルの切れ目ができたにもかかわらず、川はいつものように流れているように見える。水は〈刈り跡〉が分断した地点にたどりつき、百メートルのあいだ完全に消滅してから、ふたたび出現して、おなじように力強く流れつづけるのである。こうして切り離されたふたつの切断面はガラスのようになめらかで、それを透かして川の断面がはっきりと見える。まるで鏡を使ったトリックのようだ。けれども、サケやマスといった魚たちは、切れ目に水がないことに気づくと、水の断面から湿った川床に落下するのである。この現象はたやすく説明がつきそうにない。

それから〈刈り跡〉はロッキー山脈の海側の斜面をくだり、いくらか南方に向きを変えて、ひたすら太平洋をめざしはじめた。地球の自転とおなじ速度で、ヘカテ海峡の冷たい海水にとびこみ、クィーンシャーロット諸島にぶつかると、チェーンソーで切ったように正確な溝を刻んだ。動物学者たちが残念そうに報告したところによると、きわめて珍しい八本脚のヘラジカが〈刈り跡〉の通り道で草を食《は》んでいたという。それ以来、彼らの姿は目撃されていない。おなじように、かつて栄えていたコーストインディアンのシャバナ族も、その村が通り道にあったために消滅してしまった。少なくとも、彼らは消滅という考えに慣れており、何年も前から、彼らのシャーマンはオオガラスの翼の最後の羽撃《はばた》きが切迫していると予言してきた。暁光のなかで、〈刈り跡〉はついに外洋にとびこんだ。

七月の北太平洋は商業と観光の最盛期で、釣り舟やクルーザー、貨物船や帆船でごったがえしていた。〈刈り跡〉の通過が目撃されないはずがない。石炭運搬船〈S・S・ハミルトン号〉がそれを報告した。船のレーダー係がありえないものを探知した。船のわずか前方の海上を時速千六百キロで直進している一本の線である。それはスクリーンに消えることのない痕跡を残した。船はただちに停船した。

夜明けの光が強まると、船はそろそろと進んでいった。見張員がマストのてっぺんから甲板に報告した。すぐ前方の海水に深い溝が刻まれており、どこまでもつづいているようで、幅は百メートル以上、へりは泡立っていると。さらに接近して、双眼鏡で向こう側をのぞきこんだとき、見張員は笑いをこらえることができなかった。大混乱をきたしたニシンの群れや、驚きの表情を浮かべたイルカや、眼を丸くしたシャチが、垂直に切りたった海水からぴょんぴょんととびだして、三十メートルほど低くなった、凪《な》いだ運河のような水面にとびこんでいくのである。〈S・S・ハミルトン号〉の船長はシアトルの船主にすぐさま無線で報告したが、まったく相手にされなかった。

ヴァンクーヴァーを出港した二人乗りの小型帆船〈ブライティ号〉は無線を搭載していなかった。船はおだやかな東風を受けて航海していた。所有者のジョン・ジョーンズは舵輪を握ってうとうとしていたが、右舷前方二十メートルからのごぼごぼという音にはっと目をさました。明るい月光のなかで、前方の海水が泡立っているのが見えた。鯨の航跡かなにかだろう。

いうまでもなく、それは〈刈り跡〉のへりだった。〈ブライティ号〉はずるずるとすべり、底知れぬ深淵に船首から転落していった。まるで荒波にほうり投げられたか、大渦巻にのみこまれたかのようだった。船ははるか下方の平坦な運河に叩きつけられ、いったんは完全に水没したが、それから半分水のはいった瓶のように、静かな海面に浮きあがった。マストはぽっきりと折れ、帆はずたずたになっていた。

ジョン・ジョーンズは命綱にしがみついていた。水没した船室で眠っていた同乗者は女性だったが、咳きこみながら浮かびあがってきた。ふたりは周囲を見まわした。帆船は果てしなくつづく垂直に切り立った水の底に浮かんでいた。ときおり魚が近くの壁からとびだして、足もとの水面にとびこんだ。〈ブライティ号〉のふたりはすべてをのみこむと、途方もない状況に思わず笑ってしまった。ふたりの笑い声は不気味な運河の静寂を破ってこだました。

夜明けとともに、〈刈り跡〉は日本の海岸に上陸した。東京大学の科学者たちは地震計の異常なふるまいを観察していたが、いつまでもつづく震動波に首をひねっていた。コンピューターの画面には、南西にゆるやかなカーブを描いて富士山をめざす〈刈り跡〉が表示されていた。彼らが観測塔から見守る前で、あたかも禅師の書道のごとく、〈刈り跡〉は霊峰に優雅な墨跡を残してから、ぐるっと向きを変えて京都をめざした。〈刈り跡〉が神社仏閣やみごとな日本庭園に及ぼした被害は壊滅的と形容するしかないだろう。幅百メートルの溝が京都の中心部にくっきりと刻まれたのである。十万人もの市民が煙のように消えてしまった。

通り道にいて消滅をまぬがれたのは、三十メートル以上深い地下鉄に乗っていた早朝の通勤客だけだった。先端を切り落とされたエスカレーターで上昇した彼らは、〈刈り跡〉のなめらかな底に立っていることに気づいた。周囲には切り立った壁があって、それをふちどるように立ち並ぶ超高層ビルの残骸が見えた。ニュース報道によれば、通勤客のひとりはペットの豚をはじめて地下鉄に乗せた広島の生存者だったが、〈刈り跡〉の光景を見るなりげらげらと笑いだしたので、ほかの乗客たちもつられて笑いだし、豚もブヒブヒと大鳴きして、陽気な笑い声は霧にかすむ渓谷に満ちあふれたという。

それが〈刈り跡〉の特徴であった。京都でも見られたように、無数の人命が失われたにもかかわらず、あからさまな敵意をひきおこさないのである。それどころか、初期の理論家のなかには〈刈り跡〉の恩恵ということばを口にするものまであった。真相はこうである。動物であれ、植物であれ、生体の一部が切断されることはないのだ。予想に反して、重傷を負ったとか、手足を切断されたとかといった、おそろしい生体解剖の記録は存在しなかった。生き物に関するかぎり、〈刈り跡〉は丸ごと消滅させるか、さもなければなにもしないのである。無生物に関しては、〈刈り跡〉は容赦なく前進し、断固たる進路をたどって、すべてのものを差別なく分断し、消滅させるのであった。

〈刈り跡〉は韓国の海岸に沿って前進し、眠たげな漁師を満載した二隻の船を消滅させたが、彼らが済州島沖に仕掛けておいた満杯の引き網は無事だった。昇る太陽の前方に一定の距離を保ったまま、〈刈り跡〉はシューッという音をたてながら黄海を横断し、中国本土に上陸した。例によって、この地域からの報道はかなり常軌を逸していたが、陝西省や四川省や東海省では、集団農場の水田にいた早朝の労働者たちが、まず異変に気づいたらしい。地震を予知するように訓練されたコオロギが狂ったように鳴きだしたのである。だが、政府当局の公式発表はそっけなかった。「人民服を着た集団農場の労働者たちは、今朝、聞いたことのない音を耳にした――〈刈り跡〉は近くを通過し、階級に関係なく、効率的に忘却を分配した」

〈刈り跡〉は国境などお構いなしだった。中国の国境警備隊は、よほど浮かれていたのだろう、国境を越えようとした〈刈り跡〉に挑みかかり、暗い影にむかって発砲までしたという。〈刈り跡〉はチベットの辺境に幅百フィートの溝を刻みつけながら、禁断の都市ラサの城壁めざして進んでいった。その時点では、ヒマラヤ山脈と世界の最高峰エヴェレストをめざしているように見えた。

だが、〈刈り跡〉は向きを変えた。穏やかに、だが毅然として、〈刈り跡〉は西をめざして進みはじめた。

いうまでもなく、この進路変更はさまざまな憶測をよんだ。〈刈り跡〉はすでに「目的を達成した」（この用語は現象を研究する現代哲学者によって使われている）のだろうか？　それとも、チベット密教の神秘的な力がその向きを変えさせたのだろうか？　一万台の祈り車の軋《きし》りと無数の信者による『チベットの死者の書』の単調な詠唱が、その到着を出迎えたのだ。あるいは、〈刈り跡〉を動かしている力がヒマラヤ山脈の莫大な鉱脈によってはねかえされ、やむをえず向きを変えたのだろうか？　いまにして思えば、当時だれも〈刈り跡〉を秘密兵器とみなさなかったのが不思議である。それをなんらかの脅威と感じとるには、つねに困難がつきまとった。

西に旋回したために、〈刈り跡〉は北インドのタマラットに到達した。そこでは高地民族の戦士たちがラバカーンという悔悛の大祭のために断食を行なっていた。冷たい暁光のなかで、バラモンたちが高い祭壇のうえに不安げにあぐらをかき、その前の広場には五十万人の信徒が集まっていた。〈バラモン投げ〉という儀式がちょうどはじまったところだった。戦士のなかの力自慢が祭壇から群衆に向かって僧侶をほうり投げ、その距離を競うという古代からの儀式である。〈刈り跡〉が到着したとき、だれもがシューッという音を耳にした。それは群衆のあいだを通りぬけ、祭壇とバラモンを運び去って（ただひとり、ちょうど空中を回転していたバラモンだけが助かった）、あとには証拠となる穴だけが残された。一瞬、あたりは静まりかえったが、それから、数人の弟子たちが微笑を浮かべ、それにつづいて、集まった戦士たちから地を揺るがすような大爆笑がわきおこった。

〈刈り跡〉はアフガニスタンのダラフィという町を通過したが、人々がどのように反応したのかだれにもわからなかった。人口五千人のこの町は、一本の狭い通りに沿っていたのだが、それが〈刈り跡〉の進路にぴったり重なったのである。町は完全に消滅し、あとに残されたのは、渓谷をさまよう数頭の雑種犬と、のろくさいレース鳩だけであった。〈刈り跡〉がはじまって、すでに十二時間がすぎていた。それは〈刈り跡〉の旅にとって記念すべき時間であると、だれもが考えていた。ルート砂漠のオアシスで夜明けの祈りをささげていたイランの遊牧民をびっくりさせてから(彼らは接近する砂嵐だと思ったのである)、〈刈り跡〉はヨルダン川を横断し、イスラエルの地に侵入した。目撃者によれば、ついでに川の中央で漕ぎ船の二頭のラクダを消滅させ、ガザ地区を横断して地中海にとびこんだ。

〈刈り跡〉が砂漠のすべての国をわけへだてなく通過したのは、イスラム原理主義者たちが主張するように、アラブ統一の神秘的な象徴だったのだろうか? それともむしろ、エジプトを完全に無視してイスラエルとガザ地区を結びつけた点を強調する、ユダヤ教の宗派のほうが正しいのだろうか? 〈刈り跡〉が通過した場所では(カリフォルニアでは、通過しなかったにもかかわらず)、新しい宗派がつぎつぎに誕生した。ゾロアスター教刈り跡派、創価学会刈り跡派、ダクシンカル派ヒンズー教刈り跡派、ミルザ・アリ教刈り跡派、キリスト教では、反律法主義、ホモイウオシス論、自由主義など、さまざまな思想と結びついた千年王国主義刈り跡派である。

砂漠で疲れと渇きに苦しんだ〈刈り跡〉は、地中海に身をひたして大いなるため息をついたであろうか？　〈刈り跡〉を理想化する観察者はそうほのめかした。いずれにせよ、それから千六百キロは青い海を渡るだけであった。ときおり通過するハッシシ密輸船や、オデュッセウスの亡霊、妖精カリプソ、幾多の戦争で海の藻屑となった兵士たちの眠りをさまたげながら、〈刈り跡〉は進んでいった。信頼すべき情報によれば、ペラスという小さな島では、三人の全裸の姉妹が、薄明のなかでモーツァルトの《六本の手によるピアノソナタ》を演奏していたが、姉妹もピアノも、島そのものも、〈刈り跡〉にのみこまれてしまったという。

〈刈り跡〉は果てしない大海の門柱ともいうべきヘラクレスの柱に接近した。ジブラルタルの人々はすでに避難しており、最後まで残って岩と海の原初の和合を楽しんでいたのはヒヒだけだった。戦闘機の飛行中隊が偵察に送りだされた。まだ幼さを残したパイロットたちが空中からの人類最初の目撃者となった。アルミニウムの機体にとりつけられたプラスチックのハッチから、とろけるような夜明けの光を透かして、海水に溝を刻んでゆく〈刈り跡〉の超然たる姿が見えた。古代の海の浅瀬を通過したとき、海藻におおわれたアトランティスの円柱や、カルタゴの五段櫂ガレー船の残骸に積まれた無傷のワイン樽が見えたと、彼らは報告した。

〈刈り跡〉が弓の名手のように慎重に狙いを定めて、北大西洋の深みに通じる狭い海峡をするりと通りぬけ、北西へと優雅に向きを変えるようすを、若いパイロットたちは、六百メートルの高度から感嘆のおもむちで見守った。基地に帰還せよと命じられるまで、浮かれたパイロットたちの無線による交信はつづけられた。

その未明、〈刈り跡〉は山がちのアゾレス諸島の北側をかすめた。そのころには、〈刈り跡〉のニュースは世界じゅうに広まっていた。そこでこの驚異を一目見ようと、何千人ものイギリス人やドイツ人の旅行客が、政府の警告を無視してアゾレス諸島の北斜面に集まっていた。

そうしたグループのひとつである国際乳母大会の一行は、もっとありふれた海の危険にたびたび直面してきた地元の木造捕鯨ボートをチャーターした。乳母たちは〈刈り跡〉の進路めざして漕ぎだした。〈刈り跡〉には「危害を加える意図はない」という、だれもが感じていた直感を、いまこそ明らかにしようと、彼らは意気軒高だった。当然のことながら、〈刈り跡〉は彼らをあっさりとのみこみ、丘のうえの見物人からは満場の喝采がわきおこった。

そこまで無邪気でない軍事大国は調査を続行し、U2偵察機、対潜ミサイル、水爆搭載可能なB52爆撃機、ミグ15戦闘機、航空写真精査気球、多弾頭大陸間弾道弾、地球軌道人工衛星、水中レーダー搭載隠密深海探査機などを発進させた。

文句をいうべきではないだろう。彼らの偏執狂的な探査がなければ、〈刈り跡〉の海上通過の唯一の映像記録はありえなかったのだから。画質はざらついているが、息をのむような映像である。薄明のなかで、最初にカメラが捕らえるのは、どこまでも広がる海面にすぎない。それから、なにか不自然なものが出現する。まるで定規で引いたようにまっすぐな、大海原を二分して進んでくる直線である。

カメラが降下するにつれて、直線はみるみる太くなっていく。実際には海水にうがたれた、じつに壮大な轍《わだち》の跡であることがわかる。さらに近づくと、両岸のへりにかすかな泡が認められる。一段低くなった海面は鏡のようになめらかで、低空飛行機の姿がくっきりと映っている。

カメラを搭載した飛行機は〈刈り跡〉の両岸よりも高度を下げて、きらめく壁のあいだを恐るべきスピードで突進する。映像だとわかっていても背筋がぞくぞくする。まるで巨大な水族館のふたつの水槽のあいだを猛スピードで飛行しているかのようだ。壁面はガラスのように透明でなめらかである。クローズアップ画面から、巨大なハタの頭がつきだしているのが見える。海水にもどろうと必死に身をよじっているのだが、それもむなしくもがきながら落ちてゆき、尾をひるがえして眼下の運河に消えてゆくのである。

このフィルムのひとこまが多くの論争をひきおこした。画質は劣悪で、映像はひどく不鮮明である。巨大なマッコウクジラが〈刈り跡〉の壁から頭をつきだし、びっくりしたようにあんぐりと口を開けている。映像を分析した人々は断言している。鯨の喉の奥で、長いあごひげを生やしてゆったりとしたローブをまとった男が、通過する飛行機を興味深そうにながめているというのだ。この現象については、いまだになんの説明もなされていない。

飛行機は〈刈り跡〉の前方に到着する。ついに、われわれは海水に溝が刻まれていくようすをはっきり見ることができる。それはたんに出現するだけである。水をどこかに運ぶわけでもなく、なんらかの力が作用する気配もなく、〈刈り跡〉は完全にできあがった形で現われるのである。幅百メートル、深さ三十メートル、幾何学的に直角で、まるで巨大なシャベルか、巨大な鋤か、巨大な掃除機によって……いや、どんな比喩も意味がない。いかなる比喩も〈刈り跡〉という現実の前にひれふすしかないのだ。〈刈り跡〉はたんにそこにある。北西に向きを変えながら休みなく前進しつづける。それは物理学と自然の基本法則に反している。それは科学的理解を平然と無視する。それは圧倒的な存在感を誇っている。飛行機は風下に向きを転じる。

〈刈り跡〉は北アメリカの海岸線めざして進んでいく。念力によってスプーンを曲げることで国際的に有名な超能力者のグループがあわてて組織されたが、どうすることもできなかった。たしかに〈刈り跡〉のオーラを感じることはできたが、その強力な力に圧倒されてしまったと、全員が証言した（きわめて感じやすい女性超能力者のひとりは失神してしまったという）。

いまや〈刈り跡〉の前進はずっと慎重になったようだ。北米大陸全体が息をのんで待ちうけた。予想進路上の住民は、ハリケーン警報なら第一報で避難していただろうが、重大な危機に直面しているとはどうしても信じようとしなかった。彼らは家屋やボートや小屋から避難しようとしなかった。それどころか、明らかに〈刈り跡〉を歓迎しているようだった。目撃者たちは彼らの陽気さと好奇心について語っている。すべてを消滅させる〈刈り跡〉の通過を待ちうけながら、彼らは異口同音に「楽しみにしているんだ」とのべたという。〈刈り跡〉が残していった渓谷に身を投げたり、とりわけ、〈刈り跡〉の通り道にとびこんだりして、無数の自殺例が報告されている。目撃者のひとりは「まるで恋人を抱擁するようだった」と語っている。

〈刈り跡〉はグランドバンクスの霧に突入し、セントローレンス湾にするりとすべりこんだ。暁光のなか、〈刈り跡〉はケベックの沿岸に上陸した。北岸の小さな町の住民数千人が〈刈り跡〉を歓迎し、その通過を見物するためにぞくぞくと集まってきた。世界じゅうのテレビカメラやマイク、写真家や新聞記者が集結した。〈刈り跡〉が姿を現わして、やさしく切り裂き、前方にあるものすべてを静かに消滅させていくと、賛同のどよめきがわきおこった。速度が落ちているように見えたが、それは眼の錯覚にすぎないと科学者は断言した。〈刈り跡〉はつねに前進する夜明けと歩調を合わせているのだ。いままで〈刈り跡〉の両壁から落下する魚を狙っていた海鳥の大群に、新たに陸鳥が加わって、左右対称の渓谷めがけて急降下と急上昇をくりかえした。

いまでは〈刈り跡〉の通過は凱旋行進か国王の行列を思わせる。高揚したカーニヴァル気分をかきたて、人々の善意をよびさますのである。その威風堂々たる前進は超然としており、ある種の美しさすら感じられる。

〈刈り跡〉がこのまま現在の進路を保てば、開始から正確に二十四時間後に、それがはじまった地点であるサスカチュワン州トレンプにもどるだろうと、世界じゅうの科学者が予言した。そういうわけで、東の空に朝日が射しこんだとき、霧におおわれた大草原の夜明けには、〈刈り跡〉の世界一周の達成をこの眼で見ようと、トレンプの町にはいままで見たこともない大群衆が集まっていた。まるでパレードでも見物するように、群衆は予想される進路の左右に居並んだ。母親たちは芝生椅子にすわり、父親たちはいちばんよい眺めを確保するために赤ん坊を肩車した。興奮は強烈としか形容できなかった。ヘリコプターが〈刈り跡〉の接近を警告した。残りわずか一マイルの地点で、〈刈り跡〉ははっきり速度をゆるめたので、こどもたちでも伴走することができた。彼らはキャンディーの包み紙を通り道に投げ入れて、それが消滅するのを眺めるのだった。若者たちは〈刈り跡〉のすぐ前を全力疾走し、最後の瞬間にさっととびのくという肝だめしをして遊んだ。だれかが足をすべらせて消滅するたびに、群衆から大爆笑がわきおこるのだった。

午前六時きっかりに、カメラが旋回し、フラッシュが瞬き、群衆が口笛を吹いて歓声をあげるなかで、〈刈り跡〉の先端は二十四時間前に発進した地点とのあいだに残された地面の切れはしを溶かし去った。〈刈り跡〉の旅は終わった。

それと同時に耳を聾《ろう》するようなうめき声がわきおこり、無数の録音装置に記録された。その音はいままで陽気に笑いさざめいていた観衆からわきおこったのだろうか？　集団的な喪失感の認識によってひきおこされたのだろうか？　〈刈り跡〉の謎の原動力が発した臨終のうめき声だったのだろうか？（目撃者のなかには、その声は天から聞こえてきたと断言するものもあった。）

これらの疑問の答えは、〈刈り跡〉の性質に関するあらゆる疑問とおなじように、永久にわからないだろう。なぜなら、われわれが目撃した現象を理解する前に、それは逆転したからである。いまだ太陽が東の地平線を上昇している六時一分ちょうどに、北半球に刻まれた深い切り傷がたちまち癒された。〈刈り跡〉が消えはじめたのである。消滅した建物はもとどおりに再建され、地面はもとの高さにもどり、山々のはぎとられた部分は修復され、川や海も以前の姿にもどった（マストを折られた〈ブライティ号〉も、いつのまにか広大な海をよるべなく漂流していた）。消滅したすべてのものがふたたび姿を現わした。

すべてのものがふたたび姿を現わしたといったが、生き物はべつであった。ジョージ・ファーガソンは、なんとかして〈刈り跡〉の向こう側にいる牛の群れにたどりつこうと、一日じゅうあれこれ試していたが、この修復をまのあたりにすると、わが家に駆けもどった。彼はドアを開けて妻と息子たちの名前をよび、口笛で愛犬をよんだ。応答はなかった。それでも彼は微笑していた。〈刈り跡〉の周囲のいたるところで、夫を失った妻、妻を失った夫、子を失った親、親を失ったこどもたち、犬や猫を失った飼い主たちが、愛するものの名前をよんでいたが、やはり応答はなかった。それでも彼らは微笑していた。われわれは行方不明者を〈刈り跡の犠牲者〉とよんできたが、どうやらそれはまちがいのようだ。ほんとうはだれもその死を悼《いた》んでいなかったからである。愛するものを奪われた人々はおずおずと微笑み、死者を回想するときも、悲しむというよりはむしろ自慢するかのように、「妻を亡くしましてね」（あるいは母を、父を、息子を、娘を、などなど）「例の〈刈り跡〉のせいなんですよ」というのであった。

いうまでもなく、〈刈り跡〉の原因についてさまざまな憶測が生まれた。なんらかの理由で失敗した鏡によるトリックではないかという説は当初からあった。一方、ロマンチックな人々は、神がほんの一瞬だけ眠りこんだために、天地創造の一部が取り消されてしまったのだという理論を唱えた。銀河間の交流を信奉する人々は、失われた地球の皮は宇宙人の探検隊が採取した皮膚サンプルのようなもので、それから彼らは生命体を除いてもとにもどしたのだと主張した。けれども、世俗のヒューマニストたちのあいだでいちばんもてはやされた理論は、人間と物体と気候がある分布状態になったために（この公式には、宗教と民族がふくまれることもあった）〈刈り跡〉が生じたのであって、意図があるような印象をあたえたとしても、それは純粋に機械的な事象にすぎないというものであった。研究室での実験では、これまでのところ、〈刈り跡〉効果の再現には成功していない。それでも、そのような要素の分布は今後も生じるにちがいないと考えている科学者もいる。彼らはつぎの発生が予測できるのではないかと期待して、思いつくかぎりのデータの組み合わせをコンピューターに入力しつづけている。

状況はがらっと変わった。一年が経過して、〈刈り跡〉の出現という事実そのものが論争の的になっているのだ。目撃者はどこにもみつからないか、あるいは謎めいた状況で行方をくらますのである。行方不明者の数は〈刈り跡〉の最中よりもそれ以降のほうが多いのではないかと、ひそかにささやかれている。ぼく自身もたびたび脅迫電話を受けた。はっきりした理由もないのに、税務署はぼくの申告書を検査し、銀行はぼくのローンをひきあげた。同僚の多くが信用を傷つけられ、キャリアをだめにされた。〈刈り跡〉を調査しようとすると、政府の記録がいつのまにか閲覧禁止になっているのである。どうやら当局は、あの事件を「集団ヒステリー」として片づけるつもりのようだ。

でも、愛するロウィーナ、〈刈り跡〉はぼくらの結びの神だった。ぼくらが出会ったのは、いくつかの大学の支援を受けて、ロッキー山脈地帯で行なわれた、あの政府が許可した最後の地質学的発掘調査のときだった。すべてを消滅させる〈刈り跡〉が太平洋めざして斜面をくだりはじめた山腹で、ぼくらははじめて愛しあったんだ。おや、笑っているね。まさかこのぼくが、わざと〈刈り跡〉をひきおこしたなんていうんじゃないだろうね。ぼくにそんな力はないよ。ただあの奇跡を祝福するだけさ。

祭り

Festival

ふたりが祭りに行って、ひとりが帰ってきた。行きは夜間飛行機だったが、われわれは眠らなかった。ふたりとも寝つきが悪いのに、飛行機ではなおさらだった。明け方に海岸線の上空にさしかかった。なんて美しいところだろう。わたしは心のなかでつぶやいた。黒ずんだ岬。北方の紺碧の海を囲むようにどこまでもつづく砂浜。緑がしたたりそうな草や樹木。

「本気なの？　ほんとに参加するつもりなの？」
「もちろんだよ」

われわれは空港からタクシーに乗った。車は年代物で、おなじように年代物の運転手がしきりに話しかけてきたが、ふたりとも答えなかった。わたしはくたびれていた。おしゃべりするような気分ではなかった。いささか失礼だったかもしれないが、少なくとも運転手は話しかけるのをやめて、われわれをほうっておいてくれた。

タクシーは小高い荒地をくだり、丘の裂け目を抜けて町の周辺部に近づいていった（ほんとうは小さな村にすぎなかったが、われわれはまだ町とみなしていた）。墓地には新しい墓がひとつもなく、古い幽霊しか住んでいないようだった。タクシーは町はずれの最初の建物の前を通りすぎた。だれも住んでいないかのように、くたびれた姿をしていた。それから、人気《ひとけ》のない通りに面した粗石造りの小さな家々の前を通過した。芝生にはまだ朝霧がたゆたっていた。

タクシーは、町の中心部に立ち並んだ、いくらか大きな建物に到着した。どれも灰色の砂岩でできており、そのうちの一軒がホテルだった。町長はホテルの予約まではしてくれなかったので（われわれの気が変わって、結局やってこないかもしれないと思ったのだろうか？）、別々の部屋をみつけることはできなかった。祭りは地方の行事だったが、それなりに周辺の住民が集まってくるので、宿泊施設は満員に近かったのだ。

われわれは眠った。少なくとも、眠ろうと努めた。祭りを冒瀆《ぼうとく》してはいけないからといって、ベッドをともにしながらなにもしなかった。

夕方の六時ごろに起きて、さっさと食事を済ませ、町の通りを学校の体育館に向かって歩いている群衆に加わった。霧がたちこめていたが、不快ではなかった。こどもたちはそわそわしていたが、おとなたちは急がなかった。世間話をしたり、われわれに礼儀正しくしようと格別な努力をしていた。われわれのことに気づいている人もいたようだ。だが、彼らが直接的な質問を避けていることが、われわれがここにいる理由を知っている確かな証拠のように思われた。彼らの瞳がぎらっと光ったように思われたこともあったが、われわれだって興奮していたのだから、だれもが異常に見えたのかもしれない。

学校の体育館はいかにも学校の体育館らしいにおいがした。台上のベンチは左右の側面に並べられていたので、まるでバスケットボールの試合を見にきたかのようだった。色褪せた無数の小旗が垂木《たるき》からぶらさがり、四隅にはロープが張りめぐらされていた。中央の扉を入ってすぐのところに、いつものように微笑を浮かべながら、町長が立っていた。頭の禿《は》げた初老の男で、身分を示す金の鎖とスチール縁の眼鏡をかけていた。町長の横には、この学校の校長が立っていた。いくぶん若く、晴れの舞台にいささか緊張しているようだった。ふたりはひとりひとりを出迎えた。校長はとりわけこどもたちに注意を払った。みないちばん上等の服を着て、興奮を隠しきれないようすだった。

われわれに気づくと、町長はよろこびの微笑を浮かべ、招待を受け入れていただいてありがたいといいながら、心のこもった握手をしてよこした。いっしょにすわりたいでしょうといいながら（われわれは反論しなかった）、彼はわれわれのひじをつかんで、体育館にたった二脚しかない木製の椅子に案内した。観客の前を歩いていくと、すでに席についた観客から礼儀正しい拍手が起こった。われわれが腰をおろすと、町長はもとの位置にもどっていった。

「まだ考えなおすひまはあるわ」

「ああ。でもそのつもりはないね」


七時三十分に満席になった。照明が暗くなりはじめ、観客は静かになった。まとまったスポットライトが、ロープマットにおおわれた床の一部を丸く照らしだした。右手の壁面の小さなドアが開いて、はじめははっきりしなかったが、人影が光の輪のなかにゆっくりと近づいてきた。われわれに背中を向けているが、つやのある黒髪を腰まで垂らした若い女性で、白い部屋着をまとって布のベルトを締めていた。観客からときおりしわぶきがあがっても、彼女はしごく冷静に歩きつづけた。

光の輪の中央まで来ると、彼女は立ちどまり、ベルトをゆるめて部屋着をマットにすべり落とした。

われわれに背中を向けたまま、彼女は全裸になってたたずんだ。深呼吸するにつれて、肩がゆったりと上下した。ゆっくりと向きを変えはじめたので、こちら側の観客もその姿を正面から見ることができた。顔色は蒼白で、ぎらぎらとした光を浴びて目もくらむほど白いお腹は丸々とふくれあがり、乳房もふくらんでいた。

観客は息をのんで見守った。彼女はゆっくりとからだを沈めてゆき、マットに横たわるとため息をもらした。

彼女の息づかいがしだいに激しくなって、耳ざわりなあえぎ声になった。「ああ！　ああ！」はじめのうちはとても規則正しかった。「ああ！　ああ！」しばらくすると、べつの声が聞こえてきた。それは観衆のあえぎ声だった。「ああ！　ああ！」体育館のいたるところから、おそらくこどもたちだろう、はじめはかすかだったが、おとなたちが加わるにつれて、しだいに大きくなっていった。「ああ！　ああ！」いまでは全員が声をそろえていた。バス、バリトン、テナー、コントラルト、フルートのように甲高いソプラノとアルト。すべての声が彼女のあえぎ声に合わせて、「ああ！　ああ！」とリズミカルに唱和していた。まばゆい光のなかで、彼女のお腹がぺしゃんこになったり、ふくれあがったりした。「ああ！　ああ！」ぎらつく光のなかで、お腹の形がひどく角ばって見えることもあった。だからわたしは思った。みんなも思っていたことだろう。彼女のお腹から、いったいなにが生まれようとしているのだろうと。

激しい息づかいがやんだ。彼女はひざを立てて脚を大きく開いた。われわれがすわっているところからも、子宮頸部にかかる圧力がはっきりと見てとれた。彼女は新たな声をあげはじめた。それは一種のうめき声だった。「ううっ！　ううっ！」うめきながらも、みんなに出産のようすを見せるために、彼女はゆっくりと体の向きを変えていった。「ううっ！　ううっ！」

しばらくすると、またしても唱和がはじまった。「ううっ！　ううっ！」はじめは小声だったが、しだいに大きくなっていった。見まわしてみると、全員がうめき声をあげていた。禿げ頭の町長や、不安そうな校長までもが。「ううっ！　ううっ！」全員が声をそろえてうめいていた。「ううっ！　ううっ！」それでも、彼女の声のほうが大きかった。顔や乳房から汗のしずくが流れおちていた。観客もいっしょに汗をかいていた。館内のすべての顔に汗のしずくが光っていた。「ううっ！　ううっ！」見ると、女性の脚のあいだから破水がほとばしっていた。「ううっ！　ううっ！」陰唇がふくれあがって、ひきのばされていた。「ううっ！　ううっ！」

彼女は悲鳴をあげはじめた。罠にかかったウサギのようなかぼそい悲鳴だった。「ひーっ！　ひーっ！」観客も彼女のまねをして、かぼそい悲鳴をあげた。「ひーっ！」白い顔や白いからだがしだいに赤黒くなった。瞳は虚空の一点をみつめていた。「ひーっ！」観客の悲鳴はしだいに大きくなっていった。われわれは体育館の床に横たわった黒髪の女性の広がっていく陰唇をみつめていた。さぞかし痛かろうに、彼女はまだマットのうえでからだの向きを変えていた。「ひーっ！　ひーっ！」濡れた黒い毛にふちどられた鮮やかな股間に、じわじわと黒い輪が形づくられていくのが見えた。「ひーっ！　ひーっ！」気がつくと、わたしも悲鳴をあげていた。ふたりとも、彼女といっしょに悲鳴をあげていた。女性は動くのをやめた。悲鳴がやんだ。胎内の生き物はもうすぐ出てくるだろう。彼女の出産の苦しみのなかから、なにかがマットにすべりだしてくるのを、観客全員が声をひそめて見守った。彼女もまた、死んだように静まりかえっていた。心配になって、ふたり顔を見あわせたことを憶えている。

われわれはなにを予期していたのだろうか？　いまでもときおり自問することがある。魔物だろうか？　待ち受けていた怪物だろうか？　われわれひとりひとりがその場によびだし、現身となって目の前に現われることを期待していたものだろうか？　はっきりいえるのは、わたしが恐怖をおぼえていたことだけである。

だが、ほっとしたことに、そして、なんともうれしいことに、体育館の床に横たわっていたのは、まだ臍《へそ》の緒がついたままの、ごくふつうの人間の赤ちゃんだった。わたしは歓喜のあまり喝采したくなった。まわりのこどもたちは喝采していた。われわれは微笑をかわした。体育館のすべての観客も微笑しているようだった。赤ちゃんがぶじに生まれたので、安堵の微笑みを浮かべているようだった。

金の鎖と眼鏡の縁を頭上の照明にきらめかせながら、町長が足を踏みだして、女性に近づいていった。彼女はぴくりとも動かずに横たわっていた。まだじくじくと血がにじみだしていたが、お腹が規則的に上下動しているので、死んでいないことだけはわかった。両脚のあいだに、血と粘液におおわれた小さなかたまりが横たわっていた。音もなく、腕と脚をときおりひくひくと動かしていた。町長は鋏《はさみ》をとりだし、身をかがめて臍の緒を切断した。それから赤ちゃんをそっと抱きあげて高々とかかげ、戦利品をみせびらかすようにぐるりと一回転した。

観客は静まりかえった。それからうれしそうなささやき声があがり、体育館のいたるところから、歓喜の叫び声がわき起こった。わたしたちもそれに加わった。ふたりとも、ひしと抱きあいながら、まわりの人々と握手をかわしながら、歓喜の叫び声をあげた。町長の腕にかかげられた赤ちゃんは、頭をもちあげると、はじめてものを見る眼を見開いて、館内を見まわし、われわれすべてをじっとみつめた。

マットのうえの女性は、血の海に横たわって後産を待っていた。彼女は自分が出産したものを見るために、苦痛をこらえながら頭をめぐらせた。彼女が赤ちゃんを見あげるのと同時に、赤ちゃんも彼女を見おろした。女性の顔には疲労と苦痛しかなかった。赤ちゃんの顔が赤黒くしわくちゃになって、おぎゃあと泣き叫びはじめた。その叫び声は、その夜の体育館のあらゆる歓喜を圧倒してひびきわたった。

初日の出し物のあと、ホテルのバーは混んでいた。客たちはわれわれに握手を求め、飲み物を運んできてくれた。訪問者が、とりわけわれわれのような訪問者が、あの出し物に立ちあったことをよろこんでいるのだ。それは祭りのすばらしいはじまりであった。

「もう一度だけ、しましょうか？」

「もちろん」

　われわれは待ちきれずにバーを出て、階段をあがって部屋にもどった。湿気にはまったく注意を払わなかった。すばやく服を脱ぎ捨てて、ベッドに倒れこみ、遠いむかしのようにしっかりと抱きしめあった。われわれはたがいのからだをなでさすり、強く抱きしめ、重なりあって、快楽に身悶えた。それから眠りに落ちた。

　何時間かして、寒くなったので、毛布をひきよせ、たがいのからだに腕を巻きつけたまま、朝まで眠りつづけた。


　二日目の夜も霧がたゆたっていた。われわれはほかの人々とともに、歩いて体育館にむかった。大半は農夫か炭鉱夫で、血色のよいがっしりした家族や青白くやつれた家族をつれていた。彼らはやはり礼儀正しかったが、昨夜にくらべて緊張のようなものも感じられた。その点について、ふたりの意見は一致しなかった。

　体育館は七時三十分までに満員になった。いくつかのフラッドライトだけが、左右の非常口にまたがる床面の広い領域を照らしていた。町長は、相変わらず元気いっぱいで、校長はいささか不快そうに、そろって床の中央まで歩いてきた。町長は照明された床をたどって一方の非常口の前に行き、校長は反対側に行った。ふたりはそこで向かいあい、とても礼儀正しくおじぎをした。それから非常口の扉を押し開けた。

「まだまにあうかもしれないわ」

「だからどうしたっていうんだ？」

新鮮な空気がふわっと入ってきて、体育館にしみついた湿布のにおいを薄めてくれた。みなうれしそうに息をついて出し物がはじまるのを待った。

あまり長く待つ必要はなかった。遠くのほうから、ブーンという音がかすかに聞こえてきた。だれかがのこぎりで木を切っているのかもしれない。電動のこぎりのような音はしだいに大きくなって、しだいに体育館に近づいてきた。なんだろうと思いながら、われわれふたりは顔を見あわせた。

そのとき、なにか黒いものが、右手の非常口から明かりに照らされた床に、ゆるゆると流れこんでくるのに気づいた。その流れは生きていた。それは床に広がっていく虫の大群だった。その最前線は定規で測ったようにまっすぐだった。

ざわざわと音をたてる海。数分前に耳にして、いまもかすかに聞こえてくるブーンという音ではなく、かぼそい脚や鱗《うろこ》のような腹がニスを塗った床を這いまわる、かさかさごそごそという音だった。われわれは前進してくる虫の大群をこわごわみつめた。むきだしの脚にわっと押しよせてくるような気がしたのだ。

だが、虫たちは照明された床から決してはみださなかった。先頭にいるのは、わたしの知るかぎり、アリとシミだった。大群をなしたきわめて小さな生物たち。そのあとには、色さまざまの同類たちがつづいていた。小さな真珠のような白い粒を運んでいるものもいた。虫たちは緊密な集団を保っていたが、アリのなかには、ポップコーンの屑を略奪しにいくものもあった。すばやくひっつかむと、行進を乱すことなく、本隊へと運んでいくのである。

長い触角と髪の毛のように細い脚をうごめかして、ゴキブリが姿を現わした。何百万匹ものゴキブリにつづいて、すべるように進むムカデとヤスデがやってきた。なかには三十センチ近いものもあった。われわれは椅子のしたに足をひっこめたまま、かすかでも無秩序のきざしがあったら、すかさず椅子によじのぼろうと身構えた。

それでも、虫の大群にもかかわらず、われわれはすでに落ちつきをとりもどしはじめていた。観客のなかには、のんびりおしゃべりしているものもいた。まるでパレードを見物しているような気分だった。虫たちの行動は意識的なもので、役割をちゃんと心得ているような気がした。

この考えを裏づけるように、ラウドスピーカーから咳払いがひびいてきて、鼻にかかった声が、体育館に入場してくる虫の名前をアナウンスしはじめた。どれも聞いたことのない名前だった。セイヨウシミ、コフキコガネ、カツオブシムシ、カメムシ、スカラベ、ヘッピリムシ（こどもたちが、くすくす笑いながら鼻をつまんだ）、センチコガネ、オオサシガメ、巨大な枝角をふりかざしたクワガタ、そして、どこかの虫の戦場からそのまま駆けつけてきたようなナナフシ。

おもてからは、いまだにブーンという音が聞こえてきた。虫の足音や観客のざわめきにもかかわらず、その音はしだいに大きくなっていった。いまのところは、虫たちはすべて体育館にとどまっていた。反対側の非常口にたどりつくと、その場で足踏みしつづけるのである。だからしばらくすると、明かりに照らされた床の大半は虫の大群に埋めつくされていた。

ふいに、ぴょんぴょんという音が体育館に満ちあふれた。数百キロ以内のすべてのバッタたちが、やかましい音をたてながらとびこんできたのである。わたしは二メートル近くも跳ねあがるメキシコのジャンピングビーンズや、木の海を滑空する黒いトビウオを連想した。

バッタの最後の群れがようやく入場をはたして、明かりに照らされた部分がいっぱいになったとき、われわれが一晩じゅう耳にしてきたブーンという音が、体育館にどっとなだれこんできた。鼓膜が破れそうになって、わたしは耳をふさいだ。

それは空飛ぶ虫だった。虫の円柱、虫の旋風、虫の積乱雲だった。ありとあらゆる空飛ぶ虫の大群だった。イエバエ、ブユ、ユスリカ、ウマバエ、トンボ、イエカたちが、床を這う虫たちの頭上を黒雲のように乱舞していた。巨大な水槽に注ぎこまれたインクのように空間を満たしたので、まだぴょんぴょんと跳ねているバッタたちは、さかさまのダイバーのように、黒雲のなかにとびこんでは、つぎの瞬間に落下してくるのだった。体育館の照明は、この生きた壁によってほとんどおおい隠されてしまった。ブンブンとうなる虫の壁は、われわれと反対側にすわっている人々を遮断してしまった。

空間の約四分の一だけが残されていた。薄暗い照明のなかで、こどもたちは両親にしがみついた。われわれが感じたように、こどもたちも感じたのだ。ブンブンととびまわる虫たちが、ひとたび統率を失ってしまったら、恐怖におびえるわれわれを包みこんで、そのまま窒息させてしまうだろうと。けれども、床を這いずりまわる虫たちとおなじように、空飛ぶ虫たちも統率を失うことなく、自分たちがここにいるわけをちゃんと知っているかのように、おとなしく空中にとどまっていた。建物全体がその力に振動していた。

ブーンという音がひどくやかましくなったので、両手で耳をふさいでいても鼓膜が破れそうになった。ふたりともことばをかわすことができなかった。ふつうの人間の声では、猛烈な羽音にのみこまれてしまうのだ。だから、ミツバチの登場は、聞こえたというより見えたのである。薄暗い照明のなかでも色鮮やかなミツバチとスズメバチ。その羽音はますます多くの振動をひきおこした。彼らはハエよりも図体が大きく、脚をだらんと下げていた。本隊の側面には小隊がつきそって、複眼で観客のようすをうかがっていた。大群の背後から、百万匹ものひとまわり大きな女王バチがやってきて、残った空間を満たすと、振動は最大になって、巨大なブロケードのカーテンをひいたように、光を完全にさえぎってしまった。

暗闇のなかで、われわれはじっとすわって待ち受けた。目の前の限定された空間で、数百億匹とも知れぬ無数の虫たちが、完全な統率のもとに空を舞い、地を這っていた。われわれはみな待っていた。

ふいに、虫たちのまっただなかに鳥が出現した。はじめのうちは、虫を捕らえて食べている鳥たちの姿に気づかなかった。それから、虫たちが空中と床の二手に分かれたので、体育館の中央に光が現われた。虫たちは恐怖にかられて押しあいへしあいしながら、非常口に殺到した。がつがつとむさぼり食らう巨大な壁に、百万の口をもつ恐るべき敵にとびこんでいったのだから、逃げおおせたものがいるかどうかわからない。

このらんちき騒ぎにラウドスピーカーからののんびりとした鼻声が立ち入って、鳥の名前をアナウンスしはじめた。わたしにも聞きとれたし、照明が明るくなるにつれて、殺戮者たちの姿も見えるようになった。ツバメ、恐ろしい姿のハマヒバリとサケビドリ、熱狂的なマネシツグミ、アマツバメ、ヨタカ、そしてホシガラスが、狂ったように床をつついていた。ありとあらゆる種類の何千羽ものスズメや、モズや、オオハシウミガラスが、逃げ場を失ったバッタやミツバチをついばんでいた。狡猾で貪欲な目をした鳥たちは、むさぼり食われている怪物じみた虫よりもおぞましかった。

すべては十分足らずで終わった。まるで合図でもあったかのように、鳥たちのさえずり声はぴたっとやんで、彼らは体育館からさっと飛び去っていった。あとに残されたのは、どぎもを抜かれた観客と、食いちぎられた虫の残骸と、強烈な光のなかでときおりはためいている、紙のように薄い虫の羽だけだった。

しばらくは、だれもなにもいわなかった。こどもたちは大声で泣きながら、おとなにしがみついていた。やがて人々は立ちあがり、虫の残骸を踏まないように気をつけながら、そろそろと出口にむかいはじめた。

われわれも町の住民につづいて、ひんやりとした夜のなかに出ていった。むっつりと押し黙ったまま、歩いてホテルにもどっていった。

いつもの客の何人かがホテルのバーにいて、静かに酒を飲んでいたが、昨夜の陽気さはかけらもなかった。できれば今夜の出し物についてたずねたかった。去年の出し物とのちがいについてたずねたかった。けれども、なにもいわなかった。ふたりとも、私的な不安をなだめるのにいそがしかったのだ。

「いまならまだ……」

「その話ならやめてくれ。たのむ」

ふたりのあいだに抜き身の剣を置いたようにきっぱりと分かれて、われわれは湿っぽいベッドに横たわった。その夜はベッドが湿っていたからである。空は雨に満ちて、寝室は肌寒かった。その夜はわれわれが語りあう最後の機会だった。またやりなおそうと合意する最後の機会だったかもしれない。われわれはそうしなかった。それ以上いうべきことはなにもない。


祭りの三日目にして最後の夜は、このような丘陵地帯にしては珍しく晴れていた。霧はあとかたもなく晴れていた。空には丸い月と星々が輝いていた。少し遅れていることを意識しながら、われわれは歩いて学校の体育館に向かった。町長と小柄な校長が、入口で心配そうに待っていた。ラウドスピーカーからはバックグラウンドミュージックが流れていた。ふたりはわれわれを温かく出迎えてくれた。町長がわれわれの腕をつかんでいった。

「いまでも気は変わりませんか？」

ふたりともうなずいた。

照明はすでに薄暗くなっており、観客はこっちをみつめていた。われわれを案内していきながら、町長は観客に手を振った。

床の中央がスポットライトに照らされていた。町長は光の輪のなかに立ってしゃべりはじめた。

「親愛なる町民とこどもたちのみなさん、今夜は一連の祭りの最後の夜なので、これまでになく胸がわくわくするような出し物を用意しました。この出し物には多くの準備と多くの人々の協力が必要でした。ですから、関係者の方々に、わたしといっしょに大きな拍手をお願いします」

町長がそういうと、観客から盛大な拍手がわき起こった。それから町長は、この出し物のルールについて説明しはじめた。わたしはあまり熱心に聞いていなかった。もう知りつくしていたからである。何か月も前に彼の招待を受け入れる前から、そのルールをくりかえし検討してきたのだ。

町長は演説をおえた。観客からふたたび盛大な拍手が起こった。われわれが更衣室に向かうあいだも、期待に満ちたざわめきはやまなかった。町長みずからがわたしを案内してくれた。ベンチの前を通りかかると、「どうかうまくいきますように」とか、「気をつけて」などといった声がかけられた。あやうくそのことばを信じこみそうになった。「神のご加護がありますように」と声をかけるものまでいた。

準備はごく簡単だった。更衣室でコートを脱いでいるあいだに、町長がずっしりと重い木製の柄のついた単発拳銃の仕組みを説明して、すでに装塡《そうてん》された銃弾を見せてくれた。六人で編成された挑戦者もおなじ銃をもっているが、弾がこめられているのは一挺だけだと彼はいった。

「だれが装塡された銃をもっているのか、彼らは知っているのですか？」

「いいえ。銃はくじ引きで選びました――それも出し物の一部なのです」

町長は校庭に出ていって数発の試し射ちをしてもいいといってくれた。わたしはその心づかいに礼をのべてから、われわれふたりとも射撃の名人であり、さもなければこの招待を受け入れてはいなかっただろうと答えた。

ドアのむこうからラウドスピーカーの音楽が聞こえてきた。太鼓が連打されるドラマチックな音楽だった。祭りの最後の出し物の序曲である。盛大な拍手がわき起こった。なにかが起こっているのだ。

町長がドアをわずかに開いた。

「あなたのお友だちと挑戦者は準備ができたようですね。よろしいですか？」

観客の拍手に合わせて、われわれはゆっくりと体育館に入っていった。挑戦者はすでに六人とも整列していた。身長も体格もおなじくらいで、目のところだけくりぬかれた白い外套を、頭から爪先まですっぽりとかぶり、白い手袋をつけて白い靴をはいている。肩のかがみ具合や、首のかしげかたや、腕の垂らしかたから、よく知っている人物をみつけだそうとしたが、はっきりとはわからなかった。

六人のひとりひとりが、わたしとおなじような、ずっしりと重い木の柄のついた単発拳銃を手にしていた。

十メートル離れた規定の位置について、わたしは挑戦者と向かいあった。のぞき穴の奥から、六組の瞳がわたしをみつめていた。わたしもみつめかえして、よく知っている瞳をみつけようとしたが、みつからなかった。


館内の緊張が伝染して心臓がどきどきしているが、それは興奮しているからではなく、おまえが目の前の挑戦者のひとりであり、弾のこめられた拳銃を手にしているのがおまえかもしれないと知っているからだ。わたしは深呼吸する。

最初の挑戦者がゆっくりと拳銃をもちあげて、わたしの頭にねらいをつける。町長の声がわたしにたずねる。

「射ちたいですか?」

彼らがこんなに早くゲームを終わらせるはずがない。わたしはそれに賭ける。

「いいえ」

引き金がゆっくりと引きしぼられる。わたしはじっと立ちつくす。

カチッ。

館内は拍手喝采に満たされる。小柄な町長は頭をうなずかせて、祝福するようにわたしに微笑みかける。

しばらくして、観客は静まりかえり、わたしはふたたび神経を集中する。二人目の挑戦者がねらいをつける。のぞき穴の奥に光が見えるが、瞳の色まではわからない。緑色のような気もするが。なにを考えているか、読みとることもできない。わたしの死を意味するかもしれない武器を構えているのは、おまえの手なのだろうか？　おまえはなにを考えているんだ？

拳銃の柄を握った手がじっとりと汗ばんでいる。

「射ちたいですか？」

「いいえ」

澄みわたった意識のなかで、手袋をはめた手が引き金を引きしぼるのをみつめる。この世で眼にする最後の光景かもしれない。

カチッ。

選択は正しかった。またしても盛大な拍手がわき起こり、喝采が叫ばれる。わたしは深呼吸する。

ふたたび静まりかえる。さっきよりも唐突だ。観客たちもこのゲームの結果を知りたくてうずうずしているにちがいない。六人の挑戦者は身じろぎもせずに立っている。いまやそのふたりは見物人なのだ。三人目の挑戦者が腕をもちあげて、わたしの頭にぴたっとねらいをつける。

呼吸がひどくせわしない。ぴくりとも動かない腕、うかがい知れぬ瞳。これが弾のこめられた拳銃だろうか？　これがおまえだろうか？　ふたりですごした長い年月のはてに、これほどまでの決意をこめてわたしを殺そうとしているのが？

「射ちたいですか？」

考えるひまがほしいが、そのひまはない。

「いいえ」

カチッ。

観客は歓声をあげる。こんな汗くさい空気ではなく、もっとさわやかな空気を胸いっぱい吸いこみたい。だが、場内はふたたび静まりかえる。四人目の挑戦者はすでに腕をもちあげており、拳銃はわたしの頭をねらっている。考えなければ。分析しなければ。確率を計算しなければ。残る三挺の拳銃のどれに銃弾が装塡されているのだろう？　心臓は経験したことのない興奮に激しく鼓動している。拳銃を構えているのがだれかということなど忘れるのだ。おまえの気が変わらないことはまちがいない。おまえがあきらめるはずがない。わたしとおなじように、おまえも発射をためらうはずがない。だからこそ、わたしはおまえを愛しているのだ。

「射ちたいですか？」

本能がわたしに命じる。

「はい」

わたしは拳銃をもちあげ、腕をしっかりと固定してねらいをつける。くりかえし練習してきたように、ゆっくりと引き金を引きしぼる。拳銃がはねあがり、頭巾をかぶった姿が空中に浮きあがる。鼻のあったところに茶色の穿孔がぽつんと出現する。拳銃を握りしめたまま、その体があおむけにひっくりかえり、血潮がほとばしる。

発射音はがんがんと鳴りひびく。火薬のにおいが体育館のにおいを圧倒する。観客は静まりかえる。拍手は起こらない。わたしの耳のなかでひびいている銃声だけである。だれかを殺してしまったのに、なにも感じられない。賭けをしたこと、選択をしたこと、ゲームが一部終わったことだけを感じている。これでわたしも見物人となったのだ。弾の切れた拳銃が床に落ちる音が聞こえる。

ひとり倒されても、挑戦者たちに動揺のいろはない。五人目の挑戦者が拳銃をもちあげる。

ふいにわたしは後悔の念に襲われる。どうして、こんなに早く発射してしまったのだ？わたしは町長に目を向ける。このゲームの不公平さについて抗議しようかと思う。だが、その不機嫌そうな顔を見てなにもいえなくなる。観客とおなじように、彼もまたゲームにはまりこんでいるのだ。観客がわたしを憎んでいるのを感じることができる。彼らはみな、わたしが過ちを犯すのを期待しているのだ。銃弾が最後の拳銃にこめられていることを期待しているのだ。ふたたび殺人がくりかえされるのを期待しているのだ。

わたしは拳銃の銃身をまっすぐにみつめる。ひざががくがくする。だが、あらかじめ約束したように、恐怖を示すことはできない。挑戦者にまじってわたしをみつめているおまえが、なにを考えているのだろうと考える。拳銃を構えているのはおまえではないだろうかと考える。死ぬのはどんな気分だろうかと考える。

わたしは引き金を引きしぼる指をみつめる。息をとめる。

カチッ。

歓喜がこみあげてくる。わたしは生きてゲームを楽しんでいるのだ。だが、観客は死んだように静まりかえっている。なぜだと思わずにはいられない。わたしは彼らに、このゲームがあたえられるほとんどすべてのものをあたえたのだ。いよいよ最後の挑戦者の番であり、わたしの死は数秒後かもしれないのだ。わたしはゲームをつづけること以外なにも考えない。

六人目の挑戦者の手のなかで、拳銃がゆっくりともちあげられる。そこにはおまえを思わせる熟慮が感じられる。祭りのためにふたりで練習していたときのことだ。あの瞳をみつめることさえできたなら。拳銃を発射しようとしているのがおまえだということがわかれば、この瞬間ははるかに胸がわくわくするものになるだろう。なにか合図でもしてくれないものか。

指が引き金を引きしぼりはじめる。銃声を聞くことができるだろうか？　最初の衝撃波を感じることができるだろうか？　頭めがけて飛来してくる弾丸を見ることができるだろうか？　金属の感触やとび散る脳みそを感じることができるだろうか？　心臓は激しく鼓動している。わたしは叫ぶ。

「きみなのか？」

カチッ。

なにも変わらない。どきどきと鼓動する心臓。体育館の汗くさいにおい。頭上のまぶしい照明。直立している挑戦者たち。静まりかえった観客。

町長が近づいてくるのがぼんやりと見える。彼は微笑していない。冷ややかな口調で祝福のことばをのべる。そして、できるだけ早くこの場を去ったほうがいいとささやく。祭りは終わったのだ。静寂は不穏な空気に満ちている。わたしが生き残ったことをだれもよろこんでいないのだ。敵意に満ちた顔。こどもたちの顔にすら敵意が浮かんでいる。

わたしは町長の手をはなして挑戦者に歩み寄り、床に倒れた死体に近づく。血だまりのなかでわずかに横向きになっている。五人の挑戦者はその横に立ったまま、身動きひとつしない。わたしは身をかがめて、ふるえる指で頭巾をつかみ、引き裂いてむしりとる。するとおまえの髪の毛が見える。頭巾からこぼれた髪の毛。淡い金色の髪の毛。血でべっとりと濡れている。長年にわたって朝に晩に触れてきた髪の毛だ。町長がわたしの腕をつかむ。

わたしはその手をふりほどく。拳銃だ。手袋をはめた手にしっかりと握られたままになっている。わたしはかがみこんでおまえの指をゆるめる。遊底をスライドさせる。

おまえの拳銃の薬室には弾がこめられていない。

翌日の早朝に村をあとにしたことを憶えている。この季節の丘陵地帯ではありふれたことだが、霧のたちこめた朝だった。町長とホテルの経営者が、荷物をタクシーまで運ぶのを手伝ってくれた。村人たちはまだぐっすりと眠っていた。二年前とはちがって、町長はまたぜひおいでくださいとはいわなかった。

タクシーは北に向かい、町はずれの灰色の建物の前を通りすぎ、墓地の前を通過した。墓石が霧のなかからぬっとつきだしていた。運転手はおしゃべり好きではなかったが、バックミラーごしにときおりこちらのようすをうかがっているのがわかった。

わたしは機内で眠らなかった。それがふたりの共通点のひとつだったのだが。

この都市にもどってから、わたしは浴びるように酒を飲んだ。平凡な生活にもどるには長い時間がかかった。ふたりがいっしょに住んでいないわけを友人たちに説明した。みなショックを受けたようだが、わかってくれたと思う。

最後の出し物のあとで、挑戦者たちの拳銃はすべて空砲であり、弾がこめられていたのはわたしの拳銃だけだったと知らされたとき、わたしは町長をみつめてこういった。感情をおさえていったつもりだ。

「嘘をついたな。わたしに人殺しをさせたのだ」

彼は答えなかった。黙ってわたしをみつめるだけだった。それから、とても穏やかな声で、そろそろ立ち去るときだといった。

近ごろでは、めったに眠れないが、眠ったときには、おまえが生きている夢をみることがある。ふたりで語りあっている夢だ。あれこれと語りあっている夢だ。われわれがいちどもかわしたことのない、長い長い会話なのかもしれない。それから目をさますと、瞳が濡れていて、ふたりのことばはなにひとつ思い出すことができないのだ。

老人に安住の地はない

No Country for Old Men

あるクリスマスパーティのことである。ひとりの老人が先の大戦の苦い思い出をわれわれに語りはじめる。老人は遠いむかしの記憶をたぐりよせる。受難の谷間のまばらな木立には朝靄がかかっていた。砲弾にえぐられた暗い穴には戦争にくたびれた兵士を投身自殺にいざなうように雨水がたまっていた。味方の塹壕と敵の塹壕は綾取りのように複雑にからみあっていた。薄明の無人の荒野には死体が散乱しており、その腕はいまだに死に顔をかばっていた。積みあげられた砲弾の形がほのかに浮かびあがるが、まるでドッグフードの缶詰の山のようだった。老人はうつろな瞳で話しつづける。夜明けになると銃剣をとりつける鋭い音がひびきわたった。灰色の泥にまみれた味方の兵士たちは最後の安煙草をむさぼり吸った。敵の塹壕からきつい煙草のにおいが流れてきた。ドイツ兵たちが彫刻された大きなパイプをゆったりとふかしているのだ。そのパイプはモーゼル銃のようにどっしりとしていた。

「いまではみんな死んでしまった。長い目で見れば、みんな敗者なのだ」

老人はにこりともせずにそういう。われわれは熱心に耳を傾ける。

「わしが生きているのは奇跡のようなものだ。ここをさわってみたまえ。榴霰弾《りゅうさんだん》の破片があるだろう？　白身にまぎれこんだ卵の殻のように体のなかを動きまわっているのだ。息を吸うために前かがみになるのがわかるだろう？　六十年前に吸いこんだマスタードガスの後遺症なのだ」

老人はひとつの後悔について語る。われわれは聞き耳を立てる。

「わしが殺した敵のなかで、ひとりのドイツ兵のことだけははっきりと憶えている。わしと同い年ぐらいの少年兵だった。クリスマスの当日、わしは歩哨当番だった。うたたねからさめると、妙な形のヘルメットをかぶったやつがわしの顔をのぞきこんでいた。彼は雑嚢に手をのばそうとしていた。教練でたたきこまれたとおり、わしは銃剣を突きあげ、唇に血があふれるのを確認するまで刺しこんだ。銃剣を引き抜くと、設計どおり、銃剣の溝を伝って血が流れ落ちた。やつが倒れると、雑嚢の中身がぶちまけられた。一瓶のワインと一塊の白いパンだった。遅まきながら、クリスマス休戦を伝えるために戦友が走ってきた。今日一日は戦闘しないというのだ。ドイツ兵がワインとパンをもってくるのをやめさせないために、わしらは死体を隠してしまった」

それが老人の後悔である。こんどは夢について語るつもりだ。われわれはうながすように耳を傾ける。

「ここ七晩たてつづけに、その殺害を夢に見た。塹壕にいるわしの姿が見える。ドイツ兵がわしの顔をのぞきこんでいる。わしはなすべきことを知っている。やつの腹に銃剣を突き刺し、唇に血があふれるのを確認するまでそのままにしておく。引き抜くと、銃剣の溝を伝ってきちんと血が流れるのが見える。それから死体からあとずさると、いつのまにか書斎に立っている。わしは机に歩みより、右側の抽斗《ひきだし》を開ける。メモ用紙の束のうえに血まみれの銃剣を注意深く置いてから、抽斗を閉めてベッドにもどる。おなじ夢を七晩たてつづけに見た。朝の六時にめざめると、ひょっとしたらと思いながら、机の抽斗を開けてみる。白いメモ用紙しか入っていない。だが、クリスマスの朝である今朝は、いままでとちがっていた。めざめたあとでも、骨の髄までしみとおる塹壕の寒さを感じることができた。手にした銃剣の重みを感じることができた。がばっと起きあがると、まだ心臓がどきどきしていた。初雪のせいで書斎はぼんやりと明るかった。わしは机に歩みよった。今度こそ血に染まった紙のうえに銃剣があるにちがいないと確信していた。わしは抽斗の把手をぎゅっとつかんでぐいっとひっぱった。なにもなかった。いままでとおなじように、まっさらな白い紙が入っているだけだった。奇跡は起こらなかった。わしもほかの人間とおなじだった。悪夢をだますことはできなかった。夢の一部を盗みとることはできなった。それをめざめた世界にそっともちこむことはできなかった。夢に出てきた銃剣が机のなかにあるかもしれないと考えるなんて、愚かだったのではないだろうか？」

老人はわれわれに訴えかける。その顔はくたびれて、その瞳は懇願している。われわれはすでにどんなことでも許す気分になっている。だがそのとき、見知らぬ若者が聞き手の集団のなかから立ちあがる。若者は静かに話しはじめる。その声には引きこまれるような力がこもっている。若者のまわりに人垣ができる。

「昨夜、わたしはクリスマスパーティの夢を見ました。顔を思い出すことのできない老人が、一団の人々に（わたしもそのひとりでしたが）遠いむかしのクリスマスの日にドイツ兵を殺したいきさつについて話しています。老人は悪夢にとりつかれ、殺害を犯したときのことをくりかえし夢に見るといいます。その武器を悪夢からこの世界にもちこんで、なんとか悪夢を終わらせようとするのだが、どうしてもうまくいかなかったと。彼は哀れみを請います。パーティが終わると、夢のなかで、わたしは老人のあとをつけていきます。雪が降っています。老人は家に入ります。彼が書斎の机の前にかがみこむと、わたしは肩ごしにのぞきこみます。老人は右側の抽斗を開けます。すると、赤く染まった紙の束に、柄の黒い銃剣が置かれています。老人は抽斗に手をさしのべて、いまだに犠牲者の血に染まった刃をもちあげると、みずからの赤い唇にゆっくりと押しあてます。それからわたしはめざめました」

いまや、老人を凝視する若者の瞳は燃えている。老人はわれわれ全員の前でがっくりとうなだれる。なにもいわずに立ちつくしている。だれひとり許してくれないことがわかっているからである。

庭園列車　第一部：イレネウス・フラッド

A Train of Gardens　PartI : Ireneus Fludd

われわれは〈庭園列車〉の七号車のそばで待っている。たとえいますぐイレネウス・フラッドが姿を現わしたとしても、われわれの多くは彼だということがわからないだろう。本人に会ったことはいちどもないのである。彼についてはさまざまな描写が氾濫しているので、その姿を想像するのもたやすいことではない。フラッドはことばを蝕むことのできる人間のひとりである。うんざりするほど多くの批判にさらされてきたので、ひょうろくだま、ちびすけ、水脹《みずぶく》れ、がりがり、筋肉もりもり、青びょうたん、など、さまざまによばれてきた。ほかのことでは信頼できる人々の観察もほとんど役に立たない。独特の声、装われた無口、団子鼻、鷲のような顔、燃えるように赤いぼさぼさ髪、爬虫類《はちゅうるい》のような頭、無邪気な笑い声、媚びるようなくすくす笑い、こんなにばらばらなイメージを統一するのはたやすいことではない（フランス人のようだというものもあれば、ヘブライ人のようだというものもあり、モンゴル系の顔立ちだというものもあれば、ギネスを一パイントひっかけたアイルランド人のようだというものまでいる）。それでもわれわれは、この〈庭園列車〉の出口で、自分たちの眼で彼の姿を見たいと思っているのだ。

「彼はまだ現われないのだろうか？」われわれはたずねる。

返答はない。求められてもいない。夜明けの空は美しく、グループのなかには一晩じゅうここでぶらついていたものもいる。すると、これが結末なのだろうか？ これがオルバ島の秘密の発見の終わりなのだろうか？ フラッドの崇拝者であるわれわれは、不安をいだきつつ、〈庭園列車〉の七号車の横で肩をよせあう。思い出にふけりつつ、いまはまだ悲しみに身をゆだねるつもりはない。

絹の布に滲《にじ》みだして

われわれは〈庭園列車〉の七号車のそばで待っている。イレネウス・フラッドは永遠に姿を現わさないのだろうか？ 彼の崇拝者であるわれわれは、彼の若さの秘密を決して知ることはできないかもしれない。うわさだけが、彼の敵によってたやすく利用されてしまうほのめかしだけが、われわれの耳にとびこんでくる。わたしはアルフレード・フローレンティーノの主張について考える。教会の煉瓦《れんが》職人の博識な息子であるフローレンティーノは、フラッドと知り合いだったことがあると新聞記者に語った（フラッドはこの事実をしぶしぶ認めた）。フローレンティーノは、ヴェニスの煉瓦工場で煉瓦色の痰をげっと吐きながら、フラッドは幼いころの大きな精神的外傷を告白したことがあるといった。出生の渓谷の急斜面をジェットコースターよろしく滑走した記憶である。記憶の正確さが自慢のフローレンティーノは、おそらく悪意はないのだろうが、ぺっと唾を吐いてから、記憶をよびさました。

「あいつはある状態と、それからある状態と、またある状態を経験したといった。安らぎと安心感と温かさだ。それからある状態と、またべつの状態を経験したそうだ。不快と苦痛だ。それから三つの状態を経験したそうだ。頭蓋のしめつけ、巨大な芋虫のはらわたをくぐりぬけて吸いだされるような感覚、そして、騒音と冷気への短い転落だ」フラッドのしゃべりかたはイタリア人のようだったとフローレンティーノはいった。Rが巻き舌で、Tがラテン語のような破裂音だったからである。フローレンティーノ自身の赤い唾液が黒いあごひげにたれさがる。

(疑念を鎮めて批判から身をかわすために、フラッドはイタリアのマニエリスムをしばらく学んだことがあるとつねにほのめかしてきた。彼のような人間に敵意をいだく正体不明の勢力が存在することを、フラッドは生まれたときから知っていたのである。)

フラッドは出生のベッドのことまで描写したとフローレンティーノはいった。

「そのベッドとその部屋について、あいつは五つのことをしゃべった。ベッドは四本柱で青いカーテンに囲まれていたそうだ。その部屋はカーメラ・デ・レッタ、とても美しい部屋だった。左右に窓があり、一方は百合の咲き乱れる庭園に面して、もう一方はイボタノキの迷路に面していたそうだ」フローレンティーノは、激しく咳きこみながら、フラッドが貴族であることを公然と非難した。フラッドはこの告発にため息をもらし、フローレンティーノのしつこさを悔やんだ。「樫は斧を理解する」彼はそういうのを好んだ。

フランジパーヌが悲嘆にくれる

それらオルバの調査結果は世界をあっといわせるはずであった。しかし、それらオルバの調査結果は完全に黙殺された。それどころか、彼の異端的な手法、すなわち脚注の欠如のせいで、フラッドはありとあらゆる知的尊敬から遠ざけられた。しかし彼は気にしなかった。一般に認められた意見に満足せず、人間の行動のある側面を個人的に再調査すべきだと思ったときに（フラッドは二十五歳だった）彼のオルバ期が訪れた。正規の教育を受けていなかったにもかかわらず、彼はいつものように、最大限の厳密さをもって目的を追求した。その成果はめざましいものだった。

作戦基地として、彼はオルバとよばれるはるかな南太平洋の島を選んだ。フラッドのいうハイエナのような人類学者どもから島を守るために、彼はその正確な地理的位置を公表しようとしなかった。それがニューカレドニア諸島の西端にあると明かしただけだった。彼は二月にオーストラリアのクィーンズランドに飛んだ。そこから諸島をめざす一艘の漁船に乗りこんだ。おりしもサイクロンの季節だったが、彼の興奮と、大いなる精神的冒険が遂行されているという思いは、なにものも挫《くじ》くことができなかった。

旅は困難をきわめたが（フラッドは「反乱」「船底刑」「ボート奪取」「ホオジロザメ」「九本紐の鞭」についてつぶやいたといわれている）、ついに船は危険に満ちたリーフの入江を突破して、静謐《せいひつ》なラグーンに進入した。希望の地オルバ、霧深いオルバを、フラッドは感動とともにみつめた。その詩的瞬間を、フラッドは「どろどろの海に浮かぶ豊穣な石榴《ザクロ》石のごとき発疹」と表現している。生殖能力とエネルギーに満ちたオルバ島。

オルバの幻覚剤、聖なるサルガに彼が出会ったのはこの島であった（彼はその秘密を地元の娘ワトノベから教わった。島民による怪奇な性的修業を紹介してくれたのも彼女である）。サルガは島のリーフに固有のレッドスポンジフィッシュのホルモンから作られ、オルバ島ではすべての男がサルガを食べることになっていた。

以下の記述はフラッドの未発表の原稿の引用であるが、学者によってその真実性が非難されているにもかかわらず、そのサルガ習俗の記述と、オルバ島における彼の性的イニシエーションの分析によって、カルト的追従を享受してきた。〈庭園列車〉プロジェクトのあと、彼は出版と学者の批判に応えるために、この原稿を手直しするつもりである。ここでは原文のまま引用してある。

オルバ島の男児は母親の乳を吸うと同時にサルガを食べる。十六回目のコプラの収穫を迎えるまで、毎日一定量のサルガを食べつづけるのである。その年齢になってはじめて、若い男子は古参の帰依者に加わり、すでにすっかり中毒しているサルガをラティナケする（代償を支払う）準備ができる。代償はきわめて苛酷である。麻薬を継続的に入手する代償として、年に一度、あらかじめからだの一部を献《ささ》げなければならないのだ。

わたしはその儀式を観察したただひとりのよそものであり（これはワトノベとの友情の賜物《たまもの》である）、それもいちどきりであった。それは三月の終わりに催された。何週間にもわたって病的な興奮のオーラが島じゅうにたちこめていた。犬たちですらそわそわしていたが、それは湿っぽい雲のたれこめたサイクロンの季節のせいばかりではなかった。

儀式がおこなわれることになっている夜、荒れる海に嵐の太陽が沈む六時になると、ドラムが鼓動しはじめた。全島民が集まった中央の広場を焚火《たきび》が赤々と照らしだした。島民の顔にいつものよろこびの表情はなかった。

ふいにドラムが熱狂的なピッチに達し、毒々しい悪魔の仮面をかぶった巨大な全裸の女が広場の中央にとびこんできた。踊る女のからだは汗にきらめき、巨大な乳房の乳輪は余分な眼のように激しく回転した。それはサルガの祭儀をつかさどる女司祭だった。女が踊りをやめるとドラムもぴたっとやんだ。

すると焚火の明かりのなかに、帰依者たちが歩みだした。足をひきずっているものもあれば、はじめてラティナケしようとしている少年たちに運ばれてくるものもあった。かくも無残な人体の群れを見るのははじめてである。その姿は最前線の戦闘後の写真よりもおぞましかった。いまだ五体満足な初心者をのぞいて、年若い帰依者たちですら、すでに鼻や耳や眼、あるいは手足の指が欠けていた。年長になるほど欠けている部分が多くなり、片腕か両腕、あるいは片脚か両脚が失われていた。

最後に少数の使徒たちが現われた。彼らは輿《こし》のうえに初老の男を運んでいた。〈三十一年〉を意味するオッスナまでかろうじて生き延びた帰依者である。彼にとって、いまや犠牲は致命的である。〈三十一年〉ということばは、人体が三十一個の消費できる外部器官（手足の指がそれぞれ十本ずつ、両腕と両脚、両眼、両耳、鼻、舌、陰茎である――オルバ島の人々は、陰茎と睾丸を一個の器官とみなしている）から成っているという、オルバ島の伝統的な理論にもとづいている。たとえ胴体の内臓器官は無傷でも、三十一個の器官の切除に生き延びるものはほとんどいないのだ。

広場の中央の石板のうえで、若者たちの四肢の切断手術がはじまった。詳細な描写は控えるが、この解体作業は女司祭とその助手によってきわめて手際よくおこなわれ、三人ともすぐに血まみれになった。彼らのまわりの砂も血に染まった。凝固した血や石板からしたたり落ちる血は、巨大な平たい蠟燭《ろうそく》からしたたる溶けた蠟のようだった。犠牲者たちはすすんで身をゆだね、傷口が熱いタールで焼灼《しょうしゃく》されたときですら、彼らの多くは苦痛のうめき声をもらさなかった。その犠牲の程度に比例して、島民のあいだから盛大な拍手喝采がわきおこった。初心者たちはとりわけ盛大な拍手喝采に迎えられ、その家族たちは誇らしげに見守った。

だが、ついに残り少ない帰依者たちの番になると、広場はしんと静まりかえった。彼らのほとんどがサルガと水だけで生きてきた苦行者たちである。舌のない彼らは単調な声でたえずハミングしており、永遠の恍惚状態にあった。あの女司祭の巨大なナイフは彼らの死の道具となるかもしれないのである。

ワトノベはわたしの腕をぎゅっとつかんでささやいた。〈三十一年〉のなかで陰茎を最後まで残してきたものは、オルバ島の女たちによって崇敬され、彼らのひとりと寝ることを許されるのは、非常な名誉とみなされるのだという。そのような場合、使徒たちは大いなる名誉にめぐまれた女のうえに聖なる帰依者をのせて、その失われた四肢のかわりをするのである。彼らはふたりの性器を結合させ、男のからだをそっと前後に動かして、そのハミングの大きさでオルガスムの切迫を知覚するまで、しだいに勢いを増していく。しばらくして、女が合図を送ると、使徒たちは帰依者のからだを引き離して運び去るのであるが、その姿は、ワトノベの話によれば、まるで柄のとれた注ぎ口の長いティーポットのようだったという。

若い娘たちはこれら終末帰依者から性的イニシエーションを受けさせてほしいと嘆

願する。幸運にも子を宿すことができたら、その子は大切に育てられ、エラス（神々にかぎりなく近いもの）とよばれるのであった。ワトノベは誇らしげな口調で、わたしもエラスなのよといった。

最初に見かけた初老の男が最後に祭壇に運ばれてきた。男の名前はバラテーといった。彼が石板のうえに運ばれると、島民たちはどっと殺到して指先で男のからだをなでさすった。バラテーはほとんどすべての器官を失っていたが、陰茎だけは残しており、今後もそれを失うつもりはなかった。陰茎のかわりに心臓を献げたいと、彼は使徒に伝えた。

これを聞くと、群衆から大きなため息がわきおこった。祭壇に横たえられたとき、バラテーは単調な鼻歌を楽しげにハミングしていた。しばらくすると、ハミングをつづけながら、彼は眼も耳も鼻もない頭をうなずかせた。女司祭はその胸にナイフをつっこんだ。ハミングがぴたっとやんだ。深い静寂のなか、女司祭は彼の心臓を摘出して空中にかかげた。犠牲の石板のうえでいまだひくひくと痙攣している死体に血がしたたり落ちた。

それが儀式の終わりだった。オルバ島の住民はバラテーの死を祝うための宴会と踊りの準備にとりかかった。彼の死体はこれからぐつぐつと煮られ、形見として島民に配られるのである。

サルガの帰依者がすべて献身に固執するわけではないと知れば、学者たちは興味をいだくことだろう。四肢のごく一部を失っただけで、サルガの魔力から逃れるものもいるのだ。彼らは背教者、あるいは意志薄弱者とみなされる。

「おれたちがどんな扱いを受けると思う？」彼らのひとりがいった。「コプラの収穫ですまさなければならないんだぜ」（それはオルバのことばで男性の自慰行為のことである）「おれは村に立ち入るのを禁じられ、こどもたちと遊ぶことも許されないんだ。淫売でも最低の連中だけが相手にしてくれるんだ。やるだけのことはやったと思わないか？　この耳や指を見てくれよ」

もっとひどい扱いを受けるのは、四肢を献げるのをすべて拒絶した男たちである。彼らは五体満足という十字架を負わされ、淫売ですら相手にしてくれないのだ。彼らは自殺と獣姦の恐れのある危険な男たちである。

原稿の最初の部分はこうして終わる。「おお！　癩《らい》病の白さだけが」この断章を読んだ使徒たちに、フラッドはしばしばこう注釈するのであった。「癩病の白さだけがまことの白さなのだ」

不死のものたちの隊列

フラッドはオルバ島の住民の神話形成能力に関する未発表の原稿を読むことをわれわれに許してくれた。その主題は明らかに彼にとって非常に興味のあることだった（彼の批判者たちにとってはいささか因習打破的かもしれない）。簡潔な要約でもその全体像はつかめるだろう。

まずはじめに、フラッドは彼の世界のさまざまな神々でワトノベに感銘をあたえようとする。彼は聖なる名前をあげていく。ユピテル・フルグル、オルカス、アグディステス、ハインダールとフリッグ、モリガンとグロブニウ、サラスヴァティとアヴァロキティシュヴァラ、ジャガナートとナルシン、アメン・ラーとトート、エレシュキガルとウプナキシユテム、アマツマルとニニギノミコト、そして中国の八百万《やおよろず》の神々である。

最後まで聞いてワトノベは笑いだす。彼女はフラッドにはほとんど理解できないようなことを話す。オルバ島は宇宙発生論の孵卵器なのだ。オルバ島のそれぞれの家族は独自の創造神話を発明し、その独自性や壮麗さや下品さをほかの家族と競うのである。フラッドを納得させるために、神話を語る時期である満月の夜に、ワトノベは彼を共同住宅《ロングハウス》に招待する。

フラッドはマキボ一族のロングハウスを訪れて、陽気な語り部である伯母のアムラが大声で語る一族の神話に耳を傾ける。ときおりパイプをふかしながら、アムラは放縦な神ブトボの物語を歌う。食いすぎたブトボは虚空に糞をひり、げろを吐き、それによって恒星と惑星と銀河を形づくる。オルバ島が浮かんでいる海はブトボの壮大な小便であり、島それ自体も途方もない糞であって、そのうえに彼の寄生虫であるオルバ島の住民が発生したのである。アムラがブトボの排便の音をじつにリアルに再現するので、聴衆は心から驚嘆する。

フラッドはほかのロングハウスも訪れて、無数の創造主について記録する。二音節の単語に住む創造主。オルバのことばでの神経衰弱に苦しむ創造主。珊瑚礁の海蛇のように、千年ごとに脱皮する創造主。その脱いだ皮膚が新たな世界になるのである。この世界は彼の夢にすぎないので、その眠りを決して妨げてはならない創造主。この世界をあまりにも完璧に作ったので、それに嫉《ねた》みをいだき、いつか消滅させたいと思っている創造主。ほんとうは自分で作ったわけではなく、真の創造者である悪魔とのポトラッチでこの世界を手に入れた創造主。永遠にサルガを楽しむためにこの世界を作った創造主。誤った呪文を唱えたために、たまたま生命を生みだしてしまった創造主。だからわれわれは彼が対抗呪文をみつけるのを妨げなければならないのだ。じつはみっともない姿をしているので、被造物の前にみずからの姿を現わすことを恐れている創造主……。

フラッドはワトノベの一族の神話に大喜びする。ワトノベの父親のシンペは〈三十一年〉で、陰茎を切除したときに死んだのだが、その人生の最後の夜にワトノベを妊娠させたのである。彼は意志を伝える能力を失う前に創造神話を完成し、そしていま、フラッドはワトノベの母パヌアが歌う神話に耳を傾ける。

　この創造主は性的能力を意味するランパという名前である。ランパは性の女神たちの広大な（百万の百万倍の）ハーレムを支配している。ランパは女神たちと無限に性交をつづけ、無数の性技を発明しつづけ、そのいくつかはオルバ島だけに残されている。ランパはあらゆる創造の中心にいる。地上の男女が愛をかわすのをみつけると同時に、ランパは女神のひとりと交合する。それから奇跡の力をもって、神の霊力に満ちた卵子を地上の母親の子宮に移植する。そういうわけで、じつはランパこそが全人類の父親であり、彼は休むひまもないのだ。

　ランパが要求する唯一の儀式は愛の行為そのものであり、それはランパに最高の歓喜をもたらす。ワトノベの一族がその遵守において怠慢でないことを、フラッドはすぐに知らされることになる。後年、彼は賛意をこめて「神多くして罪少なし」というオルバ島の簡潔なことわざを使徒たちにくりかえすのである。

水を見よ

　われわれは〈庭園列車〉の七号車の横で待っている。われわれはいまイレネウス・フラッドの手足について考えながら、ここにたたずむ。彼の手足がわれわれの頭から離れないのは、広く流布している彼の人生の最初の十八年間に関するうわさのせいである。うわさのもとはフォーテスキュー・デ・メデュリンとパードンタ・デ・メデュリンの発行した機関誌である。ふたりは独身の兄妹で、アマチュア魚類学者で、ともに道徳改革教会の長老であって、有名な苦行者でもある。デ・メデュリン兄妹は、魚類の倫理的行動に関する啓発的機関誌の精力的な寄稿者であり、フラッドは嘘つきで、変態で、魚を堕落させるやつであると、口をきわめて罵っている。ふたりはフラッドの両親を知っていると主張している（フラッドはその主張を断固として否定した）。『金魚鉢のリヴァイアサン』と題された機関誌において、デ・メデュリン兄妹はフラッドの幼年時代に関する告発文を交替で執筆している。最初の部分はフォーテスキューによって書かれている。最優秀のコスモポリタンであるフォーテスキューは、ヨーロッパとアジアのあらゆる国から追放され、それらの国の言語学的特殊性の多くを彼がいうところの「予言の普遍的な声」に組みこんでいる。

フォーテスキューの書き出しはこうである。

イレネウス・フラッドなる人物は、もっとも不自然な生き物である。とはいっても、すべてが彼のせいというわけではない。彼の育った環境を考慮すべきである。彼の父は、その名前は秘匿すると誓っているのだが（彼が匿名性にこだわるわけは理解できる。彼の行為はそれほどおぞましいのだ）、ソルボンヌ大学の生物学教授だった。彼の母は道徳的にもっとも下劣な女で、妊娠すると、こどもを腹にかかえていることに恐怖をおぼえた。胎内で破裂するのではないかと思ったのだ。彼女のかわりに、父親の教授は彼女の子宮から胎児をとりだして、人工的なプラスチックの子宮に移したのである。

なんと悲しいことだろう！　胎児は人工子宮に定着し、世界にかわっていわせてもらえば、じつに不幸なことに、きわめて健康に発育したのである。九か月ののちに月満ちて、いよいよ出産が間近に迫った。

だが、ここにおいて、父親であるフランス人教授と道徳的にきわめて下劣なその妻は、赤ん坊を心待ちにしているふりをもう少しつづけたくなった。実際には期待のかけらもなかったのだが。彼らは胎児をプラスチックの子宮にもうしばらくとどめておく必要性にかられた。そのような計画には技術革新が必要だった。子宮の拡張がおこなわれ、何千リットルもの液体が注入され、そして、このプラスチックの子宮のガラスのような窓のせいで、外見は魚の水槽そっくりになった。

ここで妹のパードンタが引き継いだ。

彼らのこどもがためらいがちな平泳ぎで人工子宮の増設部分に入っていったときの、彼らの常軌を逸したよろこびは想像がつくだろう。いまや彼らは怪物の日々の成長を見守ることができた。こどもの頭に赤黒い剛毛が生えはじめ、青緑色の瞳が水中の世界を探査するのが見えた。恥ずべき両親はそのいまわしい行為を極限までおしすすめた。こどもの遊び相手として、テディベアや玩具の自動車のかわりに、さまざまな冷血動物を少しずつ水槽のなかに入れていったのである。彼らが入れたのは、キッシング・グラーミー、ドジョウのようなハゼ、貪欲なバス、ニベ、おぞましいヒメジ、タイ、無責任なマナガツオとフラッグテイル、一定数のチョウチョウオと低能じみたボンネットマウス、五匹のスナオコゼ、数匹のイソギンポと一匹のグラベルダイバーである。そのようなこどもにはぴったりの仲間ではないか！　彼らはみなおなじようにけがらわしかった。

けれども赤ん坊は、永久に彼のようすをうかがっている水槽の外の生物に興味を抱き、まもなく彼らを見分けられるようになった。彼の奇妙さゆえに、彼を自然の指導者として受け入れた魚たちを従えて、彼は両親を迎えに泳いでくるのである。悪魔のような両親が「イレネウス！　おいで、イレネウス！」とよびかけると、彼の唇も「ダーダー」とか「マーマー」と話しているかのように、ごぼごぼと動くのだった。

ふたりは息子の欲求を満たすという協同作業を打ち明けられるようなけがらわしい過去をもつスコットランド人の乳母を雇った。その乳母は彼の非人間的な瞳の前にアルファベットの本をかざして読み方を教えた。悪事に荷担した魔女はガラスに唇を押しあてて単語を叫んだ。彼がごぼごぼという声で叫びかえすと、水槽はグロテスクな会話に不気味に反響するのであった。

フォーテスキュー・デ・メデュリンとパードンタ・デ・メデュリンの物語の結末は想像がつくだろう。何年ものちのある日（フラッドはいまや十八歳だった）、フランス人教授である父親の美しい教え子、マドモアゼル・マドリーン・デ・ロショが、ふとしたことから水槽室に足を踏みいれ、百合のように白い若者を見た。彼はまだ臍帯《さいたい》につながれていた。フラッドは水槽の窓まで泳いでいって、驚嘆のおももちで彼女をみつめた。その瞬間まで、彼はなめらかなブリや超然としたパロットフィッシュに漠然としたあこがれをおぼえるだけだった。そのときはじめて、彼は股間のあたりが勃起するのをおぼえた。マドモアゼルはそれに興味を示した。自分のからだを抱きしめたまま足を蹴って、フラッドは水槽の不透明な場所までぎごちなく泳いでいった。水が沸きかえった。一瞬後、白く濁った物質の断片が、興味津々たるマドモアゼルの目の前を人魚のリボンのように漂っていった。

その夜、イレネウス・フラッドは父親のフランス人教授に、水槽から出してほしい、この世に生まれさせてほしいと頼んだ。

数時間後、十八年間にわたって水中だけで呼吸してきたフラッドは、はじめての空気の衝撃をごくりとのみこんだ。遊び仲間の魚たちの冷たい鱗《うろこ》にしか触れたことのない彼が、はじめて人間の感触の温かさに触れた。イルカのように巧みに泳ぐことのできる彼が、直立して歩くというはじめての経験に悪戦苦闘した。シェークスピアの独白やテニソンの詩歌をごぼごぼと読んでいた彼が、生まれてはじめて乳母のようなスコットランド訛《なま》りの英語をしゃべった。

彼は驚きとともに自分の声を聞いた。

これが、デ・メデュリン兄妹の語るフラッドの幼年時代である。フラッドのもとの友人のなかには、フラッドの手足にはたしかに水かきがあったと証言しているものもいる（彼はいつも手足を隠そうとして、ミトンにこだわり、決してサンダルをはこうとしなかったという）。フラッドは海洋風景をあこがれるようにみつめていた。水族館のある都市だけを訪れて、自宅に金魚鉢のある友人とだけ交際するのを好んだ。フラッドが金魚鉢に近づくと、いつでも魚たちが集まってきたが、すると彼は眼を見開き、ぶくぶくという奇妙な音をたてながら、一晩じゅう魚たちをみつめることがしばしばあったと、彼らはいっている。

ところがデ・メデュリン兄妹についてフラッドがのべたのは、「大ぼら吹き」のひとことだけであった。けれども、フラッドはしばしば使徒たちに「水の暗さと交わるなかれ」といって、謎めいた微笑を浮かべるのであった。

無垢のうちへと忍びこむ

ワトノベ、ワトノベ。この名前はイレネウス・フラッドのオルバ島に関する論文全体にひびきわたり、ときには周辺部で官能的にこだまする。オルバの女性のほとんどが四肢を失っていない男性を軽蔑するにもかかわらず、ワトノベはフラッドに愛着した。フラッドの逸脱は外国人のとっぴさとして看過された。われわれの多くは、彼女がフラッドを性的に指導したいきさつに関する、不完全だがすばらしい手稿を眼にしたことがある。専門的人類学者は（彼らなりの理由で）記述のすべてをまったくの作り話として却下したが、彼はこの論文を最重要のものとみなし、死ぬ前に身辺をきちんと整理するときにはできるかぎり配慮するつもりだった。使われていることばのいくつかは、いまでもオリジナルのオルバ語のままである。

ワトノベはオルバ風のやりかたでわたしをウノール（生徒）にするつもりだった。彼女は美しく、その瞳は時間を超越していた。すべてのオルバ島の美人とおなじように、ふとももの筋肉がきわめて発達しており、それはたえまないひざの屈伸運動で維持されていた。十二回目のコプラの収穫以来、彼女はアナ・プリア（愛技）の方法について何年間も研鑽《けんさん》を積んできた。権威を認められた学者のように、彼女は以前の多くのウノールを引き合いに出した。教師としての信頼性を示したがっているだけなのはわかっていたが、はじめのうちはその率直さに面食らった。最初の夜のレッスンはいまでもはっきりと憶えている。ラグーンの上空に月が浮かび、遠くで砕ける波の音は穏やかだった。大気は花とスパイスの香りに満ちていた。

はじめにワトノベはわたしをロングハウスに招いて、彼女の母や姉妹たちとおしゃべりさせた。彼女がこれからわたしをウノールにするつもりだといったときには、ひどくきまりが悪かった。彼女たちは心得顔に笑って、朝になったらレッスンのようすを詳しく聞かせてもらうわといった。ワトノベの母のパヌアは、いまでも魅力的な女性で、年の離れた姉のようだったが、オルバ島では性交前に欠かすことのできないサントラオイルで、ワトノベの首と肩をマッサージした。

それから、ワトノベとわたしは就寝の挨拶をすませ、手に手をとってアナ・プリアの儀式のために用意された小屋に向かった。こうして夜がはじまったが、それはわたしがオルバ島ですごした多くの夜のなかで、決して忘れることのできないはじめての夜であった。

わたしたちは小屋に入っていった。ゆっくりと、恥ずかしげなそぶりも見せずに、ワトノベはサロンをほどいて籐の床にすべり落とした。それからわたしのシャツのボタンをはずし、ゆっくりと脱がせていった。つぎはズボンである。ジッパーをおろしながら、彼女はひんやりとした指でわたしのウムプムをしごいた。

平静を保って観察をつづけようと努力していたにもかかわらず、わたしはしだいに興奮してきた。彼女がやわらかい手でわたしの頭をかかえこみ、ほのかに香るからだにそっと押しつけたので、もりあがったズンバスに顔が押しあてられた。彼女がうえになって、わたしたちは床に横たわった。彼女はわたしにキスしはじめ、しだいに唇をからだのほうにすべらせていったので、濡れた唇がわたしのバグに押しあてられた。彼女の指がイセリメとして知られているやさしい愛撫をはじめた。それは情熱が早々と暴発しないようにするための愛技である。それから、ウムプムとオルボルの愛撫の手を休めることなく、わたしが彼女のすばらしいからだをほれぼれと眺めることができるように、彼女はわたしのそばに横たわった。

教師への礼儀として、それに、オルバ島の風習についてもっとよく知りたいと思って、わたしは深々と息を吸ってから彼女の首や肩にキスを返し、彼女が愛撫を中断する必要がないように、からだの位置を調整した。まもなくわたしは、つんと上向いたアティタスの色や感触をたえず意識しながら、たわわなズンバスにキスをしていた。

本能にみちびかれるままに舌先でたどっていくと、彼女の息づかいもしだいに激しくなり、満足のしるしをもらすようになった。やがて、ひくひくと収縮するウラヴラが目の前に現われた。このうえなくエキゾチックな香りを発散しており、舌で探りをいれると、彼女はよろこびの声をあげた。

それからふいに、わたしはあらゆる科学的客観性を一時的に忘れ去って、途方もなく発達したニムパクリックに吸いついた。

ワトノベはもはやひんやりしていない震える指先で、わたしは熱烈な舌先で、ふたりともレッスンをつづけるうちに、彼女はくねくねともだえはじめた。

このすべてが学者によって反論されるかもしれないことはよくわかっている。これらの行為はオルバ島特有のものではなく、世界じゅうの恋人たちのごくありふれた常套手段であるといわれることだろう。その指摘の正当性はよくわかっているつもりだ。だが、結論を急がないでもらいたい。

なぜなら、いよいよオルバ島のユニークな性的儀式のイニシエーションがはじまったからである。こうしてわたしが演習しているあいだに、ワトノベがとりみだしたような叫び声をあげると、扉がさっと開かれた。そして、ワトノベの母の端正なるパヌアと、ふたりの姉妹のカラマとアナタが駆けこんできた。つややかな褐色の髪の毛と、ほれぼれするような顔立ちにめぐまれたふたりの姉妹は、ワトノベとおなじくらい美しかった。彼女たちが楽しげに笑いながら、サロンを脱ぎ捨てて籐の床に横たわるわたしたちに加わり、息をはずませながら、このうえなく刺激的なやりかたで、わたしのからだのあちこちをつまみはじめたときの、わたしの好奇心を想像してほしい。わたしはズンバスの海にのみこまれた。どれもこれもこのうえなく美しい香りに満ちていた。そのあいだもわたしのウムプムとオルボルは、休みなくさまざまにもてあそばれていた。

これはまぎれもなく官能的体験のなかでもこのうえなく神秘的なものであった。わたしは四人の女性とともに、比類のない聖なる一体感に没入した。わたしの従順な肉体に彼女たちのエネルギーが惜しみなく注がれた。

ワトノベがひくひくと脈打つウムプムを彼女のウラヴラに挿入すると同時に、わたしは背後のアスナのあたりに湿った感触をおぼえた。それはワトノベのグラマーな姉のカラマで、その舌で繊細な探査をつづけながら、優美な指でわたしのバグをもてあそんでいるのだった。それでも足りないかのように、もうひとりの魅力的な姉のアナタがわたしの顔の前に立ち、脚を広げてわたしの顔に近づけ、においたつ濡れたウラヴラに舌を挿入するようにうながした。異邦人への、この思いがけない家族的なもてなしに、わたしは深い感動をおぼえた。そうしているあいだも、母親のパヌアは、三人の娘たちになすべきことを指示したり、手足の位置を微妙に調整したり、ときならぬ分泌や過剰な発汗をサンダルウッドのスポンジでぬぐったりしていた。

学究的な観点を維持しようという努力にもかかわらず、パヌアがなんともいえぬ方法でわたしをルムブムしたり、ある神秘的な技でわたしの早すぎるロダウェを防いだりするたびに、わたしの神経はこのうえない快楽にうちふるえた。

それでも、彼女の巧みな技にもかかわらず、噴射は目前に迫っていたので、その瞬間をあまりひきのばすことはできなかった。パヌアがぽんぽんと手をたたくと、小屋の外からドラムの音がひびいてきた。何台ものドラムが、駆りたてるような激しいリズムを刻みはじめた。「メニヴェニのときがきたわ」パヌアがささやいた。「いよいよ！　いよいよ！」

十人あまりのオルバの女たちがどやどやと入ってきて、すぐさま籐の床に横たわった。そうして笑いながら、おたがいにせっせと刺激しはじめたので、床がびしょぬれになってしまった。彼女たちは手近なからだを相手かまわずルムブムしたりイセリメしていたが、なかでも、わたしのからだにその愛撫が集中した。

わたしはこれほど無欲な献身に立ちあったことはなかった。学術的な冷静さを維持しようと全力を奮っていたが、心臓はドラムのリズムに合わせてどきどきと鼓動していた。けれども、その夜のもっとも興味深い部分はまだまだこれからだった。パヌアはワトノベの手をつかみ、床から五フィートのところに水平に渡された竹の棒までみちびいていった。母親に助けられて、わたしの美しきインストラクターはその横棒にひざをかけてぶらさがった。そのまま脚を開いて頭を垂れたので、つややかな長い黒髪が籐の床に広がった。さかさまの姿勢でワトノベはわたしをみつめ、腕をさしのべて手招きした。はじめのうちは途方にくれたが、しだいになにをさせようとしているのかわかってきた。パヌアたちが、快楽と期待の微笑を浮かべながら、わたしをワトノベのもとにみちびいていった。彼女たちはわたしをそっとさかさまにして、熟練した技でかつぎあげ、わたしのウムプムをワトノベのぱっくり開いたぬらつくウラヴラにきちんと挿入した。そしてわたしのからだから手をはなした。わたしとワトノベは洗濯紐にとり残された洗濯ばさみのようにぶらさがった。はじめのうちは、ただひたすら恐ろしいばかりで、ワトノベのからだにぎゅっとしがみついた。彼女は快楽にかられてわたしのからだに腕をまわしたので、ようやくオルバの女たちがその四頭筋を高度に発達させているわけがわかった。ワトノベはふたりの体重をやすやすと受けとめて、ふとももで鋏《はさみ》のような運動をはじめた。このような悦楽を味わうのははじめてだった。交尾する蝙蝠《こうもり》のように、ふたりだけの乱交にふける空中ぶらんこ乗りのように、さかさまになって抱きあっているうちに、ワトノベが歓喜の声をはりあげはじめた。女たちは微笑を浮かべて見守っていたが、やがて自分たちの活動を再開した。どちらを向いても、アティタスとウラヴラとズンバスの乱舞、ルムブムとイセリメとメニヴェニとニムパクリックの熱狂、そしてロダウェ、ロダウェ、ロダウェの瞬間、ついにわたしは絶叫した。

「ああ、極楽だ！」

手稿はここまでである。〈庭園列車〉プロジェクトのあとで、フラッドは手稿を完成し、かなりあいまいな専門用語をふさわしい英語に翻訳するつもりであった。

われわれはフラッドのオルバ時代の重要性をはっきりと認識している。彼は辺鄙《へんぴ》な島社会で真実の光がちらつくのをかいま見たのである。彼はその真実を、つぎのようなもっとも深遠な格言で使徒たちに表現している。

「五感におよぼす想像力の支配は、人間の幸福への唯一の鍵である」

もちろん、彼のオルバ島での調査は専門的学者たちに一蹴された。彼はその「独自性」によって、それらがほんとうに意味するものは、時代遅れの理念を証拠立てるための独創的な方法の発明であると感じるようになった。フラッドは独自のヴィジョンを決して失うことなく、最終的に、〈庭園列車〉という途方もないプロジェクトでそれを具体化することにしたのである。

庭園列車　第二部：機械

A Train of Gardens　PartII : The Machine

われわれは朝日を浴びてきらめくイレネウス・フラッドの傑作〈庭園列車〉のそばで待っている。この計画はフラッドの博愛期にできあがった。はじめは夏の蒸し暑い日に都市のゲットーのこどもたちが泳げるように、遺棄された石油タンクを連結して移動水泳プールを作ろうと考えていた。

フラッドはさらに大規模な計画を思いついて、このアイデアを放棄した。〈庭園列車〉とよばれる巡回植物園を建造して、北米、南米、ヨーロッパ、アジア、そして世界じゅうの市町村に、自然の真のすばらしさを運んでいこうと考えたのである。

彼の野望は成長し、その概念も発展した。彼の夢想する〈庭園列車〉は、そこに足を踏み入れたすべての人々の人生にとって、すばらしい体験でなければならなかった。彼がつねに熱望してきた自然の極致でなければならなかった。世界じゅうを走りまわることができるように、列車には調整可能な車輪をとりつけるつもりだった。すでに彼の頭のなかでは、オーストラリアの奥地の狭いレールをがたごと走り、フィジーの白い浜辺やアリューシャン列島の荒涼たる湿地をかすめ、トゥアモトゥ諸島とマルケサス諸島の火山地帯を蒸気を吐きながら疾走し、ティエラ・デルフエゴとグリーンランドの山風と氷河をあざけり、トリニダードのサトウキビ畑の玩具のようなレールや中央スコットランドの炭坑のトロッコレールをけたたましく通過していく〈庭園列車〉の雄姿が浮かんでいた。

フラッドの雄大な計画は実現した。こうしてここに、巨大な蒸気機関を備えた機関車が待機しており、それには貨車を改造して厚いガラス屋根をとりつけた七台の車輛が連結されている。それぞれの車輛には〈庭園列車〉のエピソードが満載されている。

ちょうど三週間前の晴れた朝に、イレネウス・フラッドは一号車に乗りこんだ。七号車までの旅を成し遂げる最初の人間になろうというのである。それこそが、その一生を通じて準備してきた偉業であった。

一号車

北方の森である。フラッドはたちまち緑の森の暗い壁にとり囲まれる。針のように細い松葉を踏みしめると、松の香りがたちのぼる。森林はしんと静まりかえっており、鳥の叫び声ひとつ聞こえない。森の空き地にわけいると、木立の切れ間から青空が見える。一羽の鷲が獲物をぶらさげて高巣へと舞いあがっていく。彼はけもの道にでくわす。空気のにおいを嗅ぐ。熊特有のにおいが鼻を刺す。彼は警戒して身構える。敵意に満ちた顔がちらっとでも見えないだろうか？　ぎらぎらと燃える瞳が茂みから彼のようすをうかがっていないだろうか？　彼女は巨大な松の背後から現われる。緑色のローブを身につけた、このうえなく美しい黒髪の女性である。無邪気な青い瞳が彼をみつめる。彼女は微笑を浮かべ、ゆっくりとローブの前ボタンをはずしはじめる。黄金色に輝く乳房が彼の目の前にこぼれでる。彼女は微笑する。彼はしゃべりはじめる。ひとつひとつのことばが、まるでパンチのように、彼女を殴りつける。彼女はうずくまり、それからふくれあがる。もつれた髪が顔とからだをおおっている。鼻面から牙がにょきにょきと生えてくる。彼女は野太いうなり声をあげて、大鎌のような鉤爪をつきだす。彼はよろよろとあとずさり、できるだけ速く走りはじめる。どこまでもどこまでも走りつづける。「けものの肉体に快楽が宿る」走りながら、フラッドはひとりごとをつぶやく。

二号車

大河である。急流が峡谷の股間に吸いこまれていく。フラッドは木製のカヌーで船出する。激しい流れはカヌーを運んでいく。黒い岩に引き裂かれた白い泡がいたるところに舞っている。軽率な生き物をのみこもうとするように、水面のところどころに渦が浮かんでいる。速度と危険に刺激されて、フラッドはカヌーの縁《へり》にしがみつく。腕が痛み、寒気が骨まで沁《し》みとおる。彼女は川のふくれた部分の中央のなめらかな黒い岩のうえに現われる。

丸裸で、そのからだも、赤い髪も、しぶきのなかできらめいている。なめらかな指のような岩にゆっくりとからだをこすりつけている。両腕を広げて彼を迎える。その美しさが彼を圧倒する。彼が微笑すると、彼女は崩れはじめる。その美しいからだがどろどろに溶けていく。その顔がいぼとしわにのみこまれていく。巨大なヒキガエルのように泳ぎながら、彼女は彼のほうに近づいてくる。はるか頭上まで茂みに縁取られた壁に上陸できるところはない。ときおり大岩が落下してきて、まるでわざと狙っているかのように、いまにもカヌーを直撃しそうになる。「魂に溺れぬよう気をつけるがいい」フラッドはひとりごとをつぶやく。背後から近づいてくるけものの水音が聞こえてくる。

三号車

高山である。唯一のルートは、この世のものとも思われないほど美しい山嶺の峠だけである。寒気に体が麻痺し、たえず雪崩の危険がつきまとう。垂直に切りたった岩壁を登っていくのは、フラッドの技術をもってしても困難をきわめる。この苛酷な場所では、ハーケンと斧だけが唯一の道具である。つごうのよい位置に何本もロープが垂れさがっているが、それらがあてにならないことを彼は知っている。ところどころに切れ目がはいっているのが見えるからである。背後の雪からざくざくという音が聞こえてくる。彼女はそこにたたずんで彼を見あげている。白いスモックを身につけて、このうえなく美しく、黄金色の髪に花を飾っている。凍てつく空気のなかで、彼女は薄いドレスごしに乳房を揉みしだき、ほっそりと長い指を股間にすべらせながら、彼をみつめる。その微笑には抵抗することができない。彼は身をかがめて彼女に手をのばし、ひんやりと冷たい指を唇に押しあてる。彼女のからだがみるみるしなびはじめ、気がつくと彼は狂気に燃える狼の瞳をのぞきこんでいる。腐った肉のにおいが鼻を刺す。あわててその手をふりほどき、ひたすら登りつづける。獰猛な風が氷のような顔に吹きつけて、いまにも谷底に転落しそうになる。周囲には危険な亀裂が走っている。闇と寒気にとざされて、氷の洞窟にビヴァークして苛酷な夜明けを待たなければならなくなる。彼は震えながら横たわる。外からは人間ばなれした咆哮が聞こえてくる。「ゆえに未知の谷間へと登るがいい」フラッドはひとりごとをつぶやく。

四号車

大海原である。海水は山々の麓できらめいている。あくまでも澄みきっているので、海底を泳ぎまわる魚の姿が見えるほどである。無人の漁船が白い浜辺に横たわっている。水平線のかなたになだらかな海岸線が見える。フラッドはうねる波にそっと船を押しだし、帆をあげて自在竜骨をさげ、舵柄をつかんで西をめざして船出する。ふいに海の表情が豹変する。空が暗くなり、激しい風と吹き降りの雨が船を沖へと運んでいく。こんな小舟ではとてももとの浜辺に戻ることはできないだろう。風が突風に変わり、小さな帆船を翻弄する。激しい波はいまにも船体をうち破るか、転覆させてしまいそうだ。右舷四分の一マイルの海上から、黒い帆船がみるみる近づいてくる。彼女は船首にたたずんでフォアマストをつかんでいる。身にまとったロープは前がはだけて雲のようにはためいている。彼女はマーリンスパイクにまたがって、波のうねりに合わせるように、ゆったりと上下に動いている。このうえなく美しく、陽気な歌を歌っている。赤い髪とゆったりした絹のガウンが風にはためいている。彼女は彼にむかってにっこりと微笑み、「愛する人よこちらへ」と歌いかける。彼は船を風上に向けて彼女の船に乗り移ろうとするが、そのときふいに、彼女の歌が人間ばなれした咆哮《ほうこう》に変わる。そのからだはべっとりと膿にまみれたぼろぼろの包帯に包まれており、かかしのようなマストをセントエルモの火がのぼりくだりして、変わりはてた彼女の姿を照らしだす。フラッドは小舟にとびもどり、追い風に乗って逃げはじめる。勇気と希望をもって操舵しなければならない。一瞬でも気をゆるめると、まちがいなく溺死してしまうだろう。あのはるかな海岸にたどりつく前に、暗闇にとざされてしまうだろう。海岸を守る岩礁を見ることもできず、砕ける波の鈍い咆哮しか聞こえないだろう。背後からは不気味な船が迫り、前方には海岸が横たわっている。その海岸には無慈悲な野蛮人が生息しており、そこは難破海岸とよばれているのだ。神よ、あの海岸に漂着した船乗りを救い給え。「ただ悲しみの永遠性だけを信ぜよ」追い風に乗って逃走しながら、フラッドはひとりごとをつぶやく。

五号車

砂漠である。じりじりと肌を焦がす多彩な砂の世界が目の前に広がっている。フラッドは日影をさがすが、どこにもみあたらない。この荒野には毒蛇がうようよしており、なにより恐ろしいことに、岩のあいだには蠍《さそり》がはいまわっているのだ。この荒野の中央のどこかに、椰子の木に囲まれた泥水の井戸が待っているはずである。砂漠には白骨が散乱しており、そのいくつかは人間の頭蓋骨である。彼女はアラブの牡馬にまたがって近づいてくる。つややかな茶色の髪が太陽にきらめいている。その長い髪だけが彼女の衣服である。その肌が夕日を浴びて黄金色に輝く。彼女は微笑している。彼女は飲み物の皮袋をさしだす。彼の心臓は愛にときめいている。彼女が馬から降りるために脚をふりあげたひょうしに、ピンクの陰部がちらっと見えて、鼓動がいっきに速まる。彼は皮袋をかかげて乾いた喉をうるおそうとするが、袋からは灰がふきだしてくる。むせながら、彼は肉の落ちた頭蓋骨のうつろな眼窩をのぞきこむ。からからと音をたてながら、彼女の骸骨が目の前の砂に降り立つ。骨のすきまからガラガラ蛇が鎌首をもたげる。またしても、フラッドは逃げはじめる。周囲のいたるところに、馬にまたがった野蛮なトゥアレグ族の気配が感じられる。彼らは闇を待っているのだ。「歓喜はこの世の苦痛の影である」逃げながら、フラッドはひとりごとをつぶやく。

六号車

ジャングルである。フラッドは山刀《マチエーテ》をふるって密生した竹林を切り開いていかなければならない。蚊の大群に行く手をさえぎられ、殺人蜜蜂に襲われ、軍隊蟻に刺されながら、沼地の緑の浮き滓をかきわけて進んでいくと、吸血蛭が恋人のように手足に吸いついてくる。人を絞め殺す大蛇が、巨大な動くジグソーパズルのように、汗にまみれた彼の頭上の枝をするするとすべっていく。匍匐植物からはデスマスクが垂れさがっている。はびこる羊歯の背後を影がちらつき、彼は吹き矢のちくりとした痛みを恐れる。悪臭芬々《ふんぷん》たる流れが前進をはばむ。剃刀のようなあごをしたピラニアがうようよしている。黄昏が迫るころ、ジャングルの喧騒がふいにやんで、不気味な静寂が恐怖をよびさます。暗くなる前に、彼女が巨大な蔓生植物の蔭から現われる。髪の毛は黒く、全裸のからだはつややかで傷ひとつない。彼女は安心させるような微笑を浮かべ、ジャングルの地面に横たわって、黒ずんだ股間をぱっくりと開いてみせる。彼はかぎりない愛情をおぼえ、服を脱ぎ捨てて彼女のそばに横たわる。暗くなるにつれて、ジャングルの人間ばなれした笑い声が聞こえ、彼女が彼の首筋に口を近づけると、赤い唇から二本の牙がにゅっとつきだすのが見える。フラッドはからだをふりほどかない。微笑を浮かべたまま、かぎりない愛情をもって彼女を抱擁する。はじめて彼はなんのことばも思いつかず、ひとりごともつぶやかない。

七号車

旅人のための休息の車輛である。スプルース張りのコテージが靄にかすむ緑の牧草地にたたずみ、遠くの丘は雪にきらめいている。涼しい光のなかで、せせらぎが樹木草原を縦横に走っている。コテージからは、短く刈りこまれた芝生が深い森までつづいており、森のなかでは羊歯が優雅な舞踏を演じている。コテージのメインルームの壁は青色である。大型の四本柱のベッドと肘掛椅子が部屋の中央に置かれている。青色のカーテンがベッドのへりを縁取り、シーツも青色で新しい。白い衣装をつけたメイドが旅人を浴室まで案内し、やさしく洗って疲れた体を香油でマッサージしてくれる。それから濡れた体をぬぐって軽いパジャマを着せてくれる。そしてご馳走を満載した盆をベッドのそばに運んできてくれるので、旅人は心ゆくまで空腹を満たすことができる。それからメイドは盆を下げてカーテンをおろしてくれるので、旅人はぐっすりと眠ることができる。

七号車はイレネウス・フラッドを待ち受けている。われわれは七号車の外で彼を待ち受けている。彼が〈庭園列車〉を縦断する旅に出発してから、もう三週間になる。救助隊が捜索にでかけたが、その結果は悲惨なものだった。ずたずたに裂かれて重傷を負った唯一の生存者は、やっとの思いで一号車の入口にたどりつき、わけのわからないことばを叫びながら、よろよろとはいだしてきたのである。だがいまでも、だれひとり希望を捨てていない。フラッドの友人たちの多くが毎朝列車の外に集まって、状況報告に耳を傾ける。ワトノべも（彼女はとても美しく悲しみにくれている）オルバ島から駆けつけて、われわれとおなじように、イレネウス・フラッドの凱旋をひたすら待ち受けているのである。

趣味

The Hobby

老人の顔のしわは鉄道の路線図のように複雑で、いくつも連なった曼陀羅のように、口や眼のまわりをおおっていた。そのしわのどこかに、事実によって明かされることのない秘密が隠されていた。老人はLMS（ロンドン・ミッドランド・スコティッシュ）鉄道に六十年間勤務して定年退職した。最後の「ありがとう」とともに贈られた銀の懐中時計。それから老人は旅に出た。つねに鉄道の旅だった。南部オンタリオ州にやってくると、キッチナー市に部屋を借りた。家主の夫婦は以前に猫を下宿させたことがあるだけで、他人と冬をすごしたことはなかった。

猫とおなじように、老人も最初の日に屋内のにおいを嗅いでまわった。まるで特別な場所をさがしているかのように、しなやかな老人は人目もはばからずに嗅ぎまわった。そして地下室に腰をおちつけた。ふたりはそこにベッドを置くことを承知した。地下室は老人のものとなった。老人は旅行鞄を運びこみ、やがて備品を詰めた木箱が届けられた。旅のあいまに自分だけの鉄道をつくりたいのだと老人はいった。老人の趣味である。脳みそに鉄道が刻まれた老人。ナットのようなことばを胸におさめた老人は、そうしたことばをときおり思い出にちりばめることもあった。一月のとある雪の朝のように。

「あの日は大雪だった。それでも、除雪車でなんとかできるはずだった。パレードはあやうく中止になるところだった。そうなれば、待合室の暖炉にあたることができたが、駅長はわしらを楽しませるつもりはなかった。『あれをやれ、これをやれ』といって、見物人のためにプラットホームを除雪させつづけたのだ。それでも、列車がやってきたときはうれしかった。列車は雪のなかから現われた。〈フライング・スコッツマン号〉、〈ロイヤル・スコット号〉、〈カーフィリー・キャッスル号〉、〈ロード・ネルソン号〉、〈プリンセス・エリザベス号〉。それぞれの機関車の名前が側面に刻まれていた。機関士はわしらを無視した。手を振ったり叫んだりしているわしらなどまるで存在していないかのようだった。ごうごうたる音に寒さなど吹き飛んでしまった。地面がびりびりと震動して、人々は笑っていた。それまで笑ったことのない駅長まで笑っていた。機関車がすべて通過すると、駅長はいった。『もう二度とあんなものは見られないだろう』わしはいった。『たぶんないでしょうな』」

　老人はいつでも鉄道時代のことを思い出していた。だが、しゃべるのが趣味ではなかった。老人は地下室の扉を閉めて作業にとりかかった。午後も遅くなってから出てくると、うつらうつらしながら、黙々と夜食を食べた。そしてベッドにもぐりこんだ。いつも地下室の扉に鍵をかけて閉じこもり、いつになるかわからないが、作業がすむまでは、どんなことがあっても降りてこないでくれときっぱりいった。やらなければならないことが山ほどある。線路を敷設したり、発電機をつないだり、複雑なパラレルやループを据え付けたり、プラットホームや駅を組み立てたりしなければならないのだと。

それでも、一月の末ごろには、そろそろ老人の作業もおわりではないかとふたりは思った。なぜならある夜、ふたりが地下室の真上の居間にすわっていたときに、線路を走っている列車のような音が聞こえてきたからである。ふたりはにっこり笑って地下室に降りていった。しかし、その音はふいに聞こえなくなり、老人はノックにも応えなかった。

翌日、老人はふたりにいった。もう少し我慢してくれ。あれこれ詮索されるのはまっぴらだ。いまは完全な時刻表を作成しているので、観光客を楽しませているひまはない。乗務員の配備やら、郵便物の積みこみの管理やら、線路の検査やら、複雑な操作の構築といった作業が山積しているのだと。

ふたりは協力した。夕食をテーブルに並べるかわりに、盆にのせて地下室のドアの前に置いたのである。盆をとりにいくと、食事が手つかずであることもしばしばだったので、ふたりは老人の健康を心配した。老人がいかにも満足そうにテーブルにつくのは、難しい機械装置がうまく組みあがったというような、なにかめでたいことがあるときだった。老人は手や顔にこびりついたグリースを洗い落とし、いかにもうれしそうだったがなにもいわず、その心はすでにつぎの作業を計画していた。日曜日だけは朝寝坊した。月曜の朝からはじまる重労働のために英気を養っていたのである。そのような日曜日のある朝、老人は遅く起きてきてふたりと昼食をしたためた。コーヒーを飲みながら、老人はふたりをみつめてしゃべりはじめた。

「あいつにはがっかりさせられた。引退したあと、わしはあいつに線路の建設を手伝わせるつもりだった。線路の組み立て方や、故障したときの修理の仕方を教えてやったのだ。ところがあいつは、なんでものみこむ蛇みたいだなどとぬかしてトンネルを恐がるんだ。トンネルがなくてはどうしようもないといってやったんだが、ふたりとものみこまれそうな気がして恐くてたまらない、いままでみたいに二階の自分の部屋にひとりでいたいとぬかすんだ。風呂場であいつをみつけたのはあれだった。そしてあれはとうとう立ちなおれなかった。あれのことを思い出すたびに、いつでも気分が悪くなる。というのも、ふたりとも愛していたからだし、ふたりもわしを愛していたと思うからだ」

老人がなにをいっているのかわからなかったが、いかにもうちひしがれたようすだったので、ふたりはなんといえばいいかわからなかった。

テーブルについているとき、老人はほとんどいつも、ふたりのおしゃべりにぼんやりと耳を傾けていた。ときおり、退職記念の銀時計をとりだして、ひたいにしわを寄せてみつめるのだった。老人が趣味から離れている時間を惜しんでいるのは明らかだった。こぎれいなキッチナーの並木道を散歩しませんかとか、ウォータールー郡のメノナイト派の青々とした農場を見物しにドライブしませんかとか、ナイアガラの滝を見物しにいきませんかなどと誘ってみたが、老人はまるで聞きわけのないこどもにいい聞かせるかのように、守らなければならないスケジュールというものがあるのだといって、きっぱりと断わるのだった。そこでふたりは、良心の呵責のせいか、さもなければ自尊心からかもしれないが、老人の非難を甘んじて受け入れた。ふたりは老人に感謝していた。ふたりの人生は、これまでめったにないほど、不思議な目的意識に支配されていたのである。

そしてまた、躁病的な時間がはじまった。老人は明け方に地下室で作業をはじめ、そしてふたりは、老人がなにかにとりつかれたように一日じゅうハンマーをふるっている音を耳にした。老人を見かけるたびに、その体はグリースまみれで、眼はまっ赤に充血し、服も汚れていた。その顔はあまりにもしわだらけなので、まるでまったくの別人が老人の仮面をかぶっているかのようだった。ふたりは老人がわが身をかまわないことにやきもきした。老人が過労のあまり死んでしまうのではないかと心配したのだ。それでも、ふたりの心配は老人にはわずらわしいだけのようだった。そして老人はぶっきらぼうにつぶやくのだった。心配いらん。こんな作業には慣れっこだ。予定どおりに線路を仕上げなければならんのだ。

ふたりはあまり長く待たされなかった。

つぎの日曜日の夜中の二時のことである。ふたりは真夜中に床についた。老人は夜遅くまで地下室で働いていた。ふたりはものすごい音にたたき起こされた。家全体が激しく震動していた。いったいなにごとだろう？　ふたりは階段を駆けおりた。まっ黒な煙がもくもくとたちこめてきて、ふたりはぜいぜいと咳きこんだ。老人が家に火をつけたにちがいない。

地下室の扉には内側から鍵がかかっていた。室内からはぞっとするような音が聞こえてきた。ふたりは途方にくれて立ちつくしていたが、それから意を決したように扉に体当たりしてぶちやぶった。ふたりは短い階段につづくせまい踊り場でたたらを踏んだ。たちこめた黒煙を透かして老人の作品が見えた。

薄暗い天井の照明のもとで、地下室は変貌を遂げていた。それはいまや活気に満ちた古めかしいイギリスの鉄道駅だった。プラットホームには、いままで見たことのない人々がひしめいていた。赤ん坊を抱いている人もいた。もうもうたる蒸気をふきあげる怪物のような、黒光りする巨大な蒸気機関車に、一輛の古めかしい客車が連結されており、人々はそれに乗りこもうとしていた。機関車の側面にはＬＭＳ鉄道という黄金色の文字が刻まれていた。最後の乗客が乗りこんで、真鍮ボタンのついた時代遅れの制服をまとったポーターが、客車の扉を閉めはじめるのを、ふたりは麻痺したようにみつめていた。それから、発車時刻を告げる構内放送が聞こえてきた。混雑したプラットホームに残された人々は、列車から降りたばかりらしく、不安そうなおももちで、きびきびとしたポーターが引いていく荷物を満載したトロリーのあとから、さまざまな暗い出口へとむかっていた。駅員が赤旗を振った。

そのときふたりは老人をみつけた。老人は機関車の窓から左ひじをつきだして、目の前の巨大なトンネルをみつめていた。ブレーキから蒸気がふきだした。車輪がゆっくりとまわりはじめ、列車はトンネルめがけて動きだした。老人は右腕をさしのべて、熟練した手つきですばやく前後に動かした。耳をつんざくような汽笛がたてつづけにひびきわたった。老人はふたりにちらっと眼を向けた。仕事に専念して、いかにも満足そうだった。

まるでなにかにつき動かされたかのように、ふたりは手に手をとって短い階段を無我夢中で駆けくだり、動きはじめた客車の最後の扉にとびついた。ポーターが扉を閉めるとすぐに、列車はトンネルに入っていった。

車内がふいに静かになった。すえた煙草のにおいがたちこめていた。目の前には通路があって、いくつもコンパートメントが並んでいた。ふたりがふらつきながら歩いていっても、ガラスのむこうの乗客たちはなんの注意も払わなかった。新聞を読んだり、隣の客と会話したり、窓の外の闇をぼんやりながめたりしていた。列車は速度を増しながらトンネルを疾走していった。「一等席」と表示された最後のコンパートメントを除いて、すべてのコンパートメントが満員だった。一等席の乗客はひとりだけで、それはひげもじゃの男だった。男はふたりがのぞきこむと顔をしかめた。遠くのほうから闇を切り裂く機関車の音が聞こえてきた。ふたりはコンパートメントに入ると、ドアを閉めて、わたしの正面にすわった。ふたりはこの列車に乗るはめになったいきさつを説明してから、あなたはだれですかとたずねた。そしてわたしたちは、しだいにつのりくる不安のなかで顔を見あわせたのであった。

トロツキーの一枚の写真

One Picture of Trotsky

「女たちの外套は朝とおなじくらい黒かったわ」

彼女はたしかにそういったと思う。だが、ひょっとすると、わたしの聞きまちがいかもしれない。彼女はしきりになにかつぶやくのだが、ほとんど聞きとれないのだ。朝についてつぶやいていたことだけはまちがいない。彼女はあまり眠らない。こうして横になって、ときおりまどろむだけである。黒くて寒い朝についてつぶやきながら。

黒くて寒い朝からはじめることにしよう。太陽が低い地平線のすきまからさぐりを入れていた指をさっとひっこめる。そこに女たちがたたずんでいることにしよう。十三人の女たちが、頭巾のついた外套をまとって、監獄の正面の石畳に身を寄せあうようにしてたたずんでいる。まるで死の艦隊のようだ。その黒い帆は、数マイルの沖合から吹きよせてきて海岸平野を耕していく疾風にはためいている。

そろそろ六時になろうとしている。監獄の巨大な砂岩の壁の向こうから、どろどろと太鼓の連打がひびいてくる。それからひときわ鋭い太鼓の音とともに、石畳をかつかつと鳴らす鋲底の長靴の足音が聞こえてくる。死刑囚を連行していく処刑隊の足音である。

男はいかにもくつろいでいるようだった。寝棚のそばの丸椅子にすわって脚を組んでいる。牧師がなにか祈りたいことはないかとたずねたが、彼は慇懃《いんぎん》に断わった。監獄の朝食がいつでも今朝とおなじくらいうまいといいのだがと彼はいった。前夜は警備兵たちを非常に丁重に扱った。そして真夜中に就寝するときには、もしもカードで余分な手が必要になったら、遠慮なく起こしてくれたまえといった。いうまでもなく、彼らはその安眠を妨げなかった。執行猶予はないという旨の所長のメッセージは六時十分前に到着した。男は失望の色を見せなかった。数分後、通路を近づいてくる護送隊の足音が聞こえてくると、彼は立ちあがって服をなでつけた。牧師に最後の数日間をともにすごしてくれたことを感謝して、お祈りの件では願いを聞きいれなかったことを謝罪した。彼は警備兵たちと握手して、ひとりひとりの肩を心をこめてぎゅっとつかんだ。この不快な任務をやりとげたことを誇りに思うべきだといわれたとき、彼らはいかにも恥ずかしそうだった。護送隊が独房の扉の前に着くと、男は彼らを陽気に出迎えた。士官が手錠をとりだすと、黙って両手をさしだした。それから、護送隊の先頭に立って、堂々たる足どりで歩きはじめた。

女たちはじっと耳を澄ませた。長靴と太鼓の音がぴたっととまり、風さえもがすすり泣くのをやめた。残された時間は尽きようとしていた。

命令の叫び声があがり、落とし戸がばたんと鳴った。すべては終わった。風はふたたびすすり泣きはじめた。

外にいる女たちは監獄の飾り鋲のついた樫の扉の前に集まった。がちゃがちゃと鍵の鳴る音がして扉がぎいっと開かれると、女たちのあいだに緊張が走った。それは絞首刑執行人だった。顔のなかばを仮面でおおい、角灯《ランタン》を手にしている。女たちのひとりがひざを曲げてお辞儀をした。絞首刑執行人は角灯をかかげて、仮面のすきまから女たちをながめまわした。彼はひとりずつ監獄の中庭に入るように合図した。

中庭は無人だった。仮面をつけた絞首刑執行人の助手のほかにはだれもいなかった。兵士や役人たちはみな寒さを避けるために屋内に急いだのである。助手は中庭の中央の絞首台のそばに立っていた。絞首台は横木と支柱でできた木の骨組みで、すきまから松明《たいまつ》の光が漏れていた。ほかにはだれもいなかったが、見物人はいたかもしれない。中庭をとりまく何百もの鉄格子窓から、おぼろな顔がのぞいていたのではないだろうか？

けれども、女たちの注意はひたすら絞首台に向けられていた。彼女たちはそれをあこがれるようにみつめていた。真新しい材木でできた横木からぶらさがった死体が風にあおられて前後にゆれていた。はためく松明の光を浴びて、まるで生きているかのようだった。黒い袋をかぶせられた頭は、ありえない角度に傾いていた。

絞首刑執行人が仮面のすきまから女たちをながめまわした。

「だれにする？」

その声は穏やかで甲高かった。

ひときわ背の高い女がすすみでた。絞首刑執行人は手袋をはめた手をさしのべて女の頭巾を肩にすべりおとした。髪を剃りあげた、二重あごの若い女だった。彼女は男の眼をみつめなかった。

そのときまでに、絞首刑執行人の助手がロープをゆるめていたので、吊された男の足は地面すれすれになっていた。まるで操り人形のように、死体の足が絞首台の真下の湿った石畳をかすめていた。女たちは腰をかがめて骨組みをくぐりぬけると、死体の服を脱がせはじめた。上半身には目もくれなかった。いまだにうしろ手に手錠をかけられていたからである。女たちがごわごわしたキャンバス地のズボンを黒い長靴までひきずりおろすと、死体の下半身がむきだしになった。

女たちは剃髪した女をみつめた。彼女はぐずぐずしていなかった。むっちりとしたふとももまでスカートをまくりあげてたくしこみ、死体の首に両腕をまわしてしがみつくと、下半身に両脚をからみつかせた。まるで登山家のようなすばやい動作だった。ふたりの体重のせいでロープが軋んだ。松明の光を浴びて、寒い夜明けの光のなかで、女は腰を前後に動かしはじめた。絞首刑執行人はじっとみつめていた。助手もみつめていた。そしておそらく、鉄格子のはまった無数の窓からも、無数の瞳がみつめていたにちがいない。

剃髪した女の腰の動きがしだいに激しくなった。ため息をついたり、よがり声をあげたりするたびに、半開きの口からよだれがとびちった。それから女はからだをこわばらせ、ひときわ大きなよがり声をはりあげた。それからほっとため息をつき、ぐったりと力を抜くと、石畳にすべり降りてひざをついたが、死体の両脚にぎゅっとしがみついて、股間に顔をうずめたままだった。

絞首刑執行人はぐずぐずしていなかった。女の腕をつかんでやさしく立ちあがらせた。彼は小さな手で死体の顔にかぶせた黒い袋の紐をほどきはじめた。袋をとりのぞくと、松明の光のなかに、絞首刑にされた男の顔が浮かびあがった。なめらかな肌と黒い髪は、ひんやりとした朝風のなかでも、死の発汗のせいで濡れていた。眼がとびだし、舌がつきだしていなければ、ハンサムだといってもいいだろう。ふくれあがって紫色になった舌が、唇のあいだからにゅっとつきだしていた。首はすっかり細くなっており、ふたりの体重がかかってロープできつく絞めあげられたために、親指ほどの太さになっていた。

絞首刑執行人は穏やかな声で命令すると、女たちを監獄の門へとみちびいていった。彼が巨大な鉄の閂《かんぬき》をはずし、鉄の扉に肩を押しあてると、扉は軋みながら開いていった。そして女たちは吹きすさぶ朝風のなかに出ていった。

彼女は孤独を好む老いたスコットランド女性である。ここに来てからもうずいぶんになるが、いまだにスコットランド訛《なま》りが抜けない。人に好かれるたちだが社交的ではない。パーティのたぐいにはまったく顔をださない。おしゃべりではないので過去を聞きだすこともできない。はじめて出会ったときは、背が高くてふとっていたが、それも病気になるまでのことで、いまではやせており、死ぬほどやせてしまったわと彼女はいう。

いまなら彼女のよいアングルショットを撮ることもできるだろう。左側からさしこむ光が枕におもしろい影をつくりだしているのだ。

彼女はまたしてもなにやらつぶやいている。年号か地名のようだ。彼女の写真集と関係があるのかもしれないが、わたしにはわからない。

それは一八七九年の冬のことで、スコットランド北東部の海岸の都市であったことにしよう。外套をまとった女たちは、旧約聖書に登場するダヴィデ王の息子アブサロムに敬意を表して結成された〈アブサロムの柱〉というカルトの信者であるということにしよう。アブサロムはこどもを残さず、木に縊《くび》れて死んでしまった。このカルトの女たちは、耳を傾けるものにはだれにでも話して聞かせた。いつの日か、処女が、絞首刑にされた男のこどもを宿すだろう。そのこどもはアブサロムの血統を受け継ぐだろう。それはまたダヴィデの血統でもあるのだと。

〈アブサロムの柱〉の信徒たちは、監獄から監獄へ、絞首刑から絞首刑へと巡礼の旅をつづけ（それは絞首刑の時代だった）、ときおり同情的な死刑執行人か、あるいは賄賂のきく死刑執行人をみつけることができた。絞首刑にされた男は激しく勃起しており、死後もなおオルガスムに達することができると、彼女たちは信じていた。

あの暗い夜明けに死んでいった男の名前はわかっていない。だが、あの処女は、ジェニー・モリソンという、いくらか教養のある女性で、ほんの数か月前にカルトに加わったばかりだった。あの死体との肉体的結合によって、彼女は妊娠した。このようにして妊娠した〈アブサロムの柱〉の信徒が彼女だけなのかどうか、それはだれにもわからない。ともあれ、一八七九年十一月、ジェニー・モリソンは男児と女児の双子を出産した。

その当時のうわさによると、母親の子宮から陰惨なベッドにすべりでてきた双子を見たとき、老いた助産婦はシャムの双子にちがいないと思ったという。だがそれから彼女は、ふたりが出生前から近親相姦的に結合していることに気づいた。男児の勃起したペニスが女児の小さなヴァギナに挿入されていたのである。うわさによれば、助産婦はふたりの足首をつかんでぶらさげ、小さな背中を何度もたたいて、ようやくふたりを引き離したのであるが、そのときふたりは、この世のものならぬ声をはりあげたという。

それはうわさにすぎなかった。はっきりしているのは、ジェニー・モリソンが出産の一週間後に合併症で死亡したことである。そして彼女の両親は、娘の死を悼まなかったが、ふたりを自分たちのこどもとして育てることに同意した。

そういうわけで、ジェニー・モリソンは死ぬのが早すぎてレオン・トロツキーに会うことはできなかった。それどころか、ジェニーはトロツキーが生まれる数日前に死んだのである。もしふたりが出会っていたら、彼の本名であるレフ・ダヴィドヴィッチという名前は、ひょっとすると彼がダヴィデ王のまことの子孫であるかもしれないことを意味するのかどうかと、彼女はたずねていたにちがいない。そして、その答えによっては、彼を崇拝していたかもしれない。


まどろみながら、彼女はときおり「トロツキー」とつぶやく。意識がはっきりしていたときにたずねたことがある。トロツキーとはなんのことですか？　あのロシアの革命家のことですか？　あなたが政治に興味があるとは知りませんでした。

すると、彼女はいった。

「ずっとむかしのことよ、はるかむかしのことよ」

トロツキーは死にました。新聞によれば、数週間前にメキシコで暗殺されたそうです。ご存じですか？

「知っています」

彼女はまたまどろんでいる。かわいそうなアビゲイル。光か夜についてつぶやいているようだ。どちらかわからないが。かわいそうなアビゲイル。

そろそろガス灯がいる刻限だ。ガス灯は町の通りで夜とせめぎあっている。ガスマントルが壊されて薄暗くなっているところでは、怒った猫のような音をたてている。湿っぽくて霧のかかった土曜の夜であることにしよう。その都市では、土曜の夜はいつでも霧がかかっているのだ。

その男は中年で、ひどく酔っていた。ふらふらとおぼつかない足どりで歩いていたが、しゃんと背筋をのばすと、スポンジのようにたよりない舗道の感触をさぐるように、触角よろしく右脚をさしのべた。耳を澄ませていたなら、背後から近づいてくる忍び足に気づいていたかもしれない。ひょっとすると気づいていたのかもしれない。振り返ったときに人影を見かけたような気もする。だが、彼は聞き耳を立てなかった。そのかわりに、大声をはりあげ、軽やかなダンスのステップを踏み、またバランスを失い、それから千鳥足で歩きながら大声で歌いはじめた。

「あの子はぁぁぁバァァァロチミィィイルからやってきたぁぁぁかわいぃぃぃ子ぉぉぉ……」

こんな調子でふらふらと歩きつづけ、それからしだいに小走りになって、表通りをはずれた暗い路地にとびこんだ。とある工場の裏壁あたりで、ズボンの前びらきをさぐり、ボタンをはずして、ぎごちなく足踏みした。小便はやかましい音をたてて壁にとびちった。男はため息をついてから、またボタンをはめはじめた。
その瞬間、彼は自分の名前をよぶ穏やかな声を耳にしなかっただろうか？　陽気なハミングをはじめるかわりに振り返るべきだったのだ。そうしていれば、背中にすべりこんでくるナイフをかわすことができたかもしれない。ナイフはくりかえし背中を刺しつらぬき、彼はうつぶせに倒れて自分の小便でできたぬかるみに顔をうずめた。内臓が破裂したにちがいないと彼は思った。苦痛に満ちたやりかたでからだに裏切られたにちがいないと。だが、最後の瞬間、彼は死にゆく眼の隅で、長いコートをまとってかがみこんでいる人影をとらえた。ぐさぐさとくりかえし刺している腕をとらえた。そして死の瞬間、からだにあいた無数の傷口から血が流れだしていくのを感じた。

医者は彼女になるべく元気をだしなさいという。しかし、めざめているときはその必要がない。そして、眠りながらすすり泣きはじめたら、わざわざ起こして元気をだしなさいといえるはずがない。それはたぶん、ときおり苦痛に襲われるからだろう。だから眠りながらすすり泣くのだろう。けれども、わたしはそれについて彼女に話そうとはしない。さもないと、彼女は写真を撮るように頼むだろう。彼女がその写真を見たがることはわかっているのだ。

連続刺殺事件にはなんらかの関連性が必要である。すべておなじスラム街で起こったことにしよう。さもなければ、まったくでたらめに見えるだろう。男や女ばかりでなく、深夜まで外出していた少年までもが、その暗い通りで刺殺された。そもそもそこに生まれたことが罰であるかのように、恐怖がその都市を満たした。

殺人犯は地元の牧師であることが判明した。厳格な男として広く知られている人物である。ある春の朝、牧師の女中が彼を警察に通報した。その冬、彼の服にしばしば血がついていることに気づいて恐ろしくなったのだ。彼自身は、ふたりの刑事が訪れてきても驚きを示さなかった。そしてすすんで話しはじめた。これまで何年間も、告解箱のなかで、ありとあらゆるおぞましい罪を聞かされてきた。おなじ罪を何度も何度もくりかえし聞かされてきた。罪人たちを聖なることばで清めようとしたがむだだった。彼らは清められたがっていなかった。それらのことばを聞きたがっているだけだった。

だから彼は彼らを罰することにした。教会によって認められた告解の秘跡だけでは厳しさが足りないことは明らかだった。彼は聖なる復讐者となるべく、神の御手なる肉切り包丁となるべく、神に命じられたような気がした。

彼はさっそく殺人の使命を開始した。犠牲者がだれであろうとかまわなかった。すべてが罪人である以上、だれを殺そうともおなじことだった。たとえば、十二歳の少年を殺した夜は、ほんとうは性的な罪をくりかえしている女の家の外で見張っていたのである。彼女はその夜は罪を犯さないことに決めていた。そこで彼は、かわりに罪のない顔をした少年を殺すことにした。その少年は、影のなかに立っている彼のそばに近づいてくると、いかにもわけ知り顔に、なにか欲しいものはないかとたずねたのである。まことに、世に罪人の種は尽きない。

彼の裁判は世間を騒がす大事件だった。判事は彼を拘束しなければならなかった。裁判の手順にたえず口をはさみ、前方をじっとみつめて大声で説教したからである。

「『わたしが創造した人を地の表からぬぐい去ろう……彼らはすべて滅ぼされる。ありとあらゆる不正、姦淫、邪悪、強欲、悪意に満ちているがゆえに……嫉《ねた》み、諍《いさか》い、偽り、悪意に満ちているがゆえに……告げ口するもの、陰口をきくもの、神を憎むもの、人を蔑むもの、高慢なもの、ほらを吹くもの、邪悪な発明をするもの、両親に従わないもの、契約を破るもの、そのような悪業をなすものは死に値する』」

裁判所の職員は彼を黙らせようとしたが、彼はヒステリックに声をはりあげた。

「わたしは神が命じられたことをしただけだ。『わたしはその罪ゆえに、谷間の鳩のように、彼らをみな殺しにしよう……眼をそむけてはならない。憐愍《れんびん》を抱いてはならない。老人、若者、処女、こども、女、彼らすべてを根絶やしにするのだ』」口角に泡を浮かべ、自分は義務を果たしただけだと、彼は大音声でわめいた。

それから、自分がどこにいるのか気づいたかのように、あたりをみまわしてから、この法廷に天罰をくだし給えと祈った。彼らもまた罪人である。ひとり残らず罪人である。彼らには、神の使者である自分を裁く権利はない。神は罪を憎むばかりでなく、罪人をも憎まれる。だれひとり天罰を逃れることはできないのだと。

「天も地もいつかは消え去るだろう」彼は叫んだ。「だが、わたしのことばが消え去ることは決してないのだ」

彼はみずからの肉体によって圧殺された。それは三年後、有罪となった狂人を収容した刑務所でのことである。ある朝、彼は発作に襲われ、上半身のたくましい筋肉が、大胸筋と小胸筋と三角筋と広背筋と大円筋と僧帽筋のすべてが、ものすごい力で緊縮したので、筋肉はたわみ、それから骨という骨をまっぷたつにして、胸骨、鎖骨、肩甲骨、胸椎、そしてとどく範囲のすべての肋骨を折ってしまった。彼は苦悶の声をはりあげてのたうちまわったが、当直の看守はその場に立ちつくしたまま、折れた骨の先端が肌を破ってつきだし、それと同時に、つぶれた胸の内部で折れた肋骨の先が肺につき刺さって、光のとどかぬ深海に潜ろうとしている鯨のような音とともに、口と鼻孔から血がふきだすのを、なすすべもなくみつめていた。

牧師の名前はエベニーザー・モリソン師（少年時代の愛称はエビー）で、ジェニー・モリソンの双子のひとりだった。彼がみずからの肉体によって圧殺されたのは一九一〇年のことだった。そのとき彼は、レオン・トロツキーとおなじ三十歳だった。彼はトロツキーのことを聞いたことがなかったが、聞いていたとすれば、きっと彼ももうひとりの罪人だと断言していただろう。ほかの連中とおなじように有罪であると。

彼女はまたしても「トロツキー」とつぶやく。まるで古い友人であるかのように。それにしても、故国に友人はいたのだろうか？ これまで恋をしたことがあるのだろうか？ それが彼女の心をかけめぐっているのかもしれない。こうしてベッドに横たわりながら、むかしの恋人のひとりを思い出しているのかもしれない。

彼女は人生について語ったことがない。これまでわたしに語ったことといえば、仕事のことばかりだ。あるいはときおり、写真集について語るだけだ。彼女は独学で写真術を学んだ。それについてはあくまでも実際的で、余計な飾りは一切なかった。あるがままに撮ればいいの。彼女はよくいった。写真をうみだすのは被写体であって、写真家じゃないわ。

彼女はまたつぶやく。いまつぶやいているのは自分の名前だろう。くりかえしくりかえしつぶやいている。ああ、まちがいない。アビゲイル、アビゲイル。

ようやくアビゲイルにたどりついた。リノリウムの床の病室でベッドに横たわり、赤い毛布をかけられているアビゲイル・モリソン。毎朝、彼女は窓に顔を向けて夜明けを待っている。地平線の苦々しい唇がこの世に太陽をふたたび吐きだすのを待っている。

けれども、今朝の息づかいはいつもより安らかで、この瞬間は（これは悪い兆候かもしれないが）病魔が内臓器官にじわじわと広がっているのを感じていない。それがどのように浸透していくか、彼女はずっと気をつけてきた。しばらくは穴をうがつように侵食し、それから領土を少しずつ広げていくのである。長い歳月のあいだ、それは彼女の体内にじっとひそんでいた。彼女はその忍耐強さに感心する。死ぬ心の準備ができるまで、もう少し待っていてくれるだろう。

アビゲイル・モリソンは追憶にふける。毎日、毎晩、医師や看護婦がじゃましないときには、いつでも過去を回想する。けれども近ごろでは、それが過去なのか、それともごく最近のできごとなのかわからなくなっている。

彼女は吐き捨てるようにいう。わたしの家族は呪われているわ。わたしが救われたのは奇跡のようなものよ。父親は死者で、母親はあんな人で、兄は人殺しなんですもの。人殺しの兄。ああ！　エビー。遠いむかしの遊び相手。あの人の内なる愛は切り倒されて、切り株だけが、ぎざぎざのとげだけが残されたわ。わたしはもう彼のことを考えることができないわ。考えるだけでとても恐くなるから。

アビゲイルは母親そっくりだと人はいった。彼女は背が高くてふとっていた。けれども彼女は生命あふれるものすべてを愛した。彼女がダニエルに出会ったのは三十代はじめのことだった。バイオリンを演奏するほっそりとした男性。やさしい青い瞳をしたダニエル。そしてふたりはいっしょに暮らしはじめた。彼女を愛してくれる彼を、彼女はこよなく愛した。彼の青い瞳をみつめることに、彼女はほとんど堪えられなかった。

都市のはずれにある彼のコテージで、ダニエルは彼女に箱型カメラを贈り、ものの見方と撮り方を教えた。彼女ははじめてあらゆるものをみつめはじめた。雨のなかのアザミ、野原をよたよた進むウサギ、朝の石のように灰色の壁、ジャガイモ畑の暗緑色。あらゆるものが美に満ちていた。

ダニエルが最初の被写体だった。光か影のなかで、バイオリンを手にしてすわっているダニエル。そばには犬がいて、カシャカシャという音をたてる箱を手にしたよそものを、いまだに警戒していた。彼女があらゆるムードのダニエルの写真をとてもたくさん撮影したので、しばらくすると、彼はまったくカメラを気にしなくなった。そして、彼の犬もシャッターの音に慣れて、耳をわずかに動かすだけになった。

短い期間ではあるが、アビゲイルは自分が美しいことを知った。数日間、ふたりは一歩も家を出ないで、一日じゅう全裸ですごした。ふたりはおたがいのからだを愛し、なでたり、つまんだり、こすったりした。ふたりは口もきけなくなるほど愛しあった。何時間も何時間も愛しあい、とうとうしまいには、ふたりの会話は相手の名前をくりかえすだけになってしまった。

「アビゲイル」

「ダニエル」

「アビゲイル」

「ダニエル」

「アビゲイル」

「ダニエル」


けれども、疲れはてた彼が彼女におおいかぶさっているとき、ふたりはまるで石棺みたいだと彼女は思った。彼女は重々しい柩で、彼は死者をかたどった彫刻だった。彼女のはじめのころの写真は、彼がしだいに薄らいでいくという印象しかあたえなかった。写真のなかの彼は生身の彼よりもずっと実在感があった。

ダニエルはその最初の秋に肺炎にかかった(ふたりがいっしょに暮らしたのはたった三か月だった)。レッスンを終えて寒いバスでふるえながら帰ってきて、それからすぐに、じわじわと生命を失っていったのである。彼女は彼をベッドに横たえた。全裸になって彼を抱きしめ、そのからだを温めようとした。いままでは、いつもそれでよくなっていた。けれども、今度ばかりは彼が死んでいくのを食いとめることはできなかった。ここ数週間とりくんでいる作品を習得しおえなければと、彼はそればかりつぶやきつづけた。それをマスターするまでは死んでも死にきれないのだ。彼はバイオリンをベッドサイドのテーブルにいつでも用意しておいてくれといった。そしてときおり手をのばして弱々しくそれを奏でた。

彼女は死んでいくダニエルの写真を撮った。残された一瞬一瞬が彼女にとって贈り物だった。ある日の正午ごろ、彼は浅い眠りからさめて起きあがり、バイオリンに手をのばした。ふるえる指で奏ではじめたが、その音は彼女の耳には雑音にすぎなかった。犬も起きあがって、彼をひたすらみつめていた。彼女は熱にふるえながら演奏しているダニエルの手からバイオリンをとりあげたかった。演奏をやめさせたかった。彼がなにかほかのものを聞いているのがわかったのだ。

彼はようやく手をとめて、彼女をひたとみつめ、それからため息をついた。

「これまでだ」

彼は枕にあおむけに倒れた。バイオリンが床に落下した。犬が吠えた。それはいままで聞いたこともないようなしわがれ声だった。

彼女はダニエルに近づいた。いまや彼の瞳は病気を超越した光沢を帯びていた。

「アビゲイル」彼はささやいた。そして死んだ。

彼は死んでしまい、彼女はひとりぼっちになった。がらんとしたコテージにひとり住まいのふとった女になってしまった。アマゾン川の上流にいる原住民のなかには、父親が子どもにしらみを手渡す風習があるんだと、あるとき彼が話したことがあった。ふたりはそれを笑い話の種にしたものだった。彼が柩のなかで腐っていくのを望んでいないことはわかっていた。彼女は漁師に金を払い、ダニエルとバイオリンの灰とともに海に漕ぎだしてもらった。一マイル沖の湾内に出ると、それはどんよりと曇った日だったが、遺灰を緑の海にまき散らして、それがゆっくり沈んでいくのをみつめた。いまや彼女は、魚たちが彼の遺灰をつついていると考えることを好んだ。わたしもダニエルといっしょに、あの澄んだ水のなかにいるんだわ。触手のような海藻のなかで、ゆっくりとリズミカルな愛の行為をしているんだわ。

こうして、彼女はひとりぼっちになってしまった。彼女の祖父母はダニエルの葬儀に参列しようともしなかった。彼女は引っ越そうと決心した。もはや住みつづけることに堪えられなくなったコテージを売り払って、カナダへの渡航を手配した。持ち物といえば、小さな旅行鞄とカメラだけだった。

彼女はまたすすり泣いている。その顔は涙に濡れている。いまここで彼女の写真を撮ることもできるだろうが、わたしには彼女のような決断力はない。

こと写真撮影となると、彼女はまったく引っ込み思案ではない。ためらってはだめよ。

彼女はいつもわたしにいった。ひらめいたらすぐにシャッターを押しなさい。よい写真は身辺のいたるところにあるわ。

彼女はあらゆるものを写真に撮るのを好む。ことばをまったく信用していないのだ。

戦時中、一九一七年の春、彼女をカナダのハリファックス行きの船に乗せよう。ニューヨーク経由ノヴァスコシア行きの客船だ。ニューヨークまでの船旅では、とりたてて冒険らしいものはなかった。彼女はカメラを手にして、鼓動する巨大な機関のまわりをさまよい、海の空気をみつけようとしてガラスにおおわれた甲板をさまよった。しかし、あらゆるものが新鮮だったので、あらゆるものの写真を撮りながら、大西洋のどまんなかを航行していることが、いまだにほとんど信じられなかった。

三月二十六日の朝、ニューヨーク港で——いまや彼女は三十七歳だった——ノルウェー船〈クリスティアナフィヨルド号〉に乗り換えた。その船はハリファックスに寄港して数人の乗客を降ろし、それからノルウェーまで航行することになっていた。正午、船はもやいを解き、海峡を通りぬけ、ケープコッドを東に向かい、ニューイングランドの海岸沿いに北上した。霧にかすむ海岸線が遠くに浮かんでいた。アビゲイルはできるだけ多くの時間を甲板ですごし、幽霊に実体をあたえたいと思っているかのように、おぼろげな海岸線の写真を撮りまくった。

その航海では船は静かだった。たとえ客船でも、戦時中の海上航行が安全だと考えているものはほとんどいなかった。毎日、四人家族が甲板にあがってきて、ひんやりとした春風にいかにもくたびれたような服を身につけて、なにもいわずに手すりにもたれることにアビゲイルは気づいた。男と女と十歳ぐらいの男の子がふたり。彼らもまた、海岸線をよびだそうとしているかのように西の陸地をながめたり、あるいは、右舷に移動して大西洋の水平線に浮かぶ小さな氷山の通過をながめたりするのだった。

男はやせていて、平均よりも背が高く、厚い眼鏡からのぞく眼光は鋭かった。アビゲイルがカメラを手にして通りかかると、まるで彼女に話しかけたがっているかのように、男はしばしば彼女をみつめるのだった。さもなければ振り向いて、外国のことばで家族に静かに話しかけるのだった。しかし、彼はいつでも礼儀正しくおじぎをした。彼女は英語で挨拶してから、さぞかしでぶのぶすに見えているにちがいないと思いながら、身を縮めるようにしてその場を立ち去るのだった。

ときには夜に食堂のテーブルで彼の声を聞くこともあった。そのときの彼は別人のようで、彼のテーブルにやってきて隣にすわった数人の高級船員たちと激しい口論をくりひろげていた。そのようなとき、妻子はさっさとデザートをたいらげて、何度もキスや抱擁をくりかえしてから船室に去るのだった。

同席した乗客のひとりが、あの男は革命家のトロツキーだと教えてくれた。

順調な航海ののち、船はハリファックス港に到着した。四月三日、やはりどんよりと灰色の朝で、空を舞う数羽のカモメと、彼女とおなじように上陸しようとしている一握りの乗客の姿しかなかった。しかし船が波止場に着くやいなや、数人の海軍警官が舷梯をあがってきた。数分後、彼らはトロツキーの腕をつかんで昇降階段から甲板までひきずってくると、そのまま舷梯を降りていった。彼は大声で叫んでいたが、なにをいっているのか彼女には理解できなかった。甲板にいる数人の乗客と船員が、そのようすをじっとみつめていた。彼の妻とふたりの息子は、なにもいわず、なにもしようとせず、手すりからながめていた。

彼はついに警官ともみあうのをあきらめて舷梯の最後の数フィートを歩いていった。波止場に降りたつと、ふと立ちどまった。彼は振り返って、家族のたたずんでいる甲板を見あげた。それから外国のことばでなにやら叫ぶと、ふたりの息子はにっこり笑って手を振った。彼の眼は甲板上の見物人をざっとながめ渡して、アビゲイルの眼をとらえた。彼は彼女をじっとみつめた。彼女はカメラを構えて、いまだに彼女をみつめている彼の姿をビューファインダーの中央にとらえた。カシャッ！　それから彼は軍服に囲まれるようにして遠ざかっていった。

こうしてアビゲイルはトロツキーの写真を手に入れた。彼はカナダにとどまるつもりなどなく、ロシアにもどる途中に通過しただけだった。ところが、ノヴァスコシアの政治犯収容所で二十六日間すごすはめになってしまった。その当時、アビゲイル・モリソンにとって、彼の名前はなんの意味もなさなかったが、その後はたびたび聞かされることになった。しばしば新聞で報道される彼の残虐行為についてだれかが口にするたびに、彼女はいつもこういうのだった。「いいえ。トロツキーのはずがないわ。わたしは彼の写真をもっているし、そのことばはひとつも信じないわ」

彼は彼女が撮影したふたりめの男性だった。

彼女の眼がひくひくしている。わたしをみつめて微笑している。アビゲイル、あなたはいまにも眠りにつこうとしており、わたしはあと数十年はここにいるだろう。唇が動いているが、なにをいっているのか理解できない。彼女の眼はまた閉じようとしている。

かわいそうなアビゲイル。髪の毛はどんどん抜けていき、顔のまわりの肉はげっそりこけてしまった。すっかり細くなってしまった。その眼がなければ、いかめしい顔つきの女性に見えるだろう。とても濃い灰色の瞳が写真にはどのように写るだろうかとわたしは思う。カメラをのぞくことによって眼が影響を受けることがよくあると彼女はいう。ものの見方ががらっと変わってしまうのである。

トロツキーの写真は二十三年前のことである。写真が彼女の職業となることにしよう。

彼女はトロントに腰を落ちつけ、新しいカメラと三脚とアクセサリーを買うだろう。彼女は自宅や病院で生まれた新生児の写真を撮って生計を立てた。

大学病院で、彼女を好奇の眼でみつめた病理学者が、ひょっとすると彼女なら彼がおこなっている解剖の写真を撮ってくれるのではないかと思った。

彼は彼女を地下の解剖室につれていき、彼の仕事を見せて彼女の反応を観察しながら、それぞれの症例を説明して彼女の度胸を試した。

解剖室の大きな大理石のテーブルには、冷たい光を浴びて、二体の死体が横たわっていた。一体はシーツがかけられていた。はじめアビゲイル・モリソンは、むきだしの死体は黒くて穴だらけの金属で鋳造された彫像だと思った。しかし、いくつかの穴から赤い液体がじわじわとにじみだしていた。左腕は金属のこぎりでなかば切断され、のこぎりの歯には肉がこびりついていた。

それは製鉄所の労働者の死体で、前日に安全防壁から溶鉱炉のなかに転落したばかりだった。同僚たちが見守る前で、彼は絶叫しながら必死に泳ごうとした。実際、溶鉱炉のへりにたどりついて死んだのである。同僚たちは彼を柄杓《ひしやく》ですくいあげた。そして死体が空気に触れるとすぐに、金属は凝固しはじめた。救急車が病院に運んでいった物体は人間ではなく、むしろ不気味な芸術作品だった。

ふつうなら、彼はただちに埋葬されただろう。しかし、病理学者はそのような外傷の影響をこの眼でたしかめたいと思った。金属におおわれたために、濃密なミートシチューのつまった精巧な缶詰ができあがったのではないかと考えたのだ。死体は固めておくために一晩冷蔵された。

アビゲイルは病理学者の説明を興味深そうに聞いていた。わずかに残った衣服やブーツは鉄になっていた。その眼球は鋼鉄のボールベアリングで、ペニスは鋼鉄の棒だった。なんと死体はいまだに泳いでいるポーズのままだった。

解剖室にすでにある照明に加えて、彼女のもっているポータブルライトを使って、何枚か試し撮りしたいと彼女はいった。

病理学者はこの反応を心に留めてから、彼女をもうひとつの解剖台につれていってシーツをはがした。

そこに横たわっていたのは女性だった。二十歳あまりで、すでに部分的に解剖されていた。生前の彼女は印刷されたことばを見ることに堪えられなかった。ことばがページからとびだしてきて、昆虫か微生物か、極端なときはペスト菌のように、肉体に襲いかかってくるのだと彼女は主張した。

彼女が幼いうちは、その肉体になんの傷もみあたらなかったが、両親は娘のいうとおりにして、書籍や新聞を屋内にもちこまないようにした。それでうまくいっているようだった。だが、成長するにつれて、もはやいかなる手段も効き目がなくなってしまった。通行人のポケットの新聞やトロリーバスの車体の宣伝広告が、彼女に苦痛のわめき声をあげさせたのである。

両親は娘を最良の心理学者たちのもとにつれていったが、だれひとり彼女の病気を癒すことはできなかった。

最後の数年間は、もはや彼女の苦しみをとめるすべはなかった。空中のいたるところにことばが見えると彼女はいった。市内のあらゆる図書館や本屋から、まるで蚊のように、わたしの居場所をかぎつけて飛んでくるのだと彼女はいった。いまでは肺のなかにまっすぐとびこんできて、わたしを窒息させようとしているのだと彼女はいった。体内が腐りはじめているのを彼女は感じることができた。

そしてある朝、両親は娘が死んでいるのを発見した。

彼女の肉体にはなんの傷もみあたらなかったが、解剖台にとりだされた肺の一部はぶよぶよに化膿していた。

彼女は切開と切断についていくつかの質問をしてから、もっとも鮮明な写真を撮影するために照明のさまざまな角度を試した。病理学者は彼女を雇った。

その後は、警察や保険会社が定期的に撮影を依頼するようになった。病院も複雑な手術を執刀するときに使われる技術の撮影のために彼女を雇った。彼女の写真は解剖学や外科手術手順の教科書のイラストに使われた。『解剖の技術』、『メスと外科医』、『通常及び異常疾病百科』などである。だれもが彼女の的確な腕と丈夫な胃をあてにした。

しかし、彼女が自分だけの写真集をつくろうと考えたのは晩年の数年間のことだった。彼女は新生児の写真を撮影することで写真家としてのキャリアをはじめた。これからは死にゆく人々の写真を撮ってそのアルバムをつくりたいと思うようになった――死にゆくものの写真集である。

彼女の企ては容易ではなかった。一般病院は彼女の自由行動を認めようとしなかった。だから彼女は精神病院や養老院やヨンゲ通りのはずれの貧民宿など、カメラ持参で立ち入ることを許してくれるあらゆる場所を訪れた。彼女は老人たちの写真を撮った。くたびれた頰を伝う悲嘆の涙や、苦悶にゆがむ顔を撮った。あるいは、どんよりとした瞳や、無関心な瞳や、それもじきに終わるという安らぎかもしれない瞳を撮った。彼女は死におびえる若者や、死の宣告に抗議する若者たちの写真も撮った。すでに死んでいるかのように、まったく動かないこどもたちもいた。彼女はわけへだてなくすべてを記録した。

彼女にはすぐれた嗅覚があった。死の瞬間を嗅ぎつけることができたのだ。ときには禿鷹を飼っているような気がすることもあった。患者のかたわらに置かれた三脚の上にとまった禿鷹は、無慈悲な瞳をしているようだった。それは彼女の眼でもあった。

けれども、死にゆくものたちが彼女に敵意を向けることはなかった。彼女は彼らに気を配り、ひとりひとりの死との舞踏を尊重した。彼らの多くは臨終に際して、宗教の慰めを請うよりも、むしろ彼女をよびにやるのだった。彼女のカメラは、彼らにとって死神のようなものだったが、もはや恐ろしくはなかったのである。

「いますぐ撮って」人生の最後の意志表示として、そのようにささやくものもいた。「いますぐ撮って」

わたしは彼女の写真集を見たことがある。それはルーズリーフにまとめられたふつうのアルバムのようだ。最初の写真はとても古く、おそらく一八八〇年代に撮影されたのだろう。焦点の甘いレンズとハロゲン化銀の感光乳剤をゼラチン乾板に塗布したものが使われている。それは二重あごのずんぐりした若い娘の写真である。髪を束髪に結い、ハイネックのブラウスを身につけて、襟にはブローチを留め、長いスカートをはいている。彼女はアビゲイルそっくりである。

二枚目の写真は一九二〇年代のもののようだ。フラッシュはマグネシウムの粉末と塩素酸カリウムの混合物である。写っているのはポマードで髪をなでつけた鋭い顔つきの牧師である。唇はふっくらしているが、眼つきは冷たい。

それからいよいよ死にゆくものの写真がはじまる。最初の写真は遠いむかしに箱型カメラで臭化銀感光乳剤を塗布したセルロイドのフィルムに撮影されたものにちがいない。角度はほかのほとんどすべての写真とおなじである。被写体の左側の約五フィートの高さから撮影されている。

写っているのはとても若そうな病人である。古めかしい真鍮のベッドステッドに横たわり、窓の光に照らされている。ベッドのかたわらのテーブルには、バイオリンと弓が置かれている。男の左手は鼻と眼をのぞいて輪郭のはっきりしない黒犬の頭をなでている。男はいかにも具合が悪そうだが、写真を撮っている人物のために微笑を浮かべている。

何百枚もの死にゆく人々の写真がそれにつづく。それらはすべてもっと最近に撮影されたものである。技術的にいえば、すべてアビゲイルの作品のようだ。たとえ古めかしいガス放電管をフラッシュに使っていても、照明は控えめである。それらは意匠を凝らした写真ではなく、飾りけのない、すっきりとした写真である。

「ただフレームにおさめるだけでいいの」彼女はよくわたしにいった。「芸術作品は鼻先にぶらさがっているわ」

これらすべての死にゆく人々の写真を見ていると胸がはりさけそうになることを、わたしは認めなければならない。

写真集の最後のページはわたしを驚かせる。またしても古い写真なのだ。それは死にゆく人ではない。箱型カメラで船の手すりから撮影されたものである。波止場で、労働者の帽子をかぶった港湾労働者の一群が、軍服を身につけた男たちをみつめている。彼らはみな黒いロングコートをまとった男のまわりに集まっている。男は帽子をかぶっていない。その顔はぼやけている。レンズが貧弱すぎるのだ。男の顔が遠すぎるのだ。男はひげをたくわえている。どうやら眼鏡をかけていて、それがきらめいているようだ。波止場にいるすべての男のなかで、彼だけがカメラをみつめている。

彼は暖かなメキシコの陽光から屋内へとしぶしぶ入っていった。いままで庭の散策を楽しんでいたのである。訪問者は彼が信頼する男でも好きな男でもなかった。ふたりは二階の書斎にあがっていった。それから彼は腰をおろし、机の抽斗《ひきだし》から原稿をとりだした。訪問者は彼の背後に立って、神経質そうな声でそれについての意見を求めた。彼は返事をするために咳払いした。ピッケルが後頭部を一撃した。彼はかすれた声で絶叫したが、どうにか立ちあがり、椅子をわきに押しやった。意識はきわめてはっきりしていた。彼は襲撃者に抱きつき、そのまま床に押し倒した。彼の悲鳴で妻とボディガードが書斎に駆けあがってきた。彼らの姿を見ると、彼は床から立ちあがって、よろよろと近づいていった。ピッケルは頭蓋骨に刺さったままだった。彼の妻がすすり泣き、彼のからだを抱きかかえて、やさしく床に横たえた。磨きぬかれた床に頭からぽたぽたと垂れているのが血と脳の混合物であることを彼は知った。

写真集の最後のページの写真の横には最後の写真のための空欄が設けられていた。なんとも奇妙なことに、輪郭だけのそれは、まるで墓地の青写真のようだった。そこはアビゲイルが彼女自身の最後の写真をわたしにおさめさせたいと思っているところだった。ほかのすべての写真とおなじように、それにも名前は表示しないことになっていた。彼女は死にぎわにそれをわたしに撮らせたいと思っているのだ。

わたしはすべての器材を彼女のベッドのそばに組み立てた。望遠レンズをつけたフラッシュカメラを点滴用の支柱にとりつけた。わたしがそれをしているあいだ、彼女は実験の決定的段階を迎えた科学者のようにわたしを見守っていた。

彼女に写真集のエピローグを語らせよう。彼女の声を聞かせよう。

「わたしたちはだれひとり死んでいない。これらの写真に過去時制はない。形容詞も副詞も、仮定法もない。質問することも答えることもなく、革命を戦うこともない。時間をのぞいてなにものも破壊しない」

彼女はまたつぶやいている。「時間」といったような気がした。そしてそれは「革命」のようにも聞こえた。トロツキーのことを考えているのだろう。もうすぐ彼女も彼とおなじように死んでいくのだ。わたしはできるだけ長いあいだ枕もとにいるようにしているが、彼女はわたしがコーヒーを飲みに、あるいは午睡をしに、席をはずすことを恐れている。彼女はわたしに命じて遅延作動シャッターのついたカメラをセットさせた。いよいよ死のうというときにわたしがここにいなくても、ベッドを出て、シャッターを押し、十二秒以内にベッドにもどるだけでいい。フラッシュが見えてカシャッという音が聞こえるだろう。それから彼女は安らかに死ぬことができるだろう。わたしは彼女が教えてくれたとおりに、フィルムを注意深く現像してから、それを題名のない写真集の最後のページの空欄に貼りつけることになっている。題名なんかどうでもいいと彼女はいう。

ルサウォートの瞑想

Lusawort's Meditation

正午である。

ジョン・ジュリアス・ルサウォートのからだはベッドであおむけになっている。それでも開かれた眼の前で、世界は存在を誇示しつづけている。たとえば、寝室の窓からは、流れゆく十一月の雲をつき刺そうとしている教会の尖塔や、黒煙をもくもくとふきあげる工場の煙突や、窓枠のすみから不規則につきだしているカエデの枝先が、彼の心をそらそうとしている。もっと身近なところでも、キアロスクーロ画のようなしわくちゃのシーツや毛布や、すぐそばに横たわっている女性ファーティマの漆黒の髪と豊満な肉体や、ベッドのまわりにひしめいている椅子や衣装だんすなどが、彼の眼にとびこんでくる。まさに、世界が襲いかかってくるのだ。いつものように、あまり抵抗したいとは思わない。それでもなお、ルサウォートは意志力をふりしぼり、がにまたのアゾレス諸島出身者、ダ・コスタの運命について考えようとする。

ダ・コスタはルサウォートの友人だった。アゾレス諸島の捕鯨の名人ダ・コスタ。オンタリオ州の凍てつく冬の夜に、彼はルサウォートのために海に囲まれたアゾレス諸島ですごした青春時代を思い出して、アゾレスの男たちが、頼りない手漕ぎの小舟を操って、銛《もり》で巨大な鯨をしとめるようすを話してくれた。まぶしい大気のなか、夜露に濡れた木造の波止場から、小舟はぎいぎいと離れていく。遠くにきらめく黒い泡つぶのような鯨の群れめざして、火山海岸が針路からそれていく。赤い瓦に白い壁の家々がしだいに遠ざかり、はるか彼方で紺碧の空と出会う紺碧の海を、小舟はすべるように進んでいく。

やすやすと漕ぎながら、彼らは朝食のロールパンと赤ワインをかこんで談笑する。やがて、きらめく黒い泡つぶがしだいにふくらんで、巨大な海の怪物になっていく。いまや大気には緊張がみなぎる。ダ・コスタは船首に足をふんばり、揺れに逆らってバランスをとりながら、右腕に銛を構えて、必殺の一撃に全神経を集中する。

「どうやら《シーム》、わしは才能にめぐまれていたんだ、ホン・フリアス」

あるとき彼は、ごくあたりまえの口調でそういったことがあった（シームということばは、それにつづくことばを釣りあげる針のように、彼のせりふにはかならずついてまわった。最初ルサウォートは、ダ・コスタが謙遜しているのだとばかり思っていた。実際には、それはイエスを意味するポルトガル語だった）。

「そうだ《シーム》、ときには鯨がわしの銛に気づいて、投げつける前に深海に潜ってしまうこともあった」

しかし、ほかの海域からやってきた鯨は、ダ・コスタであることに気づかず、少しばかりぐずぐずしているので、あやまたずつき刺すことができた。
　彼は巨大な雄鯨が右腕に挑戦してきたときのことも話してくれた。ダ・コスタは必殺の一撃を食らわせたが、雄鯨は泡をふいて暴れまわり、何艘もの小舟を粉砕しつづけた。鯨は深紅の海でダ・コスタをみつけようとした。ほかの連中には目もくれず、彼だけをみつけようとしたのである。だが、銛の痛手には勝てず、ついに巨鯨は咆哮しながら沈んでいった。

　背が高く灰色の髪をしたジョン・ジュリアスはベッドに横たわり、ずんぐりとがにまたのエイハブ・ダ・コスタ船長の思い出にふけった。

　時がすぎて、鯨は数を減らし、アゾレス諸島に近づかなくなった。ダ・コスタはほかの仕事を求めて新世界にやってくる準備を整えた。彼はルサウォートに送別会について話してくれた。島じゅうの人々が集まって、よそいきのスーツを着こんだ男たちは泥酔した。ただひとりしらふだったと思われる司祭のことばを、ダ・コスタは思い出した。
「そうだ《シーム》、彼はわしにこういったんだ。なにかについて世界一という人間はそんなにたくさんいるもんじゃない。銛を扱わせたらわしの右に出るものはいない。そうだ《シーム》、わしのせいで鯨どもは諸島を避けるのだと」

　これを思い出したとき、ダ・コスタは悲しげに笑った。過去の栄光の思い出も慰めにはならなかったことが、ルサウォートにはよくわかった。

　冬の晩を楽しくすごすために、彼はそのようなことをルサウォートに聞かせてくれた。しかし、フォード自動車会社で一年間働いたあと、ダ・コスタはまるで思い出への興味を失ってしまったかのようだった。ある日、彼はなにげなくいった。物体がわしのからだをつき刺そうとしている。たとえば、眼にするものすべてが眼から入りこんで脳みそに食いこんでくるみたいなんだと。どうしてそうなのか、彼にもさっぱりわからなかったが、それでも身を護らなければならなかった。彼はできるかぎり瞼を閉じつづけ、眼にとびこんでくる映像の刺激をやわらげるために、濃いサングラスをかけた。

「そうだ《シーム》、ホン・フリアス、光がわしの眼に錐をつき刺してくるんだ」

　ルサウォートは、ダ・コスタの不安を了解して、彼の用心深さを祝福した。

　やがて、ダ・コスタは音の苦痛からも身を護るようになった。彼は濃いサングラスのほかに耳栓までつけるようになった。

「そうだ《シーム》、ぜひわかってもらいたいんだが、ホン・フリアス」（その声は難聴者のような大声だった）「音が襲いかかってくるんだ」

　それに応えて、ルサウォートはこの防御手段を大声で是認した。

ダ・コスタはフォード自動車会社の仕事をやめた。どうやって生きていくんだろう、どうやって食べていくんだろうと、ルサウォートは心配になった。やがて、そんなことは些細な問題にすぎないことが明らかになった。食べ物までがダ・コスタを襲いはじめたからである。彼は食べたり飲んだりすることにほとんど堪えられなくなり、ルサウォートにも断食を勧めるようになった。

「そうだ《シーム》、ホン・フリアス、悪いものが口に入るのを許すのは愚かだ」

侵入者を大小便として排出するときが、彼にとってもっとも満ち足りた瞬間だった。


彼のとどめを刺したのはにおいだった。

安全を保つために少し離れて、濃いサングラスと耳栓をつけて、このことばを叫んだときのダ・コスタの姿を、ルサウォートははっきり憶えていた。

「そうだ《シーム》、においなんだ、ホン・フリアス！　においがたまらないんだ！」

彼はときおりガーゼのマスクをつけたが、自分の吐く息との密接な接触も堪えられないことがわかった。においは油断がならなかった。濃度と密度のちがいによって、上空の雲のように地上を動きまわるのである。ダ・コスタはたえまない危険にさらされながら、そのなかをくぐり抜けた。開けた通路のように見えるものが、出口のないフィヨルドになることもしばしばだった。

ジョン・ジュリアス・ルサウォートはダ・コスタが追いつめられていると思う。衣服や髪の毛にまとわりつき、全身の毛穴からもぐりこもうと機会をうかがっている狡猾なにおいから逃れることができないのだ。

ダ・コスタが最後に銛をつき刺したのは、ルサウォートの知るかぎり、ここにいる肉感的なファーティマのからだだった。彼女はいま、彼のわきで官能的にからだを動かしている。ルサウォートが、あらゆる愛情をこめて、たわわな乳房をこねまわすと、彼女は眠ったままくすくす笑う。ダ・コスタが遺産としてゆずってくれたのだ（友人として断わることなどできるだろうか?）。ダ・コスタは、彼女のながめも、感触も、味覚も、そして――ああ――彼女の体臭までも、大嫌いになってしまったからである。

「シーム、ホン・フリアス、あの女は島の山羊のようなにおいがするんだ」

非の打ちどころのない論理によって、ダ・コスタはついに汚れた空気が肺に入ってくることを拒絶した。一週間前、静かなルサウォートの部屋で、彼は心臓が停止するまで息をこらえたのである。

したがって、ジョン・ジュリアス・ルサウォートは、死せる友、ダ・コスタについて瞑想する。たぶんこれからも、なにかについて世界一だった男と知り合いになることはないだろう。ひょっとすると、ダ・コスタは、生きるには善良すぎたのかもしれない。自分とはちがって。なぜなら、ジョン・ジュリアス・ルサウォートは決して善良すぎたりはしないからだ。それゆえ彼は、たっぷり食べ、たっぷり飲み、銛をつき刺すことをこよなく楽しむのだ。彼は良心の呵責とは関係のないため息をつき、順応性に富むファーティマのみずみずしいからだに下半身をこすりつける。いつもながら受容的に、彼女の褐色の肉体のながめが敬虔な瞳に襲いかかってくるのを許す。全感覚がひりつくのをおぼえる。死をめぐる瞑想は終わったのだ。

ともあれこの世の片隅で

Anyhow in a Corner

骨董品の愛好家でいらっしゃるというのはほんとうですか？

アパルトマンの地下にある彼の部屋は、見るからに汚らしい。ドーナッツハウスのくしゃくしゃの紙コップや、さまざまな酒の空瓶や、ハンバーガーの空箱などが、浜辺に打ちあげられた牡蠣殻《かきがら》のように散乱している。床には古新聞紙が三十センチ近くも堆積している。ときおり彼はそれらを拾い読みする――断片にしか興味がないのだ――グローブ紙はコーヒーを飲みながら、サン紙は毎日しゃがみながら。それ以外はさまざまな用途に使われる。広告ちらしとまっさらな大学新聞の束。それは貧者のコートの断熱材に便利で、犬の寝床に使うこともできる（彼の犬は睡眠中で、夢をみてうなっている）。男は白髪まじりで、全身から老いがにじみでている。木の椅子にちょこんと腰かけて、裸電球に照らされた木のテーブルに向かっている。目の前にペンと紙が置かれているが、彼はひたすらもの思いにふけっている。

宝くじに当選したらどうなさいますか？

彼は思う。もしだれかが、つまりパトロンが、必要なものを提供してくれさえしたら、死んで久しい彼のアイドル、サー・ウォルター・スコットのように暮らすだろう。スコットの向こうをはって、自分だけのツイード河をみつけるのだ。冷たい川でなければならない。たぶんそこには鱒がいて、凍てつく北の海をめざしているだろう。そうだ、エイルドン羊毛とチェヴィオット羊毛のために、羊を放牧する丘も要求しなければ。廃墟もゆずれない（絶対に、なくてはならない）。メルローズ僧院を照らす月光や、沈みゆくボーダーの夕日を浴びるドライバラの廃墟がなくてはどうにもならないからだ。

もっと望ましいお住まいに引っ越したいとお考えになったことはありますか？

この男は人まねが大嫌いである。しかし、スコットのまねならためらわないだろう。この世のどこかに、あの冷たいツイード河畔にたたずむスコットの館〈アボッツフォード〉の複製を建てることができるような建築家がいるにちがいない。建築様式はもちろん決まっている（彼女は笑ったものだ。いかにもそれにふさわしく、彼の城とよんでいたものだ）、たったひとつしかない。それは無秩序な樹木のただなかに左右対称の雄姿をそびやかしていなければならない。小さな塔、濠、狭間胸壁、鋸歯状の煙突、鉄格子窓、櫓、吊し門、それに出狭間《ではざま》がなくてはならない。親柱と楔石や、柱廊、片蓋柱、彫像台、人を威圧するようなメガロン、パンタイルとスパイアがなくてはならない。そしてなによりも、巨大な犬小屋のようでなければならない。三匹の犬が（三匹ということにしよう）まばゆいばかりの回廊を駆けまわり、ルイ十四世様式の家具とバロック様式の柱廊に小便で縄張りをしるすのだ。

よい生活についての考えをお聞かせください。

きみの書庫兼書斎はすべて夢みたとおりで、古びた革装の大著がずらっと並び、外壁はガラスで、フランス窓の外には新緑の芝生とポプラ並木の川が広がっている。きみは彫刻のほどこされた樫の机に向かって快適な革椅子にすわるか、くたびれた手足をふかふかの寝椅子の下腹部にあずける。必要ならば、暖炉の火で下肢を温めることもできる。冬も夏も暖炉に火を入れているからだ。きみの愛犬たちはふかふかのカーペットにねそべり、のんびりとからだを掻いている。

作家がパトロンに後援されることについてどうお考えですか？

パトロンの動機は、もちろん、あくまでも損得ずくだろう。当然そうあるべきように。きみは希少な切手ペニーブラックかヴィクトリア時代の純銀製の痰壺のように、あるいは高原の厩舎で飼育される前途有望なサラブレッドのように、あるいは巨大で、青白くて、めったに使われることのないヨットの乗組員のように獲得される。パトロンが実際にきみの本を読むことはない。しかしときおり、なにもかもうまくいっているか、執筆活動はどうかとたずねることがある。芸術を後援すれば彼の企業のイメージアップになるのだと彼はいう。

読者にあなたのプロフィールを簡潔に紹介してください。

職業：御用作家。年齢：七十代。身長：貧弱。体格：楕円形。体重：日周変動。健康：呼吸困難。教育：韻脚不完。趣味：多種飲酒。結婚状況：……（彼女はあまりにも若くして死んでしまった彼女はあまりにも若くして死んでしまった彼女はあまりにも若くして死んでしまった）。

読書をしているひまのない本誌の読者のために、あなたの作品の一部を引用していただけませんか？

紳士淑女のみなさん、わたしは二十七歳のときに、一冊の本を自費出版して大騒ぎを巻きおこしました。古めかしいプロットに新しいキャラクターを導入したのです。たとえばつぎのようなものです。

「小型巡航帆船〈ネリー号〉は、帆をはためかせることもなく、錨をおろして静かに停泊していた。潮が満ちて、風はほとんどやみ、川にとらわれているので、船にできることといえば、潮目が変わるまで待つことだけだった。

テムズ河口の直線水路は、果てしない水路の入口のように、どこまでもまっすぐ延びていた。マーロウは脚を組んで右船尾に腰をおろし、後檣マストにもたれていた。彼は頰がこけて、顔色が黄ばんでおり、背すじがまっすぐで、苦行者のような容貌をしており、両腕をたらして、手のひらを外側に向けていたので、どこか偶像を思わせた。

その忘れられない航海に、乗組員として、ふたりのよそものが契約書にサインした。彼らを〈役者〉とよぶことにしよう。大男と小男である。一日じゅう、彼らは海に特有の、勇者すらもおびえさせる（いまだ川を離れていなかったが）あの倦怠感に悩まされていた。いまや主帆が降ろされたので、彼らはようやく薄暗い内部から、陰鬱な甲板昇降口階段を伝って、騒ぎながら静かな甲板にのぼってくることができた。その静かな甲板では、マーロウがいつ果てるともしれない体験のひとつをいままさに反芻しようとしていた。彼が咎めるように睨みつけても、大地の子宮からよみがえった双子のラザロのように、不本意の投獄から解放されてほっとしたのか、べらべらとおしゃべりしている〈役者〉を黙らせることはできなかった。彼らの名前はスタン・ローレルとオリー・ハーディであった」

ざっとこんな具合です。

パトロンには定期的に報告しなければなりませんか？

きみは、明らかに、ある種の……義務を負っている。ときおりパトロンが、人間だけがそうするように、コレクションをみせびらかしたいと思うことがある。きみは都市によびつけられる。毎度のことだが、それでもきみはわくわくする（彼女はこのようなロイヤル・パフォーマンスが大好きだった）。パトロンの豪邸は、きわめてあたりまえのことだが、アボッツフォードをはるかに凌駕している。招待客はふつう五百人にのぼる。とても特別な場合には、たとえば小説を仕上げた直後などには、彼は国際的な書評家を何人も招待して（彼の招待を断わるなどということは考えられない）、数日前に来てざっと眼を通してくれないかという。彼は実務家で、投資がどうなっているか知りたいと思っているのだ。きみは集まった招待客の前で抜粋を読むことを要求される。きみの前はパブロ・カザルスで、きみのあとはマリア・カラスである。きみはニューヨーク・バレエの主演ダンサーとピカソの絵画の巡回展覧会のあいだにサンドイッチされている。きみはなすべきことをしなければならない。きみは彼の作家なのだ。彼は出版社にきみの作品すべてを三部ずつ要求し、それから絶版にするように命じる。それでもきみは動じない。いささかも動じない。きみにとって、大切なのは執筆活動である。紙に書きしるすこと。胸中をさらけだすことである。そのあとどうなろうと知ったことではない。

死んで久しいウォルター・スコット卿への愛情について、もう少しくわしくお聞かせ願えませんか？

紳士淑女のみなさん、わたしは多くの点で、スコット卿を尊敬していますが、もっぱら、自分の作品の運命への無関心を尊敬しています。彼は、かの一連のウェイヴァリー小説の著者だということを——想像がつきますか？——認めようとしませんでした。作品について、評論家や書評人と議論しようともしませんでした。ゲラを読みかえしたことは一度もありませんでした（「自分の嘔吐物のにおいを嗅いでいる犬だ」）。彼は自分の役割、すなわち作家としての役割をはたしたのです。彼は編集者に、本が売れるようにするために必要だと思われることはなんでもやってくれといいました。プロットについては、あまりこだわりませんでした。作品を書きあげるころには、出だしをすっかり忘れていることもしばしばでした。アボッツフォードと愛犬のもとに早くもどりたくてしかたがなかったのです。

ときおりお酒をたしなまれるそうですが、ほんとうですか？

アボッツフォードのようなところでは、召使なしではどうにもならない。侍従のようなものだ。たとえば、網膜がすっかりだめになって引退したボクサーだ。伝記のネタをさがしている連中やマスコミのスパイを近づけさせないために。グラスを満たすために。そうだ、グラスを満たすために。途方もない財産というジン・アンド・オレンジからきみを救いだすために、とりわけ、女の腐ったようなやつらの飲み物である白ワインから救いだすために。きみに必要なのはスコッチウイスキーだ。過去四十年間に、きみはどれだけのスコッチをがぶ飲みしただろう？

一日当たり七百四十ミリリットル
かける三百六十五日
＝一年当たり二十七万ミリリットル
かける四十年
＝千八十万ミリリットル

すべてが最良の一杯である。さもなければ、悪夢を見たときにどうやって生きながらえるというのだ？

最近はどんな作品を書いておられますか？

これまでにないことだが、彼は自分のことばに感動している。何か月も（あるいはもう一年になるだろうか？）彼はひとつのパラグラフにとり組んでいる。それを読みかえすたびに、それを書きなおすたびに、筆がぴたっととまってしまう。そこから先に進むことができないのである。

私は彼にいって、彼は私にいって、私は彼にいって、彼は私にいって、私はいって私はいって私はいって、彼は彼は彼は、それからそれからそれから、私は彼にいいえといって彼はあなたのいうとおりだといって私は彼にいいえといって彼はそうだあなたのいうとおりだといって、私はいっていっていって、彼はいっていっていって、それからそれからそれからそれからそれから、それからようやく。

彼はそれの無数の組み合わせを書いてきた。それは久しく待ちのぞみ、久しく恐れてきた、これまでの全作品の、そしてこれからの全作品の要約だろうか？　堆肥の山に埋もれた一粒のダイアモンドだろうか？（彼女が生きていたら、気に入ってくれただろうか？）

ときには、ほかのすべての人とおなじように、スランプに陥ることがありますか？

ときには、いつもよりたくさん飲むことがある。なにもかも漆黒の闇に思える日々があるからだ。ほかの連中の成功を妬《ねた》みはじめることさえある。それは、季節はずれの風のように、これといったわけもなく襲ってくる感情である。意志に反して、彼はおおいをもちあげて、真実をみつめる。彼の人生は、ほかの連中とおなじように、くだらない。けれども、もはや、かつてのように抵抗したりはしない。弱くなりすぎたのか、それとも賢くなりすぎたのか？　ほんとうは見たくもないこの姿こそ、彼の人生でたったひとつの真実の部分なのかもしれない。それらは、少なくとも、彼のものだ。生まれつきの才能である、この洞察力を、拒絶すべきではない。二十二オンスグラスで武装して、その訪問を受けいれることを、彼は学んできた。これまではいつも、やがてそこから浮かびあがってきた。それでも、いつかは浮かびあがってこないこともありうると、彼は思っている。

どのような読者を想定していますか？

（紳士淑女のみなさん、かつてはわたしの作品でだれかをよろこばせようとしたこともありました。しかし、彼女は死んでしまいました。死んでしまったのです。わたしは作品について、だれかの意見を気にしたことはありません。けれども、書いているときに、「さて、彼女はこの部分を楽しんでくれるだろうか？」とか、「この部分は彼女のためにそのままにしておこう」などと考えることはあります。それがわたしの考えていることなのです。わたしは死者のために書くのです。つまりそういうことです。わたしの理想の読者は死者なのです。)

もっとも忘れられない瞬間についてお聞かせください

彼は机に向かい、書いているか、あるいは書きなおしている。黄ばんだ原稿用紙をペン先がすべっていく。たどたどしくなったり、ほとばしるように疾走したり、しばらく立ちどまってからまたじりじりと動きだしたりする。まばらな髪は乱れほうだいで、禿《は》げた地肌がてかっている。銀色の糸のガーゼに包まれたピンクの風船のようだ。しばしば、瞑想にふけるように、その眼がうつろになり、執筆も遅くなる。そういうときは、新聞紙のベッドに横たわっている犬をよびよせることにしている。気だてのいいやつで、のびをすると、短く切った尾を振りながら、彼のもとにすりよってきて、舌をだらりとたらしながら、なめらかな頭を彼の手もとに近づける。彼は頭をなでてやり、やわらかい耳を無意識のうちに愛撫する。しばらくして愛撫の手を休めると、犬は床に寝そべり、ため息をついて、また眠りにつく。ペン先は、ふたたび元気をとりもどして、黄ばんだ紙を縫うように進みはじめる。

それでは、もっとも忘れたい瞬間は?

ときには、なにも書かず、なにもない虚無をみつめる夜もある。ときおり、彼はからだをひくつかせる。犬の黒い耳がぴくりと動くが、およびはかからない。犬も人間も、慰めのない瞑想にふけりつづける。

人生でもっとも後悔されていることは何ですか？

もう二度と愛されることはないと思うと悲しくてならない。体形がくずれて、尻もでかくなってしまった。もはや足どりにもはずみはない。いまだ五体満足だが、もはや効率よく動いてくれない。手の皮膚はかさかさで老人斑が浮いており、何世代もの労働者から受け継いだたくましい手も、いまでは震えがとまらず、妖精の手のように弱々しい。かつては青かった瞳もいまでは黄ばみ、目玉焼きのようにつやがない。消化不良と、腰痛と、なにより堪えがたいことに、痔核に苦しんでいる。自分のからだがすることやしないことを考えると、女性と寝るのも恐ろしい（万一そんな申し出があったとしての話だが）。おなら、げっぷ、だらしのないいびき、陰萎の屈辱感（ああ！　だが彼女が生きていたら、証人になることもできるのに。ふたりがおたがいの美しくみごとなからだをどれほど賛美していたか証言してくれるだろうに。いまでは孤独を愛するようになってしまった。彼女の忠告にもかかわらず、身だしなみをまったく気にしなくなってしまった）。

あなたがたびたび言及なさる方は、かつてのガールフレンドですか？

（いままでに彼女ほど魅力的な女性に出会ったことがあるとでもいうのか？　彼女ほど甘くやさしく愛らしい女性に？　わたしはサファイアのようにきらめく瞳にキスをする。象牙のように白いひたいにキスをする。リンゴのように赤い頬にキスをする。サクランボのように魅惑的な唇にキスをする。大理石の塔のように純白の首筋にキスをする。クリームの鉢のように官能的な乳房にキスをする。雪花石膏《アラバスター》のようになめらかなお腹にキスをする。いよいよわたしの唇は最高の瞬間をしるすことになる。わたしを貴石の鉱脈に導き入れておくれ。みちびき入れておくれ。このような契約を結ぶことは自由になることなのだ。）

あなたのパトロンはどのような人ですか？

じつにすばらしいパトロンである。まったく感傷的でなく、野心むきだしで、最下層から成りあがり、想像力のかけらもなく、金を稼ぐことに人生をささげ、あらゆるものをビジネスチャンスとみなし、財政的取引を有利に運ぶために政略結婚し、投資として芸術作品を購入し、節税のために交響楽団に資金を提供し、信頼できるビジネスマネージャーと投資ブローカーが必要になることがわかっているのでふたりの息子をもうけ、妻が酒びたりになりはじめると年金をあたえて離別し、息子たちの利己的なふるまいにも失望することなく、ふたりが自分とおなじように成長することを希望する。うっとうしい倫理規範などもちあわせていない。そういう男である。

読者のために、お気に入りの服装を教えていただけませんか。

日によっては、不潔さにたじたじとなることもある。犬の小便の悪臭が鼻を刺すのだ。いつなんどき、地下室の扉の向こうから、滞納した家賃を要求する家主の声が聞こえてくるかもしれない。彼は奮起しなければならない。その身仕度は一篇の叙事詩である。

下着：現在ではかなりくだけたスタイルを好んで身につける。きびしい気候に立ち向かうための長いウールのズボン下で、長袖シャツは微妙にマッチしたオフホワイトである。
ズボン：ここは問題ない。より晴れの場にふさわしいガリガスキンやニッカーズやトレアドルパンツではなく、当世風に裂けたダンガリーを選ぶ。
シャツ：綿入れ胴着やジポンの前で少しためらってから、シンプルなイブニングシャツを選ぶ。左袖がさりげなくとり除かれている。
セーター：カシミアとカーディガンを避けて、クルーネックを選ぶ。身ごろに通気のよい穴がいくつも開いていて、シャツや素肌がところどころから顔をのぞかせている。
ジャケット：両前のコートや、燕尾服や、ふさわしくない厚手のノーフォークジャケットは却下して、愉快なほどに時代遅れのスタンドカラーを注意深く選びだす。

オーバーコート：いつも問題である。今回は、なにがなんでも、もったいぶったインヴァネスやバーバリーやサラーピではなく、エレガントなラグランでなければならない（新聞のルポルタージュ記事のシックなアイテムで慎重に裏打ちされている）。

帽子：かぶりもので有名なので、直観的にフレンチ・カナディアン・スタイルのトゥック帽を選ぶ。シャトーブラやアストラカンやフェドーラよりもずっと実用的である。

靴下と手袋：ほんとうに洗練されたものでなければならない。アンサンブル全体をひきしめるものであることはよくわかっている。かすかに汗をかきながら、熟考の末に、厚手のウールの靴下を選ぶ。先端に優美な風穴が開いている。この選択がすっかり気に入ったので、スエードやマスケットも魅力的だったが、両手にも手袋のかわりにおなじような靴下をはめることにする。

ネックウエア：この機会に、ラバ襟やアスコットやフィシュー肩掛けは見あわせて、すでに立証済みの、チャーミングにほつれたモントリオール万博の襟巻を首に巻きつける。

靴：この選択には発汗がつねに影響を及ぼす。どれにしよう？　ブロガンブーツ？　チャッカブーツ？　それもいいかもしれない。ヘシアンブーツはどうだろう？　エスパドリーユ靴は？　伝説的な生皮のフェルトスクーン靴は？　がんじょうな安靴は？　最終的に、彼はほどよく古びて色褪せたテニスシューズを選ぶ。側面にさりげなく穴が開いており、中敷きには選びぬかれた新聞記事の抜粋が使われている。

かくして、身仕度はなった。かかるいでたちで、忠実なる犬をひきつれて、世界に敢然と立ち向かうために、巣窟にひそむ官僚制度と対決するために、老齢年金を獲得するために、彼は出発する。

読者のために、エリートの外出先での夜のすごし方を教えていただけませんか？

きみはグラスに酒を注ぐ。これで一兆杯目だろうか？　そして琥珀色の液体を驚嘆のおももちでみつめる。きみは黒塗りのリムジンでパトロンの豪邸からもどってきたばかりである。きみの経歴のクライマックスにふさわしく、この盛大な集会できみだけが主賓である（彼女がここにいてくれさえしたら）。車の窓ごしに、二十人編成の室内楽が、厳選されたバッハの名曲を演奏しているのが聞こえてくる。彼らはみなきみの入場を待ちかねている。運転手がドアを開けてくれるので、きみは車から降りようとするが、はじめはからだがこわばっている。なんといっても、もう若くはないのだ。召使がフロントドアから飛んできて、きみの腕をとって案内してくれる。広々とした通路を歩いていくと、ドラムの連打と興奮した叫び声が聞こえ、無数の顔がきみをうかがう。パトロンが現われる。いかにも所有者らしい微笑を浮かべている。

「わが友よ」彼はささやく。

きみはイブニングコートと黒の蝶ネクタイに指を触れる。見せ物にされる心の準備をする。演台にのぼり、拍手喝采を快く受け入れ、原稿をめくって、しゃべりはじめる。

「紳士淑女のみなさん、わたしはサー・ウォルター・スコットをずっと尊敬してきました……」

読者のために、エリートの自宅での夜のすごし方を教えていただけませんか？

彼はふいに空腹をおぼえる。ひょっとすると、興奮のせいかもしれない。虫の知らせかもしれない。彼は謹聴している観客や、豪勢な宴会のテーブルや、キャヴィアの鉢や、シャンパンのきらめく盆を無視する。彼は椅子にすわったままでアパルトマンの床に散らばるごみを手探りして、犬の眠りを妨げ、ビスケットの包みをみつけだす。一枚とりだして口にくわえ、砕けたやつをものほしそうな犬に投げてやり、目下の仕事にふたたび精神を集中する。

ご協力を心から感謝いたします。

町の長い一日

A Long Day in the Town

遠くから眺めると、町の建物は山の麓に積みあげられた瓦礫の山にすぎなかった。陽光のまぶしい朝だった。いたるところで、白い紙切れのような蝶が、地表から一フィートのところをひらひら舞っていた。わたしは歩きつづけた。しばらくすると、ひれふした町から短剣のようにつきだしている教会の尖塔が見えてきた。わたしは歩きつづけた。ホテルをみつけるために、町をめざして、ひたすらのぼりつづけた。町が目前に迫ったときには、真昼の熱気がたちこめて、晴れわたった空には、ときおりかすかな雲がかかるだけだった。渇きという重荷を負って、わたしはとてもくたびれていた。

そのとき、前方の路上に、荷車を引いている女の姿が見えた。その動きはとてもゆっくりしていたので、まもなく近づいてみると、荷車には、手足を広げた死体があおむけに横たわっていることがわかった。一糸まとわぬからだは、どこまでも青い空のもとで、クリーム色の巨大な蛆虫《うじむし》のようだった。

女は立ちどまって、わたしがすぐそばまで近づくのを待った。荷車に横たわっているのは娘です、二十歳の娘ですと、女はすすり泣きながらいった。女の長い茶色の髪はべっとりと汗にまみれ、まるでたったいま生まれたばかりのようだった。彼女はしおれた薔薇をあしらった花柄の服を着ていた。げっそりとやつれ、全身の皮膚が垂れていた。死んだ娘のからだは大きな膿疱だらけで、無数の蠅がたかっていた。あごが開かないように白いスカーフで結わえつけられ、こわばった指からは木の十字架がつきだしていた。

　わたしはそれが最悪の死、すなわち疫病であることを悟った。

「疫病ですね」

　しかし、女は叫んだ。

「いいえ、いいえ！」

　女はすすり泣きながらいった。この娘はいつもいい子でした。いつも愛に満ちていました。ひとりぼっちにすることはできません。女は荷車の柄を横にひねり、敷石を乗り越えて町中に入っていった。

　荷車についていくと、女は数十歩ごとに荷車の柄をおろし、ポケットから湿った黄色のぼろ布をとりだすのだった。蠅を追い払い、赤ん坊をあやすような声とともに微笑みかけて、生命の兆しを求めながら、娘の顔をそっとぬぐいはじめるのだった。

　わたしたちが町に入ると、ずんぐりしたからだに黒いスカーフをかぶった町の女たちが、家の戸口に現われて、通りすぎていく女をみつめた。女たちは穏やかな声で、ささやくように口ずさんだ。

「ああ、ああ、死んでしまったら、埋めなければならないんだよ」

濡らした布で死をぬぐい去ることはできないと女たちはいった。

しかし、女は叫びつづけた。

「いいえ、いいえ！」

わたしは強姦された女、悲しみによって内部から強姦された女です。わたしは飢え死にしかけている女、餓死しかけている女です。なぜなら、娘だけがわたしの食べ物だからです。

しかし、いつまでも女たちは、おなじことばをくりかえすのだった。

そのときまでに、わたしたちはホテルの近くにさしかかっていた。わたしは悲しい対話をしている女たちをそのままにして、部屋を予約しにいった。数分後に外に出てみると、通りにはだれもいなかった。ホテルの向かいに小さな公園があったので、ビールのマグカップをもちだして公園のベンチに腰をおろした。そこには数本のひょろ長い木と、風にそよぐ草が生えていた。

「ああ、ああ、死んでしまったら、埋めなければならないんだよ」


一時間ほどは何も起きなかった（ベンチにすわって、ちびちびとビールを飲んでいるうちに、わたしはしだいに人間のオアシスに変身していった。頭上では、太陽がさらに一千マイルの旅をつづけていた。足もとでは、ほこりっぽい小道の黒蟻の連隊が、孤独な芋虫を解体していた)。それから、二十五歳ぐらいの、あごひげを生やした男が、わたしの横に腰をおろした。頭をぴくりとも動かさず、目玉だけをサーチライトのように左右に動かして、その眼がこちらを向くたびに、横目でわたしをみつめるのだった。男は黒い礼服を着ていたが、前身ごろがすっかり色褪せて、腋の下は汗じみでぼろぼろになっていた。

「あんたはやつらのひとりじゃないな」

男はほとんど唇を動かさず、ささやき声でいった。

わたしはまったく関心を示さなかった。

「いやいや、そんなはずがない。いくらなんでも、こんなに早いはずがない」

男は自分ひとりでなにやら納得して、どうやら安心したようだった。

それから、考えていることを話そうと決心したかのようにしゃべりはじめた。

だれも信じないのには、それなりの理由があると男はいった。彼とふたりの兄と姉は、貧しい農家で育った。彼は末っ子で、母親には疎まれ、父親には軽蔑されたが、父親は彼にそっくりだった。父親そっくりであることに、彼はいまでも嫌悪感をおぼえていた。手にも、顔にも、神経質そうなチック症状にも、おのれの内なる父親を感じないわけにいかないからだ。

十二歳になったとき、両親と兄たちと姉は、結束して、彼を殺そうと決心した(そのことはずっと前から予感していた）。男は断言した。そうだ、十二歳のときに、家族は彼を殺そうとしはじめたのだ。

最初の試みは、ぎごちないがあからさまだった。ある朝、ふたりの兄が、記憶にあるかぎり、彼を侮辱するときしか話しかけない兄たちだったが、かゆを食べろと勧めはじめたのである。同時に彼らは、いかにも関心がなさそうなふりをして、彼の皿をみつめないように努めた。両親と姉は、むだ話の煙幕をはりめぐらせていたが、にもかかわらず、彼らの眼がぎらついているのがはっきりわかった。

彼はかゆを食べないことにした。皿を床に置いて、農場で飼っていた白黒のコリー犬に食べさせたのである。家族はみな話すのをやめて、犬が食べおえてから、キュンキュンと鼻を鳴らして痙攣しはじめるようすをじっとみつめた。数分後に、犬はごろんと横たわって死んでしまった。

だれもなにもいわなかった。

失敗に終わった最初の毒殺の試みのあと、家族はいよいよ、少なくとも他人から事故と誤られそうな方法で彼の殺害を計画するという、正直な試みを開始した。ふたりの兄が、水泳のできる川の深みで、彼の頭を水面下に押さえつけようとした。彼はすべったりもだえたりして、どうにか逃げだすことができた。ある朝には、はるか下方のトレーラーに乾し草の梱《こり》を降ろしているとき、姉に押されて乾し草置場の戸口から落とされそうになった。

彼は滑車のチェーンにしがみつき、絞首刑にされた男のように一瞬ぶらさがってから、安全な場所によじのぼった。ほかにもいろいろな試みがなされた。脱穀機の激しく打ちつける腕木に押しこまれそうになったり、家畜解体業者の煮えたぎる大鍋に落とされそうになったり、気性の荒い牡牛の放牧場に追いこまれそうになったりした。そのたびに、彼はどうにか脱出した。

それでも、彼は家族と暮らしつづけた。おびえた少年には、ほかにどうすればいいかわからなかったので、自分を殺そうとしている家族とともに暮らしつづけたのである。殺害の試みにも慣れていった。動物のように、捕食者を避けることに習熟した。家族の脅威を当然のこととして、つねに警戒を怠らず、身を護る術《すべ》を学んでいった。家族にはけっして背後にまわらせなかった。聴覚と嗅覚と味覚をとぎすませた。俊敏で不屈になったので、殺害の試みがくりかえされるたびに、彼を殺すのはますますむずかしくなっていった。眠っているときも、まるで番犬のように、木のきしむ音や風の鳴る音で、はっとめざめるのだった。

彼が十四歳になったとき、家族は戦略を変更した。

ある日、ふたりの兄や姉とともに家の裏にある壁の高い野菜庭園で働いていたとき、父と母が台所の窓にいて、いかにも興味津々といったおももちで眺めていることに気づいたが、もう手遅れだった。逃げるひまもなく、兄のひとりがとびかかってきて、ジャガイモの畝《うね》に押し倒し、両腕をひざで押さえつけた。姉がのしかかってきて、両脚に全身の体重をかけた。それから、生まれてこのかた彼をファーストネームでよんだことのない十七歳の長兄が、たくましい手を首にかけて、ぎゅうぎゅうと絞めはじめた。

ほかにどうしようもなくて、死に物狂いで足をじたばたさせると、姉のひょろ長い脚の（姉は母親そっくりだった）つけ根にひざがぶつかった。姉は苦痛の悲鳴をはりあげて、次兄のからだにすさまじい勢いでぶつかった。彼はからだをふりほどくと、庭園の隅に逃げこんで、追いつめられたけだもののように、乾し草用の三叉を手にして身構えた。ふたりの兄と姉は、両親がみつめている窓に眼を向けた。父親はしばらくじっとみつめていたが、それからゆっくりと頭を振った。長兄がしぶしぶ庭園の扉を開けて出ていった。その日の日課を果たすためである。つづいて次兄と姉も出ていった。姉は足をひきずってすすり泣いていた。だれもなにもいわなかった。

しかし、ぐずぐずしていられないことは明らかだった。その夜、彼はジャガイモ袋にわずかな衣類をつめると、闇のなかにそっと忍びでて、永遠に故郷をあとにした。

だがそれははじまりにすぎなかった。十二年前のことである。それ以来、家族は執拗に彼を追跡してきた。どこにいようとも、なんとしても片づけてやろうと決心して、何度も何度も、彼の所在をつきとめた。家族はこれまでに、無数の殺害方法を試みてきた。彼が生存に習熟していくにつれて、家族も暗殺に習熟していった。たとえば、高温多湿のマレーシアの湿地では、大型の短刀《バーラング》で背中を傷つけた。パタゴニアでは、両端に石をくくりつけた革の投げ縄《ボウラ》を、もう少しですばやい脚にからみつかせるところだった。イスタンブールの真夜中の路地では、S字形の長剣《ヤタガン》で、肩に致命傷になりかねない傷を負わせた。マドリッドでは、一日に二回も、闘牛でとどめを刺すのに使われる短剣とビルボー剣で、むきだしの肌に深手を負わせた。スコットランドのハイランドでは、あと一歩で彼を仕留めるところだった。みごとな腕前で投げつけられた短刀《スキーアン・ドウー》が、コートの袖を壁に縫いつけたのである。彼のほうも、南アフリカの草原では、投げ槍《アセガイ》の雨をかいくぐり、ダブリンのフェニックス公園では、棍棒《シャレイリ》による攻撃を撃退した。

　地球のいたるところで、家族はガトリング銃やトンプソン軽機関銃で武装して、彼を待ち伏せした。ある半球では、やせて骨ばった首に、もう少しで絞殺具をかけるところだった。反対の半球では、彼を殺しそこねたが、大洋横断客船に吸着機雷を仕掛けて、五百人の罪もない人々を殺してしまった。彼のほうも、ある夜ボルネオで、ホテルのトイレの便器に巧妙に仕掛けられた地雷を探知した。

　毒はといえば、ビールにはトリカブト、オムレツにはドクウツギ、ハムエッグにはカブトギク、ブレッドプディングにはドクムギ、エンゼルケーキにはムギセンノウ、コーンフレークにはタマゴテングタケが仕込まれていた。それでも彼は生きのびた。

　身の上話をしながらも、男は公園を見まわすのをやめなかった。夏の芝生の朝の鳥のように、どんなささやかな音も聞き逃すまいと右耳を傾けていた。

「ほんとうにやつらのひとりではないんだな？」

わたしをちらちらとうかがいながら、男はまたたずねた。

あるとき、彼は売春婦と恋に落ちた。ふたりは毎晩のようにからだを重ね、すばらしい性交機械になった。しかしある夜、本能に動かされて目をさますと、彼女が鋏《はさみ》を手にして馬乗りになっているのに気づいた。彼女は涙を流しながら、いまにも彼を刺そうとしていた。彼はさっと身をかわしたが、そのとき恐怖とともに気がついた。その売春婦は彼の姉だったのだ。彼自身も彼女の変装を見破る名人になっており、見破りそこねたのはそのときだけだった。

だからここにやってきた。しばらく遊びながら、つぎの一手を決めるために。偶然、この町のうわさを耳にした。ここの人生は人生ではないという話だった。ここにいれば、家族も手出しをしないかもしれない。しかし、家族が手出しをしなければ、これからどうしたらいいのか、自分の人生をどうしたらいいのか、彼にもわからないのだった。

わたしは男の身の上話が終わるまで待ってから、家族が彼を殺すために長い歳月を費やしてきたのはなぜか、考えたことがあるかとたずねた。男は当惑の表情を浮かべてわたしをみつめた。ひょっとすると、憐愍《れんびん》だったのかもしれない。男がわたしを狂人にちがいないと思っているのがわかった。そして、わたしの質問は彼にとって無意味だった。まったく無意味だった。

男は立ちあがり、こうして公園で人目にさらされているのもたくさんだといって、鳥のような頭をひょこひょこと動かしながら、わたしを上から下までじろじろとながめた。それから、まるで公園が地雷原ででもあるかのように、忍び足で去っていった。


ふいに空気がひんやりした。顔をあげると、すでに山々が早い午後の陽光の一部をさえぎっていた。そこでまた通りを横切り、老朽化した三階建てのホテルにもどった。外装は煉瓦《れんが》造りだが、まるで靴下のように、土台の数フィートだけは石造りだった。入口の真上にある小塔は、何十年にもわたって大気中のほこりをかぶって汚れた指のようだった。

内部の家具も、椅子やテーブルとして通用するゆがんだプラスチックのかたまりにすぎなかったが、まるで使いすぎたようにくたびれていた。けれども、宿泊客はわたしだけで、室内係は、この町がにぎやかになったことなどいちどもないと請けあった。廊下には実体のない悪臭が漂い、新鮮な空気による悪魔払いが必要だった。

夕方になると、ホテルのバーになっている暗い地下室に降りていって、バーテンとおしゃべりしようとしたが、うまくいかなかった。彼は両手をたえず震わせており、ひどく早口なので、機関銃の一斉射撃のような音ですべてをしゃべっているかのようだった。彼の顔は眼と口に飾られた傷にすぎなかったが、声の調子には親しみがこもっていた。彼はグラスに酒を注いでくれたが、ほとんどテーブルにこぼしてしまった。

八時をまわったころ、エレガントなサマードレスをまとった絶世の美女が入ってきて、飲み物を注文した。彼女はわたしをみつめると、近づいてきて横にすわった。

わたしたちはしばらくおしゃべりしたが、それは音のカモフラージュにすぎず、ふたりとも身分を明かさなかった。彼女がはっきりさせたのはひとつだけだった。見知らぬ人間とバーですごすのが好きであり、その人のベッドで一夜をすごすのがなにより好きだということである。

彼女がすっかりできあがると、わたしたちは震えるバーテンのいるバーを出て、悪臭をかきわけながら薄暗い階段をのぼっていった。スポンジのようにふわふわする廊下を踏みしめて、ホテルのすべての部屋のなかで、わたしにあてがわれた暗い部屋に向かった。

わたしはドアを閉めた。彼女はフロアの中央にたたずんで、ゆっくりと服を脱ぎはじめた。ファッショナブルなサマードレスとブラジャーが、サンダルの上にはらりと落ちた。彼女はにっこりと微笑んだ。そのからだはみごとに左右対称で、肌はチョコレート色に日焼けして、乳房はわずかに垂れていたが、円熟してチョコレート色で、両脚もすらりと長く、股間にわずかなすきまがあるだけだった。彼女がからだをくねらせながらパンティを脱ぐと、陰毛が姿を現わした。小さな水着のために剃刀できちんと整えられており、水着の輪郭が陰部を括弧にくくっていた。

彼女はわたしの手をとってベッドにみちびいた。彼女は横たわり、わたしが服を脱ぐのをじっとみつめた。わたしは一枚ずつ丁寧にたたんで、あとでまた身につけるときの順番になるように気をつけながら、椅子に重ねていった。それから、黒くて不吉な電話機にもっとも近い側に横たわった。

わたしは彼女のからだに腕をまわした。香水に鼻孔をくすぐられながら、首すじにキスをしているときに、はじめてその傷跡に気づいた。ごくかすかな傷跡で、あごの骨にそって、右の耳からおとがいまでつづき、さらにおとがいをすぎて左の耳までつづいていた。それはさらに、髪の生えぎわにそって走るかすかな傷跡につながっていた。彼女の顔をみつめると、まるで記章のように、鼻梁にもごくかすかな十字形の傷跡があった。

これまでのところ、彼女はわたしが調べていることにまったく気づいていないようで、さらに積極的になって、わたしを愛撫していた。そこで顔をゆっくりすべらせていくと、暗い水に鱒の姿をとらえる漁師のように、乳房のまわりにちらばる小さな傷跡や、いまやわたしの指によって勃起している乳首を輪のようにとりまく、もっと小さな傷跡をとらえた。さらに顔をすべらせていくと、胸骨からのびた細長い傷跡が、腹部を左右に走る繊細な傷跡と交差しながら、陰毛の中までのびているのに気づいた。

両脚のあいだにも、二本の細長い傷跡が、それぞれ陰唇からふとももの内側を通ってひざまでつづいていた。

わたしは彼女のからだをそっとうつぶせにした。するとただちに、鋭敏になった視覚が、尻のまろみにそって走る傷跡をとらえた。優美な曲線を描く偃月刀《えんげつとう》のように、ヒップをぐるりとめぐって、アヌスのくぼみをめざしている。そしてわたしの眼は、腰からのびて、むだ毛を処理して香水をふりかけた腋の下までつづいている、繊細な傷跡をとらえた。

彼女はもだえるのをやめて、わたしの視線にじっと堪えていた。彼女はあおむけになった。わたしが彼女の瞳をのぞきこむと、彼女はみつめかえした。ファッショナブルなマスカラごしに、瞳に浮かぶ古い悲しみが読みとれた。彼女はため息をついた。そして左腕で長い黒髪をかきあげた。あらわになったふたつの耳は、ほとんど完全におなじ形をしていた。彼女は右腕を乳房にかけて、ひとつひとつが外科用のメスであるかのように、ことばを慎重に選びながら話しはじめた。

「わたしはつぎはぎだらけ。とてもみにくかったので、人にじろじろ見られないようにするために、自分のまわりに壁をはりめぐらさなければならなかった。美容外科のおかげで美しくなれたけれど、傷跡が残るとは思わなかった。どうせ心は死ぬものと思っていたけれど、いつでもわたしを落ちこませるの。

だからこの町にやってきた。この場所に住むことを選んだような人なら、よろこんでわたしを愛してくれるのではないかと思って。でも彼らは、わたしをとてもよくできた等身大のダッチワイフとして使うだけで、人間の女として扱ってくれないの」

彼女が話しおえると、わたしは起きあがって慎重に服を身につけはじめた。一枚身につけるたびにしわをのばし、変色した鏡に映る自分の姿をたえず確認し、指先で頬のやわらかい感触をたしかめ、乱れた毛をなでつけた。それからふりかえらずに、静まりかえった薄暗い廊下に出て、しっかりとドアを閉めた。

数時間後にもどってみると、部屋にはだれもいなかった。そしてわたしは、あの女性をさがしに行かなかった。

翌朝はまぶしいほど晴れていた。ホテルのレストランのかびくさいロールパンとなまぬるいコーヒーのせいで、まったく食欲がわかなかった。わたしは外に出ると、くるぶしまで積もった蝶をかきわけて公園のベンチに近づき、おだやかな朝日を浴びながら腰をおろした。

中肉中背の男がベンチにやってきて横にすわった。老人ではなく、黒い巻毛をして、顔は月面クレーターのようにあばただらけだった。

わたしがじっとみつめているのに気づくと、全身からがさがさという音をひびかせながら、男は身をのりだして、外国訛《なま》りでコーヒーをおごってくれないかといった。がさがさという音は、服の下につめこんだ紙切れのせいであることがわかった。それはシャツの襟首や裾からつきだしており、袖やズボンの両脚をふくらませていた。

彼は服の下の紙切れの「不作法な音」を謝罪してから、自分は詩人であるといった。詩作に取り組むときは、使うつもりのことばをそれぞれ小さな紙切れに書きつけて、からだのさまざまな部分にテープで留める。からだのどの部分が、あることばにとってより効力があるか明かすことはできないが、いずれにしても、まだ実験段階である。詳しい話は許してほしい。

わかっているのはただひとつ。二、三日もすれば、ことばに彼が浸透し、彼にことばが浸透するのを感じるだろう。たがいに相手を親密に所有しあって、彼は人間の器官のある詩となるのだ。

わたしは彼をホテルのレストランにつれていった。午前の熱気のなかで、そこはいまや青蠅の大群に占領されていた。彼は青蠅を追い払いながら、固くなりかけたパンにむしゃぶりつき、両手にカップをもって、なまぬるいコーヒーを何倍もおかわりした。すると飲み食いという労働の証のように、大粒の汗が浮かんできた。

彼は過去について語りはじめた。大学生のとき、彼は歯に衣《きぬ》着せぬ作家や思索家のグループに心酔するようになった。彼らのひとりの詩人が、彼にいった。「真の詩人はテロリストだ。ひざを射ち抜くスナイパーだ。火炎瓶作りの名人だ。けっして詩を書かない男だ」そのことばにすっかり興奮して、彼は無政府主義者の細胞に加わった。地下の部屋でくじを引いて、高圧フェンスと砂袋の胸壁に囲まれた警察本部を爆破する人間に選ばれた。翌日、彼は両手を頭上にかかげて、警察本部の入口にそろりそろりと近づいていった。警備兵は彼のからだを徹底的に調べあげた。彼はあまり手荒く扱わないでくれと懇願した。警備兵は彼自身が武器だ武器を隠していないかと肛門を探られたときもじっとしていた。警備兵は彼自身が武器だとは夢にも思わなかった。

警察本部に出頭する十分前に、彼は人間兵器に変えられた。近くのアパートで、友人たちが、細心の注意を払いながら、喉から胃袋まで挿入した長いプラスチックチューブで、一リットルのニトログリセリンを流しこんだのである。彼がしなければならないのは、警察本部に入りこんでから、手ごろな物体にからだをぶつけるか、床にばったり倒れるか、ぴょんぴょん跳びはねることだけだった。するとそこには、直径五十メートルの深い穴ができるはずだった。

しかし、その警察本部で、彼は考えを変えた。標的のどまんなかで、これまでずっと、自分がなりたかったのは詩人であることに気づいたとき、それも、むかしながらの詩人、詩を書く詩人になりたかったことに気づいたときに、すべてが変わったのである。はじめて自分に出会って、ようやく自分自身に「はじめまして」といっているような気分だった。けれども、もはや自分のせりふすらいいたくない悪夢のドラマの主役として、彼はそこにいた。震えることは消滅を意味するかもしれなかった。喉頭蓋が爆発をひきおこすかもしれないので、しゃべるのも恐ろしかった。だからこれまで以上に注意深く、警官のひとりに合図して、陰謀をささやいた。警官は彼の恐怖を見て、彼が真実を告げていることを悟った。

数分もしないうちに（そのあいだに、巨大な毛虫のような吐き気が、胃と腸にこみあげてきて、そのあいだに、何十人もの顔が、美しい走馬灯のように目の前を駆けめぐり、そのあいだに、頭上の窓からさしこむ太陽光線の、光の原子にあふれたぬくもりを感じていたが）、警察本部は無人になっていた。

もはや吐き気をこらえることはできなかった。ニトログリセリンが喉もとにこみあげてきた。それは口からふきだし、空中に曲線を描いて、盛大なしぶきとともに目の前の床にとびちった。

ところが、なにも起きなかった。虚無も、消滅も、存在の否定もなかった。吐き気に震えながら、死んでしまいたいと思っている、気分の悪い少年がいるだけだった。なにかがうまくいかなかったことに、彼は気づいた。テロリストの友人たちはあくまでも詩人だったにちがいない。彼らが彼の腹につめこんだニトログリセリンには不純物がまじっていて、使いものにならなかったのだ。爆発の可能性がないという点では、一リットルのラクダの小便を飲んでもおなじだったのだ。

そこで彼は、同志すべてを裏切った。何時間もたって、警官がおそるおそる建物にもどってきたときには、なにもかもしゃべろうと決心していた。彼は同志の名前をひとり残らずしゃべり、ほんのわずかしか知らないことに警官が失望しているのに気づくと、さらにしゃべりつづけ、ありもしない事件をでっちあげ、友人も敵も等しく告発した。彼の愚かさを証言できる人々や、彼の過去に存在した不運な人々を、だれかれかまわず告発することで、これまでの人生を、石板のようにきれいにぬぐい去り、心を苦しめる過去がなくなるようにした。そして、そのあいだ、彼は嘘を愛し、嘘の義務を愛し、もういちど詩人になったような気分を味わっていた。

ホテルのレストランで、思い出によって疲れはてた、空腹の詩人は、またしても食べはじめた。わたしがその場を立ち去ったとき、彼は朝食の残飯をめぐって青蠅と諍《いさか》いをくりひろげていた。

その夜、真夜中ごろ、わたしは恐ろしいものを目撃して、できるだけ早くこの町を立ち去ろうと決心した。

新鮮な空気を吸うために外出したが、濃い霧がホテルの正面の小さな公園までぼんやりとかすませていた。通りの先のほうでは、街灯のおぼろげな明かりが石畳をかすかに照らしていたので、そちらに向かって歩いていった。

まもなく、足をひきずるような音が聞こえてきた。そして、なにか巨大なものが、けばけばしい光を浴びて、通りをゆらゆら近づいてくるのが見えた。無数の口のある怪物のように、その巨体のいたるところからうめき声が聞こえてきた。

家の戸口からうかがうと、ほっとしたことに、それは通りをよろよろと歩いてくる町の住民たちにすぎなかった。彼らの多くはからだをゆがめてグロテスクなポーズをとり、松葉杖やステッキをつきながら、ありとあらゆる鉄の拷問器具を身にまとっていた。濃密な霧のなかにひびきわたる苦しげな息づかいは、ぞっとするようなコーラスだった。まるで通りが流砂地帯で、硬い地面だけを踏みしめなければならないかのように、彼らはそろりそろりと近づいてきた。

ふいに、すべての顔がわたしのいる方向に向けられた。薄暗くてはっきりしなかったが、見憶えのある顔がまじっているようだった。ホテルのバーテン、疫病の犠牲者の母親、家族に生命をつけ狙われている男、傷跡のある女、裏切り者の詩人、彼らすべてがわたしのほうをみつめているようだった。うめき声はしだいにかん高くなり、行列全体がわたしの立っているところに近づいてきた。彼らの多くがこちらに腕をさしのべていたが、脅威はなく、まるで友人を歓迎しているかのように、眼もとや口もとには微笑が浮かんでいた。

わたしは顔をそむけ、ホテルにもどるために、できるだけ速く歩きはじめた。ホテルに着くと、部屋の鍵をかけて、ドアの把手に椅子を立てかけた。一晩じゅう、絨毯を敷きつめた廊下にきしむような足音がして、ドアや窓からもとんとんと叩く音が聞こえてきた。不愉快な笑い声も聞こえてきた。眠らなかったので、なにもかも耳にした。

翌朝、わたしは永遠に町をあとにした。白内障を病むオレンジ色の眼球のように、太陽は早くも東の空に浮かんでいた。平原を数マイル行ったところでふりかえり、これを最後に町をながめると、それは山頂に霧のかかる山の麓に積みあげられた瓦礫の山だった。わたしは意志の力をふりしぼって歩きつづけた。ときには広大で浅い蝶の珊瑚礁に、ひざまでつかりながら歩いていくと、もうひとつの地平線まで、どこまでも広がる緑の平原が見えてきた。

双子

Twins

人々は北から南から群れをなしてやってくる。土曜の午後の買物旅行や球技観戦という儀式もほうりだして、彼のためにやってくる。ひとつだけ条件がある。こどもお断わり。彼は見物料を要求しないので、「こどもお断わり」という資格がある（「いう」というのは正しくない。あの女性でさえ、彼が十八年間もたれかかってきた松葉杖である母親でさえ、彼の「いう」ことはよくわからないのだ。だから、彼は書く。右手で、そして左手で、「こどもお断わり」と書いてきた）。こどもはいつでも敵だからである。こどもは疑りぶかく、うさん臭そうに彼をみつめ、彼の芸当にもすぐに飽きて、なにもかも台無しにしてしまう（犬はといえば、彼が通りを歩いているのを見かけると、やはりうさん臭そうにみつめる。尻尾を股にはさむ。低くうなりながら道路の反対側にこそこそと逃げていく）。だが、しかし！　おとなはちがう！　古い教会の本堂の長椅子は、人々の崇拝の念にたわまんばかりである。彼の信者たち。彼らは彼を心から崇拝し、彼の謎めいた説教にいちいち頭をうなずかせる。彼が人々に授けるのは、感謝の涙かもしれず、憎悪の絶叫かもしれない。どちらであっても、彼の信者たちは（青い眼をした背の高い男の姿もある）満足なのだ。

人々が説教を聞きにやってくる男の名前は？　マラカイである。少なくとも、それだけはまちがいない。彼は病気である（それには病名というものがあるのだろうか？）。その病気が人々をひきつける。彼はふたつの声で、ふたつの異なる声で、同時にしゃべる男なのである。ひとつの声はすらすらと、唇の右側からよどみなく流れてくる。もうひとつの声はざりざりと、左側から耳ざわりに聞こえてくる。これらふたつの声が、あのひとつのしなやかな唇から同時に聞こえてくる音は、じつに忘れがたく、じつに驚くべきものである。

それなら、彼の病気は奇跡なのだろうか？　奇跡であろうとなかろうと、それが彼の人生をややこしくしていることだけはまちがいない。ふたつの声が交代でしゃべってくれたなら、少しは堪えやすかったかもしれない。だが、彼がなにかを話そうとするたびに、ふたつの声は同時にしゃべりはじめ、重なりあい、使う音節までぴったりおなじ数なのである。耳に快いものではない。音は調和せず、内容は一致しない。人々を蠱惑《こわく》するのはその不気味さである。右側の声が、青い眼をした背の高い男に贈り物のお礼をいう。

「ありがとうございます」

だが、左側の声が同時にいう。

「おまえはばかやろうだ」

（それとも逆だろうか？　しばしばどちらともいえない。）それを聞きとるのは困難な体験である。ときにはことばがからみあうこともある。たとえばこんなふうに――

「あ　　う　　ま
　り　と　ご　い　す
　　が　　ざ
　　　はば　　ろう
　　まえ　かや　　だ
お」

――二匹の蛇のようによじれている。ときにはタイミングがずれて、わけのわからない長い単語ができあがることもある。「あおりまがえとはうばごかざやいろまうすだ」。ときには正確に同期して、三重のうなりを生じることもある。「あおりまがえとはうばごかざやいろまうすだ」これを聞かされたものは、ことばの断片や重なりあったフレーズをかきまわして、意味のあるせりふをさがさなければならない。彼にはなんと聞こえただろう？「ありがとうばかやろうだ」だろうか？「おまえはございます」だろうか？「ありがとうばかやます」だろうか？　それとも「あまえはございろうだ」だろうか？

ことばの病気である。マラカイがこどもだったとき、だれも彼の問題の原因をつきとめようとはしなかった。頼るべき父親もいなかった。町から一マイル北にある、模造瓦と羽目板張りの家のベッドで、だれが彼の父親になったのか、母親は決して明かさなかった。マラカイは、紫色になって、子宮からもだえでてきた。そして人間ばなれした金切り声をはりあげた。脳が正常ではないものとみなされた。

十歳になった彼を見てみよう。学業にはまったく対処できない少年である。彼のたわごとや、よだれや、発狂しそうなうなり声を、だれも理解できない。ところが、六月のある日曜日の朝、母親のいるところで、うつぶせのからだにブラインドの陽光を浴びて虎縞になりながら、それまでただの一語も書いたことのない彼が、二本の鉛筆をとりあげて、左右の手に一本ずつ握りしめ、一枚の紙に同時にふたつのメッセージを書きつける。右手では、きちんとした文字で——

「たすけて、おかあさん」

左手では、のたくるような文字で——

「おれのそばによるな」

彼女はその紙をじっとみつめ、彼の口をのぞきこみ、ようやく理解する。

でも、なぜ？　どうして息子の身にこんなことが？　彼女は背の高い男に持論を説明する。（彼は青い眼をして、目尻には細かいしわが寄っている。）マラカイは双子になるはずだったのに、どういうわけか、分離しなかったんです。そして、ひとつのからだを運命づけられたふたりの人間として、この世に生まれてきたんです。あべこべのシャム双生児なんです。彼女がマラカイのいるところで持論をのべるとき、彼の顔はそれを認めているようだ。右側は無邪気な少年の顔のようにほんのりと赤らむ。左側は傲然と無視するようにかすかに青ざめる。頭がふらつきはじめ、公転する衛星の眼球をひきつれた軌道の定まらない惑星のように揺れうごく。

聴衆の陰の有力者はドイツ人牧師である。彼はひるむことのない青い眼の男にかなり詳しく話してきた。人前に出るのも少年の自信のためになるだろうと、牧師は母親に提案する。牧師は治療か神学に関心があるのだろうか？　公開の戦闘において、どちらかの声が最終的に勝利をおさめると確信しているのだろうか？　彼がひどく熱心なのは、彼自身がその光景に驚嘆しているからだろうか？　（なにか理解しているのだろうか？）彼は出席を欠かさず、マラカイの顔、そして声のうちなる混乱に心を奪われたかのように、うっとりとすわっている。

ふいに変化が生じる。十八歳なかばに、静寂が訪れる。耳ざわりな声が沈黙し、穏やかな声だけが、なんの妨げもなく、ゆがんだ唇から流れてくる。唇の左側はいまだにひきつり、左の頬はいまだにひくつき、左の眼はいまだにぎらついている。人々はいまだに敵意に満ちたうなり声を期待している。だが、それもむなしい。そしてマラカイは、ある朝、顔の左側に黒い布をかぶせて現われる。黒い三角形の眼帯である。

人々は彼にたずねる。「もうひとつの声はどうなったの?」

彼はその質問に驚いているようだ。まるで長年の苦闘に気づいていないかのように。まもなく、だれもそれ以上たずねなくなり、みな彼の黒い布におおわれた顔に慣れていく。予兆をはらむ半月として、人々はそれを崇拝する。マラカイは心やさしい少年である。彼の長い病気は忘れ去られる。

三年後、彼は死ぬ。二十一歳のとき、闇夜の川の渦にのみこまれる。検視の結論は、事故死である。いうまでもなく、検視官はマラカイの驚くべき舌に気づく。ふつうの舌の二倍の幅があり、皮膜によってつながっているのだ。それは最後の瞬間に呼吸を困難にしたにちがいない。マラカイの母親が検視に立ちあうが、あまりにもとり乱しているので、証人とよぶことはできない。あとになって、駐車場で、あの背の高い男が彼女に追いつく。彼は彼女とほぼ同年齢である(彼は青い眼をしている。目尻には細かいしわが寄っている)。彼は無言である。七月なかばの太陽が照りつける。悲嘆をあざけるような晴天である。彼女はまだ美しさを失っていない。

「取り決めがなければ」彼女はいう。「もっと前にこうなっていたかもしれません。三年前、わたしはふたりに同意させたのです。昼間は一方の声が支配して、暗くなったらもう一方の声と交代するということで。黒い布をずらすだけのことです。でも、あの娘のせいで、ふたりはまた仲たがいしてしまったのです。彼女をめぐって嫉妬しあうようになったのです。ふたりは彼女を共有することに堪えられなくなりました。けりがつくまで争うしかなかったのです。でも、傷つけるべきからだはたったひとつでした」

彼女はもはや感情を抑えることができない。彼女はすすり泣き、どうかひとりにしてと懇願する。隣人が彼女の腕をとり、待っている車に連れていく。青い眼の男は彼女をじっと見送る。なにをすべきかはわかっている。

彼は娘の住んでいるところに車を走らせる。田舎のモーテル、くたびれた建物、緑のペンキが剝げかけている。娘はおごそかに彼を出迎え、階上の自分の部屋に招き入れる。長くつやのない髪をした、美しくない娘である。彼はもの静かな声に好感を抱く。

「あの人はよいお友だちでした」マラカイのことである。「信頼することができました。晴れた日には、川辺にすわっておしゃべりしました。彼はいいました。すべては順調にいっている。夜の不機嫌さのことも心配しなくていいと。わたしはいいました。夜になって黒い布をずらして、声を変えたときのあなたも好きですと。夜になると、彼はお酒を浴びるように飲んで、セックスするんです。わたしのからだを舐めまわす舌の感触が好きでたまらないわといいました。彼はわたしのいうことを信じなかったと思います」

彼女は青い眼の男にしばらくそばにいてほしいと頼む。彼はとどまり、彼女を慰める。

彼が立ち去るときは暗くなっている。

十年がすぎた。わたしはある使命をおびてこの田舎町に来ている。さわやかな夏の朝だが、不思議なことに、きらめくなめらかな氷にぽつんと残されたかかとの跡のように、明るい空に細い三日月がまだ見えている。わたしはふたりのこどもを観察するためにここにいる。ふたりは双子だという。なにを発見することになるのか、わたしはいささかおびえている。わたしはこども恐怖症なのだ。

ふたりはあまり似ていない。ひとりは色白で落ちついており、ひとりは色黒で落ちつきがない。ふたりは十歳である。彼らはだれにも理解できないたわごとをしゃべる。おたがいには理解しているようだから、ふたりをのぞいてということだが。

興味深い新事実のせいで、わたしはほかの観察者とともにここにいる。双子は世界と交流する方法を発見したのである。他人に理解されたいときには、手をつないでユニゾンでしゃべるのだという。ふたりの声がまじりあって意味のあることばになるのである。

ぞくぞくと集まる言語学者、音声学者、意味論学者、語源学者、皮肉屋、信者たちに出会っても、双子はあまりうれしくなさそうだ。あの青い眼の背の高い男の姿もある。目尻には細かいしわが寄っている。彼は不安そうだ。

やがて、双子の母親が現われる。十年の歳月にもかかわらず、あまり変わっていない。

彼女はふたりになにかしゃべりなさいという。ふたりはためらうが、母親をよろこばせることにする。ふたりは手をつなぐ。ひとつひとつソロで聞くと、まったく理解できないふたつの声が、興味深いデュエットのうちに混じりあう——

「ぼくたちを助けて、お父さん」ふたりは叫ぶ。

これを聞いて、ほかの観察者たちは大喜びする。彼らはもっとしゃべってくれと要求する。しかし、ふたりの少年は手をつないだまま、じっと立ちつくす。ふたりはまっすぐわたしをみつめる。恥ずかしそうに、怒りをこめて、このわたしに、あのことばをくりかえす。

「ぼくたちを助けて、お父さん」ふたりは懇願する。

ふたりは青い眼をした男をまっすぐみつめている。彼は恐ろしそうに周囲を眺め、少年たちの訴えが自分だけに向けられていることを理解する。彼は絶望のおももちでわたしをみつめる。もはや彼は、わたしの存在を無視することはできない。わたしのほうは、彼の存在を認める覚悟ができている。わたしはこみあげる恐怖を必死で抑えつける。わたしは彼に手をさしのべる。気がつくと、そこにいるのはわたしだけである。はじめて、わたしのこどもたちとわたしだけになったのである。

フーガ

The Fugue

はじまりはどこで、終わりはどこで、そしてなにより大切なことだが、
中間はどこだ？

コルタサール

それはよくわかっていた。川沿いの高台にそびえる杉の丸太造りの建物、いまごろ男はそこにいるはずだ。ひとりきりで、裏庭は川にむかってゆるやかに傾斜しているはずだ。それを頭のなかで探索するのも、これで一千回目になるだろうか。最上部は芝生で、まだ花を咲かせている数本のリンゴの樹が、建物の外壁から枝をのばしている。途中は、茂るにまかせた藪が天然の防壁になっており、それを通りぬけて、細い小道が高台のへりまでつづいている。最後に、踏み板の腐った五十段の階段が、雑草と野茨の生えた険しい築堤をくだって、草ぼうぼうの川沿いの道路までつづいている。そこが彼の立っている場所であった。そこは建物からは見えず、もっぱら犬を散歩させる人々や釣り人たちに使われていた。恋人たちにも。恋人たち。怒りがこみあげてきて、心を静めるために、深呼吸しなければならない。彼は手すりをしっかりとつかみ、足音が建物に届くはずはないが、大げ

さなほど用心しながら階段をのぼりはじめた。のぼりきると、ひと休みした。これでもう、引き戻すことはできない。細い小道を注意深く踏みしめながら藪をぬけると、きれいに刈りこまれてリンゴの花びらが散り敷いた芝生と、すべてを支配するようにそびえる杉の外壁が見えてきた。ズボンのベルトにはさんだ鋼鉄のナイフのひんやりとした感触が心を慰め、動悸を鎮めてくれた。木から木に移動しながらしだいに近づいていくと、長いはめ殺しの窓に隣接する引き戸のある階下の書斎をのぞくことができた。胸が躍った。期待どおり、男は書斎にすわっていた。ふかふかの肘掛椅子のてっぺんから頭をのぞかせて、窓に背中を向けている。まばらな木立をたくみに利用しながら、彼はそろそろと近づいていった。最後の数ヤードは、いっきに駆けぬけて、窓と引き戸のあいだの壁面にぴったりとからだを押しあてた。彼は緊張して息をこらえた。室内からはなんの物音もしなかった。姿を見られなかったのだ。ちらっとのぞいてみると、男はまだ椅子にのんびりすわっており、ここまで近づくと、白髪まじりの後頭部がひどく大きく見えた。本を読んでいる。右手の重厚な木製のサイドテーブルにはタンブラーが置かれていた。スコッチにちがいない――男は母国のスコッチが好きなのだ――ほとんど手がつけられていない。男の日課は判で押したように決まりきっていた。一時間読書してからうたた寝するのである。もういちどのぞいて、なにもかも順調であることを確認した。この距離からでは、なにを読んでいるかはわからないが、どうせ安っぽい小説にちがいない。学者で教養人のふりをしているが、三文小説が大好きなのだ。だまされるのは分別のないやつらだけだ。だが、こんなときに、皮肉のせいで思考を曇らせてはならない。彼は引き戸をそっと動かしてみた。思ったとおり、手入れがいきとどいているので音もなく動いた。このような風のない日には、すきま風で侵入を気づかれる恐れもないだろう。男は読書に熱中しているので、いまやだれかが室内に忍びこんで背後にたたずみ、音もなく椅子に近づいて、眼をぎらつかせながら、体温で温かくなったナイフを振りかざしているとは気づいていなかった。注意のすべては目の前の本に集中していた。

読書があたえてくれるよろこびに驚嘆するのも、これで一千回目になるだろうか。本に没頭して、登場人物や筋書きやことばを楽しむのである。しばしば感じることだが、彼にとって虚構とは、おのれの人格という不愉快な現実からの必要な逃避であった。この本の善意の探偵のような、虚構のヒーローのロマンチックな性質はすばらしいと思うが、それをまねたいとはまったく思わなかったからである。彼としては、欲しいものはいかなる手段でも手に入れるという、現在の生き方のほうが好きだった。このような秩序ある宇宙の願望充足的ファンタジイを楽しみながらも、世界のことは充分に理解しているので、彼自身の特殊なジャングルにおけるその立場はよくわかっていた。人が書物のなかで、きわめて代償的に、その人間の潜在能力のすべてを浪費してから、彼自身がつねにそうしているように、無感覚になり、いっそう冷笑的にすらなって、現実に帰還することなど可能だろうかと、彼は愉快な思いをかみしめながら考えた。彼がその評論で示す大いなる共感と感受性に人々が熱中するのは皮肉であった。それらはたしかに、アカデミックなサークルにおける成功を保証してくれたが、なによりも女性に効果があった。そのような教養があってナイーブな女性たちは彼に惚れこみ、しばしば女子大学院生や同僚の妻になりたがった。気難しげな外観にもかかわらず、そのような理解力のある男性が自分たちの愛をもてあそぶはずがないと、彼女たちはかってに思いこんだ。つい二週間ほど前も、彼女はここに招待してほしいと彼に懇願した――学期末論文について話しあうためである。ふたりとも、それがなにを意味しているかよくわかっていた。グラスを干さないうちに、彼女は彼の腕のなかでからだをくねらせながら、二階の寝室に行きましょうと誘っていた。その間ずっと、前学期にすでに彼女の親友が性交したおなじ男性ではなく、まるで聖杯をみつけたかのように、彼をうっとりとみつめていた。彼が求めているのがちょっとした変化だけだということはわかっていたにちがいない。そしてその変化を、情熱と機敏さをもって提供してくれた。しかし厄介なことに、彼女は春の交尾の相手のように扱われるのはいやだといいだした。そこで彼は決断するとすぐに、ボーイフレンドのもとにさっさと送りかえしてしまった。自然の欲望とロマンチックな妄想とを区別できないような無能さには我慢がならなかったのである。さてここで、この小説のヒーローをとりあげることにしよう。彼は理想家であるが、虚構においてはまさしくそうでなければならない。この警察官は、たとえどんなに曖昧にしか理解されなくとも、ある正義の原理を信奉していた。そして彼の義務感は、たとえ彼が軽蔑するような人間であっても、万人に法の保護を提供せよと命じていた。いまや彼は、予想どおり小説のクライマックスの葛藤シーンを演じていた。自分の役割について悩みながら、ヒロイックにがんばっていたのである。

できるだけ早く現場に着くために、彼はパトカーの運転手をせきたてていた。決して遠いわけではないが、道路が混んでいるので遅々として進まなかった。けれども、犯行を早める恐れがあるので、サイレンの使用は禁じなければならなかった。彼にできることは、手遅れにならないように祈ることだけだった。さもなければ、男の生命にやましさを感じることになるだろう。かならずしも潔白とはいえない男だが。この考えを心からしめだすのも、これで一千回目になるだろうか。最終的に有罪か無罪かを判断するのは彼の責任ではないのだから、つらい仕事をわざわざ堪えがたくすることもないだろう。ようやくパトカーは幹線道路をはずれて、川沿いの閑静な郊外の通りのひとつに入りこみ、こんもりと茂ったおなじみの街路樹や、スプリンクラーできらめいている芝生や、春の開花もみごとな果樹の前を通りすぎた。たとえどんな不愉快なことが待ちうけていようとも、まだそのようなものを楽しむゆとりがあることをありがたく思った。パトカーは建物の正面に乗りつけた。だれにも見られずに背後から近づくのがじつにたやすいことにふと気づいて、車からとびおりると、すばやく裏庭にまわった。だれもいない。芝生をまたぎ越し、小道に沿って川の方向をうかがう。侵入者の気配はなかった。ひょっとすると、彼女の恐怖には根拠がなかったのかもしれない。不当に扱われた女の妄想だったのかもしれない。振り向いて建物をながめるとすぐに、開かれた引き戸が眼にとびこんできた。いまや、はめ殺しの窓ごしに、すべてが見えた。ひとりは肘掛椅子にすわり、頭をわずかにうつむかせ、注意のすべては本に釘づけになっていた。もうひとりはその背後に立ちつくし、いまにもナイフを振りおろそうとしていた。三人の時間が停止した。それから、ナイフがなめらかな弧を描きはじめた。ほんの一瞬だけためらってから、彼はリヴォルヴァーを構えて引き金を引いた。

謝辞

本書に収められた短篇の初出はつぎのとおりである。

「断片」、「エドワードとジョージナ」、「ジョー船長」、「隠し部屋を査察して」はニュー・クォータリー誌。「一本脚の男たち」はインターステート誌。「老人に安住の地はない」、「海を渡ったノックス」はプリズム・インターナショナル。「刈り跡」、「趣味」、「庭園列車」はガマット誌。「双子」はマラハット・レヴュー誌。「フーガ」はウエスト・コースト・レヴュー誌。「パタゴニアの悲しい物語」はマジックリアリズムとカナダ文学：エッセイ・アンド・ストーリーズ。ウォータールー大学出版。

解　説

柴田元幸

北米で書かれた小説評などを見ていると、どうも北米では日本に較べて、誰もが経験していること、感じていることを的確に言葉にした小説がどちらかといえば尊ばれ、想像力の個性的な偏り、歪みを身上とする作家は、いまひとつ評価が低いような気がする。逆にいえば、そういう作家は、往々にして日本の方がその真価をわかってくれる読者が多く、紹介する側としては大変紹介のしがいがある。

僕自身が翻訳などを通してかかわってきた作家でも、幻想の遊園地、人間よりも人間らしい人形、架空の書物や絵画などを好んで描くスティーヴン・ミルハウザー、父親の頭をかぶったり自分の葬式に立ち会ったりといった奇想天外なシチュエーションの超短篇を得意とするバリー・ユアグロー、男女・女女間の恋愛関係の背後にある権力関係などを伸縮自由な幻想的空間のなかで不思議にシンプルな筆致で描き出すレベッカ・ブラウンといった個性的な作家たちは、みな本国よりも日本での評価の方が高いと思う（まあミルハウザーについていえば、『マーティン・ドレスラー』でピューリッツァー賞を受賞して以来、少なくとも知名度はアメリカでも大幅に上がったようだが）。

スコットランドに生まれ、現在はカナダに住んでいるエリック・マコーマックも、まさに想像力の個性的な偏り、歪みを身上とする作家である。特に、いままでのところマコーマック唯一の短篇集である本書『隠し部屋を査察して』は、その偏り、歪みのさまざまなバリエーションを集めたサンプラーといった感があり、マコーマック入門書として最適だと思う。僕もかねてから大好きだった本であり、こうして翻訳が刊行されることをとても嬉しく思う。

たとえば表題作。ここでは、何らかの意味で「想像力の罪」ともいうべきものを犯して投獄されている人々が描かれている。完璧な人工の森を創造した男（当局によって火をつけられたその森からは、目も口も脚もでたらめな位置についた奇怪な動物たちが次々飛び出してくる）。口からウツボや毛糸やピストルや花崗岩や牛馬の糞や自分の血液型ではない血液や解読不能な文字で書かれた書物や治安判事との遭遇を詳細に記した羊皮紙を吐き出したのち、まさにその羊皮紙に記されたとおりにピストルで治安判事を射殺した美しい女。年に一度人生を交換しあう祝祭をエスカレートさせて、一年中本来の自己を捨てて自由に役割を交換しあうよう町民に奨励した元町長（交換された役割のなかには当然町長の役割も入っていたわけで、その元町長が本当の元町長かも実は定かでないのだが……）。そうした奇妙な話が多彩に並べられているのは、当然ある程度は、作者マコーマック自身の想像力の多彩な歪み方の反映である。冒頭に置かれたこの表題作自体が、本書全体、ひいてはマコーマック・ワールド全体のミニサンプラーと言えるだろう。

すでに邦訳のある『パラダイス・モーテル』をお読みになった方も、たとえば、記憶喪失者たちが新しいアイデンティティを捏造するのを助けるクリニックに入っている女性が、突如自分の過去を思い出し、大喜びで我が家に帰ったはいいが、そこにいる夫も子供もまさしく記憶どおりなのに、彼らにとって彼女は見知らぬ赤の他人であり、犬さえも彼女を認識してくれない……という不思議なエピソードをご記憶だろう。アイデンティティを主題とする、あるいは鏡・分身・双子などをモチーフとする奇譚を作らせると、現在これほど魅力的な話をひねり出す人はほかにちょっといないのではないかと思う。

マコーマックがくり出す奇譚は、かなり猟奇的であることも少なくない。ある医者が妻を殺し、その遺体をバラバラに切断して、それを四人の子供の体内に縫い込み、それでも足りない分はペットたちの体内に縫い込む。あるいは、のちに宗教家として大成する人物（実在のスコットランド人宗教家ジョン・ノックス）が子供のころ、豚に鼠を食わせるのを楽しみに暮らしているが、ある日ふと思いついて、鼠の代わりに、まだ赤ん坊の妹を豚たちの鼻先に持っていく……といった猟奇的な、ほとんど変態的と言ってよさそうな話が、この短篇集に限らずマコーマック作品には頻出する。

にもかかわらず、不思議なのは、読んでいて決して病的な感じはしないことである。少なくとも僕自身は、嫌悪感のようなものを感じたことは一度もない。むしろその想像力のはたらき方のあまりの奇怪さに、ほとんどユーモアさえ感じる。一昔前によく、残酷な、人間の身体のもろさを暴くようなユーモアを〈ブラック・ユーモア〉と呼んだが、マコーマックにも一見そのレッテルがあてはまりそうである。

とはいえ、〈ブラック・ユーモア〉という呼び名から連想されるような、人間の卑小さを辛辣に嗤《わら》うような印象はマコーマックからはまったく受けない。これだけグロテスクな話を書いていても、なぜか温かさのようなものが伝わってくる。地球上をまっすぐ進んでいって行く先々で人間や物を消滅させてしまう奇怪な運動体（たとえば京都でも神社仏閣や日本庭園が十万の市民とともに消える）をめぐる作品「刈り跡」で、「それが〈刈り跡〉の特徴であった……無数の人命が失われたにもかかわらず、あからさまな敵意をひきおこさないのである。それどころか、初期の理論家のなかには〈刈り跡〉の恩恵という言葉を口にするものまであった」という一節があるが、これなどはほとんど、マコーマック作品全体への間接的コメントに思える。損なわれた身体に対するサディスティックな優越の視線も、そして読者を怖がらせよう・嫌悪させようといった計算もマコーマックには感じられない。この人にとってはこういう話を思い描き、書くことが何より自然なのだ、そんな気にさせられる。これを病的と呼ぶのは当たらないと思う。

本書『隠し部屋を査察して』で一九八七年にデビューしたのち、マコーマックはその後も、オンタリオ州ウォータールーのセント・ジェロームズ・カレッジで十七世紀文学と現代文学を教えながら、『パラダイス・モーテル』(一九八九　増田まもる訳、東京創元社)、*The Mysterium*(1992)、*The First Blast of the Trumpet Against the Monstrous Regiment of Women*(1997)、*Dutch Wife*(2002)と、どれも相当に奇怪な長篇を着々と発表している。現在の本国カナダではそれなりに正当な評価を得ているようだが、その他の国ではまだまだ正当な評価を受けているとは言いがたい。この邦訳が、日本でのマコーマック評価につながるようになれば嬉しい。

本書の「序文」によれば一九六六年に二十六歳でカナダに移ってきたマコーマックは、喋り方にはもうスコットランドなまりはなくても「わたしの文章にはまだなまりが残っているかもしれない」と自ら書いている。たしかにこの独特の想像力の歪み方は、もちろん基本的には地域的なものというよりマコーマック個人のものだろうが、しいていえばやはり、カナダ的というよりはスコットランド的という感じがする(といっても、『トレインスポッティング』に代表される今日のスコットランドというよりは、むしろ一世紀か二世紀前のスコットランドに近そうだが……)。その反面、序文にもあるように、作者自身の意識としては、本書はカナダに捧げられた間接的なカナダ賛歌でもあるらしい。スコットランドの小さな村で生まれた独特の想像力が、カナダの風土と人々が触媒となって開花し、このとても印象的な書物に結実したことを、我々はいくら祝福してもしすぎることはない。

本書は二〇〇〇年、小社の海外文学セレクションの一冊として刊行された作品の文庫化です。

検　印
廃　止

訳者紹介　1949年宮城県生まれ。早稲田大学文学部中退。英米文学翻訳家。主な訳書に，バラード「楽園への疾走」，マーティン「フィーヴァードリーム」，マコーマック「パラダイス・モーテル」など多数。

隠し部屋を査察して

2006年5月26日　初版
2024年8月23日　3版

著　者　エリック・マコーマック

訳　者　増《ます》田《だ》まもる

発行所　(株)東京創元社
代表者　渋谷健太郎

162-0814/東京都新宿区新小川町1-5
電　話　03・3268・8231-営業部
　　　　03・3268・8204-編集部
URL　http://www.tsogen.co.jp
DTP　フォレスト
印刷・製本　大日本印刷

乱丁・落丁本は，ご面倒ですが小社までご送付ください。送料小社負担にてお取替えいたします。

ISBN978-4-488-50403-8　C0197

騙りの魔力

THE PARADISE MOTEL◆Eric McCormack

パラダイス・モーテル

エリック・マコーマック
増田まもる 訳　創元ライブラリ

◆

長い失踪の後、帰宅した祖父が語ったのは、ある一家の奇怪で悲惨な事件だった。

一家の四人の兄妹は、医者である父親によって殺された彼らの母親の体の一部を、それぞれの体に父親自身の手で埋め込まれたというのだ。

四人のその後の驚きに満ちた人生と、それを語る人々のシュールで奇怪な物語。

ポストモダン小説史に輝く傑作。

◆

すべての語り手は嘘をつき、誰のどんな言葉も信用できない物語。――《ニューヨーク・タイムズ》

ボルヘスのように、マコーマックはストーリーや登場人物たちの先を行ってしまう。――《カーカス・レビュー》

言語にまつわる死に至る奇病

THE MYSTERIUM◆Eric McCormack

ミステリウム

エリック・マコーマック

増田まもる 訳 創元ライブラリ

◆

ある炭鉱町に、水の研究をする水文学者を名乗る男が現れる。以来、その町では墓地や図書館が荒らされ、住人たちは正体不明の奇怪な病に侵され次々と死んでいく。伝染病なのか、それとも飲料水に毒でも投げ込まれたのか……？

マコーマックらしさ全開の不気味な奇想小説。

巻末に柴田元幸氏のエッセー「座りの悪さのよさ」を再録。

＊

ボルヘス、エンデ、サキ、コウボウ・アベを思う。そしてマコーマックを思う。シャープで独特で、胸がすくほど理知的でしかも不気味だ。――タイム・アウト（ロンドン）
エリック・マコーマックの作り出す比類なき世界の奇怪な物語に、読者がすぐに入りこめるということが、彼の筆力を物語っている。
――サンデー・タイムズ

CLOUD * ERIC MCCORMACK

マコーマック文学の集大成

雲

エリック・マコーマック　柴田元幸訳

出張先のメキシコで、突然の雨を逃れて入った古書店。そこで見つけた一冊の書物には19世紀に、スコットランドのある村で起きた、謎の雲にまつわる奇怪な出来事が記されていた。驚いたことに、かつて若かった私は、その村を訪れたことがあり、そこで出会った女性との愛と、その後の彼女の裏切りが、重く苦しい記憶となっていたのだった。書物を読み、自らの魂の奥底に辿り着き、自らの亡霊にめぐり会う。ひとは他者にとって、自分自身にとって、いかに謎に満ちた存在であることか……。

▶マコーマックの『雲』は書物が我々を連れていってくれる場所についての書物だ。　——アンドルー・パイパー

▶マコーマックは、目を輝かせて自らの見聞を話してくれる、老水夫のような語り手だ。

——ザ・グローブ・アンド・メイル

四六判上製